Novela

Biografía

Fernando Schwartz nació en 1937. Durante veinticinco años ejerció la profesión de diplomático. Fue embajador de España en Kuwait y en los Países Bajos y portavoz del gobierno para asuntos exteriores. En 1988 se retiró del servicio diplomático y se integró en el consejo editorial del diario *El País*. Durante los siete años siguientes fue editorialista de ese periódico y profesor de Opinión en la Escuela de Periodismo El País-Universidad Autónoma de Madrid y luego director de comunicación y portavoz del grupo multimedia PRISA. Codirige y presenta en televisión el magacín diario «Lo más Plus» de Canal Plus.

Es autor de un libro de recuerdos sobre Kuwait, de *La caída del Palacio de Invierno* y de un ensayo histórico: *La internacionalización de la guerra civil española*. Con *El desencuentro* ganó el Premio Planeta 1996. Sus últimas obras publicadas han sido *La venganza* (1998), *El peor hombre del mundo* (1999), *El engaño de Beth Loring* (2000) y *Cambio dos de veinticinco por una de cincuenta* (2002). Vive entre Madrid y Mallorca con su mujer y alguno de sus hijos.

Fernando Schwartz

La venganza

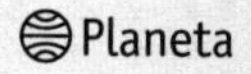
Planeta

Còrsega, 273-279. 08008 Barcelona (España)

Diseño de la cubierta: Opal
Fotografía del autor: © Javier Campano
Primera edición en esta presentación en Colección Booket: setiembre de 2002

Depósito legal: B. 29.627-2002
ISBN: 84-08-04461-3
Impreso en: Litografía Rosés, S. A.
Encuadernado por: Litografía Rosés, S. A.
Printed in Spain - Impreso en España

A Basilio Baltasar,
por ser mi amigo

En un mundo dominado por los hombres,
la perversidad es el recurso de la mujer.

CLAUDE CHABROL

I

—Pero cuando Dios le arrancó la costilla porque no era bueno que el hombre estuviera solo y debía tener compañía, no la miró y exclamó te doy mujer, no, dijo varón, te doy varona, porque ése era el verdadero amor, la verdadera compañía que quería darle. No penséis que la compañía que os vais a dar el uno al otro puede ser diferente. Oh no, vosotros lo habéis querido así y así se os ha dado. Y si esperáis la felicidad el uno del otro, también os equivocáis:... —se le notaron bien los interminables puntos suspensivos y me pareció que Marga y Javier se enderezaban en el taburete aterciopelado que les servía de incómodo asiento frente al altar mayor—, la felicidad consiste en dar, no en esperar recibir.

¿A qué venía esta alusión final a la generosidad? Sonaba tan retorcida y tan falsa que me pregunté si don Pedro la añadía sólo por cubrir las apariencias y disimular una maldición bíblica que, por rabia o por despecho, quién sabe, hacía caer sobre las cabezas de todos nosotros. Sólo así se completaría la rueda, se cerraría el ciclo de la desventura: don Pedro, Marga, Javier y yo.

Y con todo, la voz del canónigo que, como un notario definitivo (y maldiciones aparte), sellaba mi vida, ni siquiera correspondía por su fuerza o por su gravedad al momento dramático, no sonaba, por las consecuencias que él parecía querer predecir con sus palabras, como debería sonar la imprecación de un Júpiter tronante, la voz terrible que me condenara (como este parlamento me condenaba) de modo definitivo a la soledad.

Era una voz madura la suya, más ampulosa que antaño, cierto, pero, como siempre, firme y coherente, y ahora tan convencida de lo que aparentaba ser su venganza, tan rencorosa en su desquite que me volví a Jaume y, para que no me lo notara nadie, sólo él, apenas si levanté las cejas inquiriendo mudamente ¿don Pedro? en un único gesto de sorpresa. Jaume, como siempre comprendiendo el lado irónico, la humorada de cualquier situación, sonrió de costado para provocar mi complicidad. Pero no, esta vez no. Esta vez no le iba a dejar salirse con la suya. No permitiría que escapáramos de ésta riendo como tantas otras veces. Ah, porque yo intuía, ambos debíamos intuir qué era todo aquello, ¿no? Ambos sabíamos adivinar qué se escondía detrás de tanta engañosa suavidad bíblica, ¿no? ¡Oh sí! Nos castigaba. Por encima de las demás venganzas, don Pedro nos castigaba a todos, a cada integrante de la trasnochada y ya envejecida pandilla. Y de paso, aunque seguro de que sin ser consciente de ello, me hería a mí más que a ninguno. Era así, ¿verdad? Porque, si no, nada de esto hubiera tenido sentido. ¿Que todo fuera gratuito? Imposible. Además, ¿cómo iba yo a permitir que saliéramos riendo si lo que ocurría en ese momento era que me condenaban, de ese modo me maldecían Marga y don Pedro y Javier?

Habían escogido bien el escenario en el que ambientar esta tragedia que la inmensa mayoría de los asistentes no era siquiera capaz de percibir: un lugar solemne y precioso, pero pueblerino, para situar en él el drama rural de uno solo.

La iglesia parroquial de Santa Maria, la Santa Maria del Camí patrona del pueblo, con sus suelos de mármol viejo repartido en grandes losetas unas veces blancas ensuciadas por el tiempo y otras gris marengo, y sus bancos oscuros impregnados de incienso, olía como siempre a cera ardida. En el viejo retablo —gótico lo llaman, barroco me parece a mí—, amparada por cuatro columnas de madera pintada de oro, todo lo preside la santa patrona, tan joven y limpia que parece un efebo. Lleva en su brazo derecho a un niño Jesús que se pierde entre los ropajes y en los dorados hasta desaparecer, y la flanquean santo Tomás de Aquino y san Francisco de Asís. La Virgen apoya sus pies en una gran esfera de oro; en tiempos, la esfera se abría en dos, como una granada partida, para que en su interior cupiera la custodia durante las noches de vigilia sacramental.

Todo lo corona un gran manto de madera policromada en granate y oro que se asemeja al papel de Navidad de un escaparate, presto a envolver el regalo de más valor que se exhibe en él. Y por encima de todo ello se cierra la cúpula del altar mayor, una caracola inmensa que, pecador de mí, siempre me ha recordado a la que, menos piadosa, sostiene a una Venus desnuda saliendo del mar de Botticelli. Se lo dije una vez a don Pedro; rió y dijo «una vez hereje, siempre hereje, Borja, caramba». Y me dio un capón amable porque ya no estábamos para tirones de oreja.

A este olor tan eclesial y de por sí tan especioso de la cera ardida y del incienso se superponían hoy los perfumes de las calas y el jazmín que los decoradores habían colocado en primorosos arreglos por los extremos de los bancos y en los tres grandes escalones de mármol rojo veteado por los que se accede al altar mayor. Pero a esa mezcla se superponía aún más el efecto aromático de la cosmética aplicada con generosidad a las decenas de cuellos y escotes de las invitadas a la boda. Chaneles, diores y diorísimos, joys, victorios y luchinos, loewes y armanis flotaban pastosos y acalorados a la altura de nuestras cabezas, embriagando el ambiente y casi mareándonos a los presentes con sus efluvios a rosa y a especias de Oriente, a zajarí y a mandarina, a azahar y a nardos.

El efecto general que aquello provocaba en mí era de una vaga angustia, fruto sobre todo de tanta solemnidad recargada y barroca: el terciopelo rojo oscuro que recubría los reclinatorios de los novios, los brocados y tapices que, siguiendo la escalinata, descendían por entre floreros y hachones en dirección a los bancos de los testigos, la larga alfombra granate del pasillo central brillantemente iluminado mientras las capillas laterales de la iglesia habían sido oscurecidas para que nada distrajera la atención del escenario central, conferían al ambiente un aire opresivo, hasta diría que viscoso si no fuera una pedantería.

Don Pedro iba revestido de una casulla blanca y dorada cuyos amplios pliegues le permitían gesticular unas veces con teatralidad, levantar otras las manos con languidez o apuntar aun otras con intenso fulgor a los novios o al resto de la asamblea para dirigirse a unos o a otros, imponer silencio, reconvenir o amonestar dulcemente a los que se casaban, felicitarse de tan alegre, ¡alegre!, ocasión, impetrar la presencia de Dios como testigo de cuanto ocurría allí, levantar la voz para apercibir de males o maldiciones. Convertido en maestro mirífico de ceremonias, controlaba toda aquella representación con absoluta eficacia y precisión. Había llegado pocos minutos antes de que Marga hiciera su entrada en la iglesia del brazo de Juan, pero se hubiera dicho que había ensayado con gran antelación cada detalle, cada momento, cada reproche, cada movimiento, cada sonrisa y cada severidad. Nada quedaba desplazado, nada chirriaba. Todo obedecía a un orden y a un protocolo que sólo él conocía pero que, salvo por su artificialidad insoportable, no resultaba estridente, sobre todo para quienes, espectadores distantes y superficiales, meros invitados, no estaban en el secreto.

Menos Elena y Domingo, habíamos acudido todos. Y a ellos dos no les hubiera importado estar si no se lo hubieran impedido las convenciones sociales: por mera cuestión de decoro, la primera mujer del novio y su nuevo compañero no podían presentarse al casamiento, aun cuando la noche de dos días antes se hubieran sumado a la celebración previa como si tal cosa.

Recuerdo que al principio, en los instantes de espera distraída que preceden la llegada de los novios, me sorprendí recordando dolores pasados, una vez más alejado de cuanto me rodeaba. Tantos olores dulzones, tan pesado calor, tanto recargamiento...

Para esta boda del año habían llegado desde Madrid más de dos centenares de mujeres encopetadas y más elegantes que un desfile de modas. No queriendo ser menos, de Barcelona y de la misma Palma había acudido lo más granado de ambas sociedades.

Pamelas blancas, velos negros, casquetes marrón claro, tocados de grandes flores de estío, sombreros de raso, algún mantón de Manila de vivos colores granate y largos flecos grises; peinetas, moños, melenas, flequillos y ondas milagrosamente sujetos o descuidadamente caídos sobre frentes y mejillas; y las orejas asomando por entre todo aquello, cargadas de pendientes de brillantes y esmeraldas, de perlas y oro y oropel, unos dando falsa impresión de modesto recogimiento sobre los lóbulos, otros cayendo hacia las gargantas en cascadas de rayos de sol o de luna, de centelleantes reflejos en oro o en aguamarina. ¡Dios mío! Todas aquellas mujeres, jóvenes o viejas, llevaban los ojos marcados a fuego por los trazos marrones y negros de lápices maquilladores, los párpados azules o moteados de oro y las ojeras disimuladas; las pieles tersas, los labios violentamente pintados de rojo, de marrón, casi de negro, de rosa. En una sola decena de damas de alta alcurnia y baja cama, como decía una canción ahora nuevamente en boga, podían apreciarse, refulgiendo, todos los colores del arco iris en todas sus tonalidades imaginables. En los cuellos, gargantillas, collares, cadenas, perlas, diamantes, rubíes; en los dedos, solitarios; en las muñecas, pulseras. Y pese al calor de aquel día de finales de junio, indefectiblemente, en todas las piernas, medias de seda.

A mi izquierda, al otro lado del pasillo, un poco más atrás del banco de los testigos del novio que yo encabezaba, una bellísima y jovencísima mujer había conseguido revestirse de unos colores tan nítidos, un traje de chaqueta de raso verde de anchos hombros y profundo escote, una gran pamela blanca, las piernas, éstas sí sin medias, uniformemente tostadas, el maquillaje sin sombras perfectamente aplicado a la cara para que se le notara la juventud, que bien hubiera podido ser un retrato de Botticelli o de Lempicka desprovisto de claroscuros. Imaginaba uno un pubis lustroso, la piel hidratada a la perfección, unas caderas voluptuosamente marcadas a grandes trazos por un pincel implacable y absolutamente preciso, unos pechos pequeños e impertinentes. Aquella muchacha era la encarnación de la primavera sin mancha. Me miró y sonrió; luego se inclinó hacia su amiga que, tan limpia y tan perfumada como ella, se encontraba a su lado y le susurró cualquier cosa al oído.

En un banco a media iglesia vi de pronto a Tomás. No esperaba que hubiera venido y me sobresalté. A mi lado, Jaume lo notó y giró la cabeza mirando hacia atrás hasta que también lo divisó. Lo saludó con un movimiento de la barbilla y una gran sonrisa. Tomás sacudió la cabeza y movió los hombros para acomodarlos a un traje que le estaba evidentemente incómodo. Con su mata de pelo negro y rizado y sus ojillos vivos, sonreía como siempre de medio lado, seguro de sí mismo, como si acabara de conquistar el mundo. Supuse que había llegado desde Madrid aquella misma mañana y con la vista busqué a Catalina temiendo que la presencia de ambos en la boda pudiera acabar provocando una violencia, alguna discusión escandalosa, un gesto de desprecio o de rabia, pero no sólo en ella sino también en las demás mujeres de la pandilla. Ah, allí estaba Catalina, más cerca de mí, junto a su hermana Lucía, tres filas más atrás. Sonreía con indiferencia, como siempre, y si se había percatado de la presencia de Tomás, parecía ignorarla.

Lucía y Andresito miraban al frente con actitud apacible. Pensé que Lucía estaba verdaderamente guapa con la piel tostada, rellena de carnes, la mirada viva y la imborrable sonrisa. Andresito no había querido ser testigo. «Si voy a la boda de mis amigos, no necesito ser testigo y vestirme de chaqué; pues vaya una tontería.» Pero sospeché que las razones eran otras y que tenían más que ver con el tamaño de su estómago y la grasa acumulada en su pecho y en sus hombros por la buena vida de años. ¡Qué buena gente, el juez!

Al lado de los tres también estaban Alicia, la mujer de Jaume, tan dulce y guapa y apacible como siempre, y Carmen, que de vez en cuando miraba a su marido plantado con solemnidad en el banco de los testigos, íntimamente convencido de su importancia. Pero en seguida desviaba la mirada y la paseaba por los invitados, buscando en las caras de la gente conocida un cotilleo, un motivo de escándalo, cualquier curiosidad que pudiera luego alimentar horas de conversación.

Un poco más allá, dos señoras mayores, también coloreadas por el sastre sevillano o madrileño de la última moda, se abanicaban pacientemente para combatir el calor.

Y así, un banco tras otro. Todas estaban aquí. Con sus maridos o con sus hijos o con sus amantes, con sus adulterios o con sus pasiones o solas o en grupo. Todas.

Y solamente nosotros, Juan y yo, Jaume, Alicia, Biel, Tomás, Andresito, Lucía y los demás (mis hermanos, también mis cuatro hermanos pequeños y Sonia, mi única hermana), encajábamos en la representación, acto primero, escena primera o acto postrero, escena final. Y es que en realidad se trataba de nuestra ceremonia, de nuestros novios, de nuestro melodrama, y no necesitábamos la compañía de nadie que nos lo explicara y lo cargara de solemnidad. Como todo lo nuestro, hubiéramos preferido celebrarlo a solas.

En los bancos del final, las viejas del pueblo esperaban sentadas a que pasara el cortejo nupcial. Vestidas de negro, contemplaban tanta cacofonía y tanto colorín con la mezcla de desconfianza y desprecio tan propia de pueblos reacios. Rígidas, envaradas, miraban con ojos duros e inmóviles, como lagartos.

En el interior de la iglesia, igual que antes en la calle, se encendían los fogonazos de los flashes de los fotógrafos que retrataban sin discriminación a todo el que se moviera. Y los invitados se detenían un instante, aparentando indiferencia, para hacer un comentario jocoso que pudiera ser fotografiado como si a ellos les trajera sin cuidado. Allí estaban, procurando ser vistos y sin atender a lo que sucedía a su alrededor.

A todos les pasó por encima la homilía de don Pedro. No la escucharon siquiera y, así, se perdieron uno de los grandes y más amargos momentos del año.

—¡La felicidad no existe! —gritó de pronto don Pedro—. Ninguno de vosotros sabe, ni siquiera vosotros... —bajó la mirada hacia Marga y Javier y los apuntó con la mano derecha. Ellos seguían inmóviles, como si manteniendo la quietud pudieran escapar a las increpaciones de quien estaba ahí para casarlos, por más que, oyéndole, se hubiera dicho que estaba para maldecirlos—. Ni siquiera vosotros sabéis lo que es la verdadera felicidad, de qué pasta está hecha. Y, puesto que no lo sabéis, para vosotros no existe...

—Fíjate bien en lo que está diciendo —murmuró Jaume en mi oído—, fíjate bien y luego busca las explicaciones en lo que sabes, en todo lo que has vivido en estos años, y comprenderás... —Se echó hacia atrás, mirándome de hito en hito, triunfante; medio sonreía y en sus ojos muy negros había un brillo, tal vez travieso, tal vez perverso o de revancha, no sé—. ¿No lo ves?

Moví la cabeza de derecha a izquierda muy despacio. Luego fijé la vista en don Pedro, que gesticulaba frente al altar mayor. Y luego volví a mirar a Jaume. Levantó las cejas al tiempo que asentía.

—¿Lo ves?

Sonrió.

II

Siempre fue un viejo torreón derruido en medio de un olivar.

Mi padre había comprado las seis o siete hectáreas de Ca'n Simó mucho antes de que mis hermanos y yo tuviéramos edad para que nos llamara la atención el hecho o pudiéramos pensar que adquiría la propiedad para algo más que para añadirla a nuestro paisaje cotidiano. En lo que a nosotros hacía, Ca'n Simó estuvo allí desde el principio, y eso era todo. Nunca supimos por qué se había quedado con aquel olivar; yo no se lo pregunté y a mis hermanos no les importó averiguarlo. Fueron siempre indiferentes a la llamada de la tierra; ellos son urbanos y los aterra la soledad del silencio. Además, no les gustaba gran cosa Deià; de hecho, me parece recordar que, salvo Javier, y por supuesto Sonia que nunca volvió a salir de la isla, los cuatro restantes no han vuelto allá desde la muerte de nuestro padre o, tal vez, desde que fueron lo suficientemente mayores como para ir por su cuenta a veranear a algún otro lugar. A Marbella o a San Sebastián o al Empordà. Javier y Sonia, por su parte, viven en Mallorca (Javier no mucho, claro) por imperativo del destino, no porque les haya apetecido especialmente anclarse allá.

Torre de vigía no podía ser, porque Ca'n Simó es una finca rectangular encajada en la hondonada de la ladera, equidistante de las dos puntas de la bahía, mientras que la torre de vigía verdadera, también medio derruida, se divisa como a dos kilómetros de nuestro torreón según vuela el pájaro, al otro lado de la cala. Encaramada al promontorio, asoma por entre los pinos mirando chatamente al mar, aplastada por siglos de huracanes y salitre.

Molino de aceite tampoco debió de ser, en primer lugar, porque su superficie era demasiado exigua para que se le hubiera dado tal uso y, segundo, porque a menos de un centenar de metros se levantaba, se levanta aún hoy, la casona noble de Lluc Alcari, que dicen que fue hasta hace un siglo residencia de verano del obispo de Palma (digo yo que de ahí debe de venir la expresión «vive mejor que un obispo» como consagración de lo superlativo). Y en la cueva de esa posesión hay una tafona, la más antigua de las que se conservan en buen estado en la isla. Es de 1613 y la prensa, que está intacta, es un enorme tronco de unos quince metros de largo. Está cubierto de sacos de arpillera o de capachos de esparto, usados en su momento, unos, para acarrear la oliva al lavado en el molino y, otros, para servir de bandeja a la pasta de aceituna cuando se la pone en el interior de la prensa que ha de estrujarle el aceite. A su lado hay una solera circular que, tras casi cuatro siglos de dar vueltas haciendo molienda, ha adquirido la textura aterciopelada del canto rodado. En la almazara huele poderosamente a aceite, con un olor pastoso y amargo que entra por la nariz hasta raspar el fondo de la garganta.

Se diría que por fuerza, la tafona de Lluc Alcari, más grande que las de decenas de otras posesiones de la costa norte de Mallorca, hacía aceite para más de un olivar de la redonda y, en primer lugar, para el de Ca'n Simó, que es el que le está a los pies.

Me parece que, al principio, nuestro torreón (que a lo mejor ni siquiera era torreón, sino apenas casamata) debió de ser la celda de algún ermitaño. Luego, con el transcurso de los siglos, se convertiría en el amparo del amo, que es como se conoce en la isla al payés que se cuida de la finca, o en el refugio para cualquier rebaño de míseras ovejas que buscaran cobijo durante las tempestades de otoño. Seguro que en algún momento fue casa de aperos de labranza.

Hubo un tiempo en que quisimos creer que en el torreón habían pasado noches misteriosas los piratas venidos de la costa berberisca en época de moros. Hasta hubo un verano en que cavamos por debajo del muro e hicimos con los picos y palas del amo un agujero de modestas proporciones, aunque a nosotros se nos antojara enorme, convencidos de que encontraríamos algún tesoro o mapas de la costa que nos dieran la razón o, tal vez, un baúl. Pronto dimos con la roca que hay debajo de los pobres terrones que en la sierra de Tramontana pasan por ser tierra arable y abandonamos el proyecto.

Otro año, más refinados por la edad casi adolescente, pensamos que habría sido una guarida de contrabandistas, sin que se nos ocurriera que el torreón estaba a unos trescientos metros tierra adentro y en un altillo cercano al camino de Lluc Alcari, lo que lo hacía impracticable como escondrijo. Además, las cuevas de los contrabandistas están perforadas en la roca nuda de los acantilados que caen a pico sobre el mar.

Pronto se nos olvidó, sin embargo, el uso que la vieja torre hubiera podido tener: se hizo en seguida más importante el que le queríamos dar para nuestros juegos de infancia o para el recóndito pudor de la adolescencia.

El caso es que la posesión de Ca'n Simó estaba hecha, en su pendiente, de unas treinta o treinta y cinco terrazas de irregular trazado que la recorrían de parte a parte, interrumpiéndose a veces de forma caprichosa, para seguir luego por otro derrotero, más arriba o más abajo, según lo impusieran el tamaño y solidez de la roca con que hubieran topado los payeses al construirlas. También las atravesaban caminos muleros que eran más consecuencia del paso ancestral de pastores y viajeros que resultado de una obra de ingeniería. Hoy quedan dos de estos senderos, además del que se conoce por «paseo de los pintores», uno célebre que sigue la línea de la costa tras arrancar en un acantilado al que llaman La Muleta y que va a parar a lo alto de la cala de Deià, al lado de una torre primitiva, ésta sí en pie, en la que vive un novelista medio austríaco que, en los ratos libres, juega al ajedrez con quien quiera retarle. Desde la altura se divisa un espléndido panorama de mar y monte.

Por el «paseo de los pintores», que serpentea entre encinas, pinos e hinojo marino, han transitado en lo que va de siglo centenares de artistas de toda escuela e inspiración. En muchas de las rocas que lo bordean y a las que puede uno encaramarse para mirar a lo lejos, aún se notan las pinceladas que dieron para limpiar sus espátulas y pinceles o probar las mezclas de los pigmentos.

Cada terraza se sujetaba (y aún se sujeta, claro está) a la falda del monte por un bancal hecho de piedra seca, es decir, juntada y sostenida sin mortero. La cara exterior de cada piedra, dorada de color miel por efecto de la oxidación del tiempo, tiene como mínimo el tamaño de una mano grande. Todas están empotradas entre sus vecinas como si, erosionadas a gemidos por el viento, hubieran quedado igualados sus bordes hasta encajar tan perfectamente unos con otros que han acabado por parecerse a las piezas de un rompecabezas. Es un milagro que esas construcciones hayan podido durar siglos sin desmoronarse y sin que las mantenga en pie otra cosa que el precario equilibrio impuesto por su peso sabiamente distribuido a lo largo de su altura; sólo determinadas piedras, muy pocas, hacen aquí y allá las veces de llave de bóveda.

Y es apenas ahora cuando, al final del tiempo, alternándose el agua y la sequía, el polvo de la tierra que se descompone y el temblor que provocan los autobuses al circular por la carretera de Sóller, las han ido sacudiendo y desplazando; de tal modo que, de vez en cuando, suavemente, sin estrépito, se derrumba un trozo de muro y aparece en su lugar una herida abierta, una cuña de tierra dispuesta a deslizarse silenciosamente hacia el mar. Quedaría pelada la montaña si lo permitiéramos, igual que más abajo y poco a poco, sin que podamos hacer nada para impedirlo, van vertiendo al mar los bancales más cercanos a la costa. Quedan entonces desnudas las raíces de los gigantescos pinos marítimos y se los ve abrazarse desesperadamente a la tierra que se desangra. Aún hoy hay uno, al lado de la casa, solemne y majestuoso, que se yergue enhiesto mientras se sujeta dramáticamente a la roca que lo sustenta; cada año, el viento o la lluvia desmochan una esquirla de la piedra y el pino se agarra a ella más y más en precario con las raíces descarnadas al aire, como si fueran los talones de un halcón orgulloso y moribundo.

En ocasiones, en invierno, una terrible tormenta siega unos cuantos pinos con la facilidad con que se parten palillos y los hace deslizarse como si se tratara de livianas cañas. Crujen cuando se les desgarra la entraña a causa de la tensión que pretende doblarlos o estirarlos contra su naturaleza y suenan igual que en un barco gimen los maderos por efecto del viento y las olas. Y su peso y velocidad los convierten en mortíferas lanzas que todo lo arrollan a su paso.

Raro es el mes en que no me veo obligado a llamar al bancalero de Sóller para que me repare un trozo de muro o me construya un nuevo bancal que dificulte la erosión. Y luego se habla de lo bucólico y simple de la vida rural; lo cierto es que no hay fortuna que la resista.

En cada terraza se alinean los olivos, bien espaciados, aunque no tanto como en Cartago, en donde, en la antigüedad, tenían mandado ponerlos cada más de veinte metros porque dieran mejor fruto y más abundante. En Ca'n Simó, como en toda Mallorca, por ser la tierra más escasa y menos generosa, los tienen plantados a razón de uno cada cuatro o cinco metros.

Son angustiosamente bellos y crecieron retorcidos de las más diversas maneras por seguir el capricho que les dictara su secular busca del sol o del aire y la poda a la que hubieren sido sometidos con mayor o menor regularidad. También hay algarrobos aquí y allá y, ahora, adelfas blancas o rojas jalonando el camino; no es que éstas nacieran un día gracias a la sabiduría de la naturaleza, es que hace poco hice que las pusieran para tapar unos desagües que mandé construir de modo que las cañerías de la casa pudieran llegar hasta la nueva depuradora.

Ca'n Simó fue durante tantos años nuestro hogar de juegos y de fantasía, que quedó unido para siempre a nuestro recuerdo. Por eso, tras todo ese tiempo, he vuelto y he hecho construir, aprovechando las paredes del viejo torreón, la casa de la que tengo poca intención de marchar.

III

En realidad, los veranos de ahora no difieren mucho de aquellos otros de antaño. El aire sigue siendo el mismo, el ritmo de la vida es aproximadamente igual, los vecinos y los habitantes esporádicos de Deià, más maduros tal vez, siguen pensando y obrando de semejante manera.

De entre la población permanente, es cierto que los viejos se han ido muriendo, de modo que parecería que Deià se rejuvenece paulatinamente. Pero es ésta una falsa impresión, nacida de que, poco a poco, mientras la ciudadanía deiana propiamente dicha se reduce, van siendo más los veraneantes (de los que chiquillería y juventud son mayoría) que pasan temporadas y más los extranjeros (sobre todo alemanes, que parece que no hay otra cosa en Europa) que, habiendo comprado casas, se han instalado en el villorrio o en sus aledaños. También acuden en mayor número quienes pasan de visita, escudriñando curiosamente el interior claroscuro de los patios o los semblantes de los otros transeúntes, por si se tratara de alguna celebridad de la música, las letras o las artes. Y los forasteros que viven en el pueblo, tal vez ensoberbecidos por la leyenda intelectual de que está adornado el lugar, adoptan con intensidad algo teatral el gesto adusto de quienes, sabiéndose depositarios de algún secreto mirífico o de una tradición sagrada, han aceptado el papel de vestales y sacerdotes con los que los ha uncido la tradición. Viven cada momento con la seriedad de quien interpreta un rol trascendental en un espectáculo olímpico del que sólo son partícipes unos pocos privilegiados.

Todo forma así parte del escenario en el que se desarrolla la apacible vida de Deià; una vida en la que las pasiones son más bien pueblerinas, es decir, limitadas, aunque las dignifique el nivel humano que adquieren las tragedias. ¡Y Dios mío, cuánta tragedia banal! Las peleas por el agua tan escasa, por un par de metros cuadrados de tierra, por quién hizo qué hace décadas, porque un hermano ha roto con los otros dos a causa de los tabiques que separan las partes alícuotas de la casona que les dejaron los padres al morir, por unos amores traicionados... Y así, la historia mía, a la que he regresado, pertenece tanto a Deià, a sus habitantes, a sus veraneantes, que me parece haber vencido un periplo completo, alejado de aquí y finalmente encadenado de nuevo sin posibilidad de escapar a lo que durante tanto tiempo me reservó el destino.

El ritmo de las horas, el transcurso de los días, la evolución de las historias familiares, de las peleas y alianzas, sigue siendo el mismo de siempre, el mismo de mi niñez, de mi adolescencia y de mi juventud. La sangre casi nunca llega al río y las pasiones, al final, siempre se ajustan a la pauta superficial de la rutina.

Hasta la extraña melancolía del final de temporada, hecha de añoranza y de la luz amarillenta de septiembre, se repite cada año sin sustancial alteración, hoy como ayer.

Es un sentimiento discreto este de la despedida y así lo recuerdo ahora, sabiendo que entonces lo experimentaba sin acertar a explicármelo. Concluido nuestro veraneo, nos íbamos de regreso a Madrid y eso era todo, porque indefectiblemente al año siguiente llegaríamos de nuevo en los primeros días de julio y reemprenderíamos nuestras aventuras, nuestras amistades y nuestros rencores, y luego nuestros amores (los que hubiéramos osado), allí donde los habíamos dejado unos meses antes.

Con la única diferencia de que, sin saberlo, habríamos cambiado nuevamente.

En verano vivíamos en la parte alta de Son Beltran, una posesión que está directamente encima de Ca'n Simó, al otro lado de la carretera, hacia el monte, en una casa grande de dos plantas y varias habitaciones. Nunca fue soporte de historias, fantasías o peligros imaginarios o románticos y, por eso, no guardo de ella más recuerdo que el puramente utilitario del aposento. Era fea, eso sí, de piedra hosca por fuera y recovecos algo lóbregos y ciertamente poco discurridos por dentro. Una casa de verano, vamos, provista de agua de aljibe (fría hasta que mi padre acabó instalando un calentador con depósito, pero sólo para los mayores; los pequeños nos duchábamos ocasionalmente a diario con agua gélida) y sin electricidad (sólo el primer año, tras el que mi padre, harto de no poder leer a gusto por la noche las decenas de libros que devoraba en el verano, hizo instalar un pequeño grupo electrógeno de gasoil).

La casa tenía un porche cubierto en el que nuestro padre pasaba muchas horas leyendo o charlando al caer la tarde con el párroco o el alcalde, con el canónigo de la catedral capitalina, con amigos de Palma o conocidos de Deià. Alguna vez, muy de tarde en tarde, acudía brevemente Robert Graves, el poeta de la melena blanca y los ojos profundos. Se sentaba, tomaba un poco de queso, unas cuantas aceitunas y un vaso de vino, hablaba de esto o aquello (en mal castellano, del que sólo chapurreaba algunas palabras con el abominable acento propio de los ingleses), saludaba y se marchaba. Iba camino del baño cotidiano o de vuelta de él; siempre lo tomaba en Es Canyeret, la diminuta cala en cuyo *escar* guardábamos la barca de remos y de cuyas rocas él recogía la sal depositada por la marea. Decía que era muy sano hacerlo y cocinar después con ella. Pero ni de Graves tengo un recuerdo muy preciso. Era uno de los mayores habituales que iba y venía sin que a nosotros nos afectaran sus libros, las gentes que lo visitaban, los amores que luego supimos que tenía. Sólo más tarde, cuando la televisión inglesa emitió la serie de *Yo, Claudio,* nos dimos cuenta de que era todo un personaje. Mi padre me dijo luego una vez que Graves era un hombre grande, un sabio y un poeta; me explicó que sus poemas de guerra y de trincheras eran tan tristes que hacían abominar de la suerte del soldado por más que a veces las batallas fueran inevitables. Nunca olvidé aquellas palabras y nunca fue necesario que las repitiera (él jamás repetía las cosas) para que a partir de entonces los temas militares provocaran en mí una repugnancia instintiva, aun antes de haber leído los versos de Graves.

En la casa de Son Beltran cabíamos no muy holgadamente, además de mis padres, Pepi la cocinera, las dos doncellas y todos los hermanos. Por ser yo el mayor, sólo compartía cuarto con Javier, que era el que me seguía en edad. Los otros cuatro varones, Pepe, Luisete, Chusmo y Juanito, se amontonaban en un dormitorio pequeño en camas superpuestas de dos en dos. Sonia, nuestra hermana de en medio, por ser mujer, tenía derecho a vivir y dormir sola; lo que no la libraba de todas las perrerías singularmente crueles que le infligíamos los hermanos. En realidad no hacíamos más que repetir el arreglo que teníamos en Madrid durante el invierno.

Hace muchos años, había que vernos, llegábamos a Deià a finales de junio para empezar así un veraneo que duraba, entre unas cosas y otras, algo más de tres meses.

Embarcábamos en Valencia después de llegar a ésta en tren, y nuestra entrada en Deià, parecida a lo que yo imaginaba sería la del maharajá de Kapurthala, producía verdadera expectación en el pueblo, por más que los vecinos se cuidaran de que no lo advirtiéramos. Los taxis tomados en el puerto de Palma por toda la familia, con excepción de nuestro padre (que viajaba un mes más tarde, sin duda para ahorrarse el bochorno, hasta terminar el periplo en un automóvil que invernaba en un garaje de Palma y que mi madre conducía cuando no estaba él), acarreaban baúles, maletas, fardos, mochilas llenas de libros de estudio que teníamos que repasar y que evitaríamos abrir hasta el último momento, flotadores, sombrillas y otras cosas de similar inutilidad. Yo sobre todo no entendía que las sombrillas tuvieran que hacer el viaje a Madrid terminado el verano para regresar nueve meses más tarde a Deià sin haber sido abiertas siquiera una vez para comprobar los efectos del traidor paso de las polillas y del óxido.

Sonia, que de pequeña era la más pudorosa, solía quejarse de tanto trajín. «¡Mamá! —exclamaba cuando los taxis coronaban penosamente la cuesta que acababa en el lavadero público a la entrada del pueblo—, ¿siempre tenemos que llegar como un circo? De veras, mamá, que nos miran como si fuéramos marcianos, buf.» Y torcía el gesto con disgusto, tapándose el semblante para no ser vista, mientras nuestra madre sonreía sin hacerle caso, con el aire ausente y distraído que ponía siempre ante nuestras quejas o, todo lo más, la recriminaba secamente por haber empleado una palabra malsonante y poco propia de una señorita de buena familia.

Para entonces, la discusión me había dejado completamente indiferente. Ni siquiera la oía. Andaba mi ánimo empeñado en otras cosas: desde horas antes había ido anticipándome cada vez con mayor intensidad a las emociones de la llegada y esperaba con impaciencia el momento en que, alcanzado por fin el villorrio, comprobaría que todo estaba en su sitio, que nada fundamental había cambiado de un año para otro, como si tal cosa fuera posible en Deià. Escudriñaría cada metro del paisaje que desfilaba ante mis narices pegadas al cristal de la ventanilla trasera izquierda del taxi. Siempre reclamaba para mí el asiento trasero izquierdo, para así empezar a divisar el pueblo desde la revuelta alta de la carretera. Anotaría en mi memoria la más mínima alteración, el más insignificante añadido o sustracción en los ladrillos, en los tejados, en las gentes, en la vegetación. Si algo faltaba o sobraba, lo percibía al instante y lo archivaba en el magín para investigar, en cuanto tuviera tiempo, la razón de la diferencia. Sólo así recuperaría mi mundo como lo había dejado y sería capaz de retomar mis aventuras en el mismo punto en que habían quedado casi un año atrás. De pequeño siempre fui en extremo observador, casi meticuloso en el detalle y obsesivo en el orden en que conservaba mis cosas. Cualquiera diría que soy ahora la misma persona. Pero me era fundamental saber que, con la misma impaciencia con que yo llegaba, me esperarían los de la pandilla, Juan, Marga, Domingo, Jaume, Carmen, Alicia, Biel... los de siempre, para reanudar todo lo que habíamos dejado en suspenso tantos meses antes. Con la adolescencia, Marga empezó a ocupar el lugar preferente en mi ansiedad, más adelante en mi angustia y por fin en mi claustrofobia.

Ahí estarían según llegáramos; unos se asomarían a la ventana de sus casas, otros bajarían en tromba por los caminos que desembocaban en la carretera, otros se encaramarían a algún *margés* desde el que divisar el paso de la caravana. Sólo Marga estaría en la carretera, a la salida del pueblo, siempre en el mismo sitio, mirándome muy seria cuando el taxi se cruzara con ella.

Otros personajes no menos importantes tenían que desfilar ante mis ojos para que yo pudiera concluir de encajar todas las piezas.

Debería de estar Margarita, dueña de la tienda universal de Deià, gritona, obesa y antipática, que nos tenía a todos aterrados, incluyendo al propio marido, el pobre, al que ensordecía a gritos y órdenes destempladas. Nos miraría con mal humor desde su puesto de observación a la entrada del Clot, pensando sin duda que ya nos pillaría cuando fuéramos a comprar caramelos, pipas o las ensaimadas para el desayuno.

Estaría don Pedro, el joven párroco, que en aquellos años aún vestía sotana, raída y siempre limpia; las tías de Juan y de Marga lo tenían como los chorros del oro. Don Pedro habría bajado a la carretera para vernos pasar y saludar a mi madre con el gesto de sorpresa de quien se encuentra en un lugar por casualidad y topa con un conocido al que no ve de antiguo, pero lo haría con obsequiosidad algo solemne y un vago gesto de bienvenida, mitad bendición, mitad admonición. No sé qué edad tendría; se me antojaba que mucha, pero no pasaría de los treinta y cinco o treinta y seis años.

Me tiraba de las orejas después de misa los domingos. Siempre lo hacía sonriendo para quitarle animosidad al gesto. No perdonaba una fiesta de guardar con la excusa de que yo andaba perdido en las musarañas. Y así nos tiranizaba a todos los hermanos, sospecho que con la complicidad de nuestra madre. Había encontrado en nosotros una comodísima cantera de monaguillos y no se le ocurría modo mejor de mantenerla a raya. El resto de la pandilla ponía siempre a tiempo pies en polvorosa y luego todos se reían de nosotros por madrileños novatos.

En los primeros días del verano, su regañina siempre empezaba porque, entre misa y misa, me salía de la iglesia y, por pasar el rato, tras sentarme en el murete que la rodea y que se asoma al valle desde lo alto de la colina, me distraía leyendo tebeos de hazañas bélicas, del mago Mandrake o del Enmascarado. Don Pedro, que al principio me sorprendía acercándoseme de puntillas por la espalda, estaba convencido de que me detenía con excesivo y doloso cuidado en las viñetas en las que figuraban heroínas que los dibujantes habían pintado con formas exageradas. Aquellas redondeces exuberantes eran, me parece ahora, más fruto del apresuramiento del artista (o de sus propias pesadillas) que de un deseo de provocar en sus lectores sentimientos de lascivia.

Pero era cierto, claro está, que en los años adolescentes yo hacía lo que podía por satisfacer la curiosidad que despertaba en mí el instinto.

«¿Qué andas mirando?», susurraría teatralmente don Pedro, agarrándome una oreja y sacudiéndome por ella. Y yo haría una confesión instintiva de culpa pasando la hoja con rapidez mientras giraba la cabeza en dirección al tirón de oreja por evitarme el dolor que me producían los dedos de don Pedro.

Al segundo domingo, recordada la lección, me iba más lejos, a la plazoleta trasera, lugar al que le resultaba más complicado seguirme. Pero don Pedro, sin inmutarse por la falta de pruebas, me esperaba luego en la sacristía y allí tenía reservado a mis orejas el mismo tratamiento. «¿Dónde te habías metido?», me preguntaba en tono acusador, siempre sonriente. Y yo, con la conciencia culpable, no sabía qué responder y me encogía de hombros con el sentido fatalista de lo inevitable. Además, como nos teníamos que confesar al menos un par de veces o tres durante el verano, don Pedro conocía bien nuestras flaquezas por más que en público hiciera el paripé de que confesor y párroco eran dos personas distintas. Y, claro, nos tenía condenados de antemano.

Cada uno de mis hermanos, salvo Sonia, fue sometido al mismo castigo un año tras otro. Pero, en el fondo, volver a ver al párroco al principio de cada verano era como reafirmar que estábamos vivos y dispuestos para la lucha por la libertad. Y, andando el tiempo, por el tabaco.

Sin embargo, la prueba de que todo estaba realmente en orden en aquellas llegadas al veraneo era concluyente si al borde de la carretera esperaba Vicente, el cabo de la Guardia

Civil que, observándonos con imperiosa severidad, se balancearía sobre sus botines (en los años cincuenta, las cosas habían cambiado mucho y Vicente, en los días en que no tenía que moverse del pueblo, prescindía de los leguis y llevaba botines encerados) y tendría las manos prendidas en el lustroso doble correaje del uniforme. Bajo su tricornio reluciente, encajado hasta las espesas cejas negras, brillarían los ojillos pardos mirándonos atentamente; las puntas del fiero bigote, embetunadas y enrolladas por pulgar e índice hacia lo alto, darían, como siempre, la impresión de estar a punto de asaetear los mismísimos ojos de su dueño, tan rígidas las mantenía el cuidadoso aseo diario.

En aquellos años de infancia, Vicente nos infundía santo pavor. Es curioso que ahora recuerde su estampa de entonces como la de un tipo entrañable, cazurro y bonachón, hecho de pan ácimo y olivas, una verdadera caricatura a lo Bizet, no muy grande, pero ciertamente sólido. Todo él era redondo y tenía el estómago dilatado, supongo que por la cerveza y los garbanzos y la col y la carne de cerdo. Pero tenía la piel tirante y dura. Algunas veces, no muchas, apostábamos entre nosotros por ver cuál se atrevería a tocarle el bíceps. Entonces vencíamos el miedo y nos acercábamos a él con cualquier excusa. Disimulando como Dios nos daba a entender, nos las componíamos para tropezar con su brazo y aterrarnos al contacto con lo que nos parecía acero. Luego salíamos despavoridos a escondernos detrás del murete de la comarcal para reír nerviosamente de nuestra hazaña. Pero eso era cuando aún éramos muy pequeños.

Imponía Vicente en el pueblo su particular noción del orden público, a caballo entre lo justiciero y lo moral. Dirimía disputas, castigaba a novios que se hubieran hurtado un beso furtivo y les pedía la *cumentación* para tenerlos registrados en caso de que fueran reos de ulteriores desmanes, perseguía con ferocidad a los infractores de cualquier cosa y mantenía a raya a la chiquillería. Todo lo hacía con igual intensidad.

Hubo una vez en que fue a quejarse a Robert Graves porque un recién llegado a Deià, un americano que, de paso para el Nepal, había decidido quedarse un tiempo, leía demasiado. Pecado sin duda tolerable en un excéntrico como Graves que, por añadidura, llevaba leyendo en el pueblo toda la vida, pero de todo punto censurable en un *forasté*. Los forasteros, por razones que desconozco, tienen muchas culpas que expiar en Mallorca.

En otra ocasión, regresando de noche desde Valldemossa, mi padre, que iba al volante de un Pato Citroën, un famoso 15 ligero que teníamos entonces y que luego sustituyó a finales de los años cincuenta por un Opel Kapitän (y de la parte delantera de cuyo asiento trasero izquierdo sobresalía el molesto extremo de un muelle que se me clavaba siempre en la pantorrilla), casi chocó en una curva con un coche cuyo dueño, francés a juzgar por la matrícula, había aparcado olvidando encender las luces de posición. Nos dimos un susto de muerte. Mi padre, lo nunca oído, soltó una palabrota. Aún recuerdo aterrado que exclamó «¡carajo!». Después, recuperada la calma, prosiguió impertérrito el camino (pasé muchos años intentando imitar aquella capacidad de mi padre de mantener la imperturbabilidad: me parecía que sólo así se demostraba madurez). Al llegar a Deià detuvo el automóvil frente a la pensión y miró hacia donde Vicente fumaba, después de cenar, su Farias cotidiano.

—Cabo —dijo.

—Diga usted, don Javier —contestó Vicente.

—Hemos estado a punto de matarnos contra un coche aparcado allá atrás, a un par de kilómetros, un poco más acá de Son Galceran, con las luces apagadas. La matrícula es francesa.

—Vaya, hombre, don Javier. Estos *forastés* siempre jodiendo. Se creen que estamos en un país libre, ¿no? Ahora me acerco.

Mi padre sacudió la cabeza para no tener que responder a la humorada involuntaria de Vicente y todo siguió como si tal cosa. Un intercambio así era típico de ambos: los silencios y sobreentendidos de sus conversaciones de verano se convertían de este modo en el puente con el que salvaban el abismo de sus respectivas culturas y, naturalmente, de sus opiniones políticas.

Mi padre siempre decía «yo soy de Marañón». Aludía así al único liberal reconocible (y aceptado por el *establishment*) de los que se habían quedado en la España de Franco: el célebre endocrinólogo e intelectual Gregorio Marañón, y con ello reafirmaba sus propias convicciones liberales, por supuesto radicales y anticlericales, y su republicanismo de fondo. Así se hacía en la buena sociedad madrileña. Aunque persona de orden (que era como se las describía entonces), jamás se había identificado con las derechas y al final de la guerra civil incluso estuvo en un tris de que lo fusilaran. Sólo lo había salvado su noviazgo con mi madre, que era hija de un gobernador civil adicto al régimen.

Iba siempre de gris, menos el tiempo en que llevó luto por la muerte de su padre: aún lo recuerdo, enfundado en un traje cruzado completamente negro que fue su uniforme durante más de un año. Y todavía durante dos años más llevó corbata negra y una banda del mismo color en la manga izquierda de la chaqueta. En mi casa, las formas se respetaban a rajatabla. Mi padre no admitía discusión sobre ello ni sobre lo que constituía su voluntad y mi madre le apoyaba siempre tímidamente pero con firmeza. Una vez, papá me dijo en tono de broma: «Yo soy de Marañón, pero no olvides que libertad no es libertinaje y que lo mío es despotismo ilustrado. De modo que dispónte a leer el *Quijote*.»

Nunca tuve una relación íntima con él. Jamás me dio un beso; sólo un apretón de manos en los momentos solemnes. Él, desde luego, no consideraba necesarias las efusiones o, creo, la relación cercana, igual que no consideraba conveniente el intercambio de opiniones entre un padre y un hijo; era impensable que un hijo llegara a ganar una discusión a un padre porque éste no estaba para discutir y titubear sino para marcar el camino. Jamás fui consultado, por ejemplo, sobre la carrera que estudiaría: yo era el mayor y yo sería quien heredara el bufete. Fue un sobreentendido desde antes de que acabara el bachillerato. Cuando estrenó el nuevo despacho en la calle de Velázquez de Madrid me llevó de oficina en oficina, de biblioteca en biblioteca (de horrorosas y labradas y oscuras maderas), diciendo: «Pronto todo esto será tuyo, Borja.»

Sólo la pleitesía rendida al mundo de la cultura, del que era paladín y mecenas, hizo que le resultara aceptable la carrera de concertista emprendida por mi hermano Javier. Y eso, sólo cuando comprobó su asombroso virtuosismo con el piano.

Esta forma de ser tal vez explique mejor que mil palabras la relación entre mi padre y el cabo de la Guardia Civil de Deià: se sustentaba sólo en la severidad y en el silencio, que alentaban un curioso respeto mutuo.

Vicente. Hoy está más cascado y ha dejado de fumar. Pero las guías del bigote siguen apuntando hacia lo alto, bien embetunadas y enrolladas. Dicen que un día, no hace mucho, el Rey pasó por el pueblo y, viendo a Vicente, detuvo el automóvil y le hizo señas de que se le acercara. Vicente, que se había puesto en posición rígida de saludo, acudió corriendo hacia el coche sin bajar la mano derecha de la sien. Sonreía anchamente. Nunca nadie en el pueblo le había visto sonreír con anterioridad.

—¡A las órdenes de vuestra majestad, sin novedad en el puesto! —exclamó, jadeando un poco.

El Rey lo miró muy serio.

—¿Qué hay?

—¡Sin novedad en el puesto, majestad!

—Oye —dijo el Rey.

—¡A las órdenes de vuestra majestad!

—¿Usas betún para el bigote?

—¡A las órdenes de vuestra majestad!

—Pues ten cuidado no te vayas a pinchar en un ojo, tú... Pero sigue así. Así tiene que ser.

Nuestro Hércules Poirot quedó tan entusiasmado que le costó gran trabajo volver a emprender sus tareas de protección y vigilancia con la misma seriedad de antaño. Y es que la sonrisa tardó días en borrársele.

IV

El 4 de enero pasado fue el día escogido por Juan para darme la bienvenida colectiva y oficial.

El hijo pródigo había vuelto a casa y, perdonadas sus culpas, sería admitido nuevamente en el círculo raro, restringido, irrompible y un poco agobiante de lo que Marga describía como una pandilla veraniega trasnochada. En ocasiones como ésta es preciso pagar un precio y agotar una espera. En el carácter de las cosas está que el protagonista desconozca la cuantía de la penitencia y el ritmo de la demora. En mi caso había sido un mes, que yo había aguardado desde mi regreso a Ca'n Simó sin dar señales de impaciencia o hacer gesto alguno que denotara deseo de reconocimiento. Ya me llegaría la hora.

Eran momentos delicados en España. Franco había muerto un año antes y las cosas en Madrid estaban complicadas. Tras mi regreso definitivo de Londres me resultaba más conveniente restablecerme en Deià antes que en Madrid y supervisar el bufete desde allí. Había trabajado mucho en los años anteriores y, dejada la dirección del despacho en manos de uno de mis colaboradores, me disponía a empezar un año sabático o, lo que es lo mismo, me disponía a verlas venir.

Por lo tanto, mientras llegaba el tiempo de que mis viejos amigos mallorquines me acogieran de forma colectiva, me limité a llamar a casi todos uno a uno, a verlos por separado o agrupados, pero respetando siempre el hecho de que el viejo círculo aún no se había reunido de modo formal.

Bien mirado, sólo Andresito, con la nobleza de sus sentimientos a flor de piel, y Jaume, con su ironía escéptica y burlona, habían sido capaces de reanudar nuestras relaciones como si nada, ni siquiera el tiempo, hubiera pasado. Llamé, sabiéndolo, a uno y a otro al llegar y ambos acudieron inmediatamente a verme y a beber una botella de vino conmigo. Entonces, Andresito aún bebía, el día que deje de beber cerrarán dos o tres bodegas, solía decir; ahora lo ha hecho y dice que se encuentra mejor.

Siempre me había parecido que a Jaume, que despreciaba inteligentemente a la sociedad local, le resultaba divertido ver que un forastero la fustigaba —aunque fuera con un escándalo, y bien superficial que había resultado éste—. A Andresito, por su parte, le era simplemente imposible ser crítico con sus amigos. Volverlos a ver, igual que a Juan, mi cuñado, no había equivalido a un regreso porque de ellos nunca me fui.

Eran los demás los que debían pasarme la factura. Sabía que a Juan le tocaba oficiar de sumo sacerdote de una primera ceremonia que, sin ser la más importante desde el punto de vista social o desde el del número de asistentes, era la de mayor regusto sentimental. Tendría por fuerza lugar en la casa de Selva, lo que le prestaría un sabor agridulce que me divertía, claro, pero que al tiempo me resultaba cargado de añoranzas. Al fin y al cabo, la casa de Selva era *la casa de Selva* para Marga y para mí, llena de dolor y recuerdos.

Las ceremonias que siguieran a la celebrada por Juan, por poca gracia que me hicieran o escaso interés que me merecieran, eran el saldo que yo debía pagar por obtener la paz que buscaba al volver a Mallorca. Había empezado entonces un largo proceso durante el que, en cada uno de los salones sucesivos, todos fingirían sorpresa al toparse conmigo (por más que llevaran algo más de un mes sabiendo por los periódicos que yo había regresado a la isla y que, manteniéndome encerrado en un retiro oficial, se suponía que estaba preparándome para dar el salto que consagraría mi carrera política). Años atrás puede que hubiera desafiado a la sociedad local con mi indiferencia, jugando a ser el excéntrico por el que siempre me quise hacer pasar. Pero ahora ya no quería jugar a nada. Sólo deseaba apartar de mí los problemas y vivir sin sobresaltos los meses de paz que me quedaran, sin que me inquietaran, en silencio.

Para esta primera cena, Juan había escogido el lugar y los comensales con arreglo a lo que exigía nuestra tradición. No me sorprendió en ninguna de las dos cosas.

La casa que tiene en la plaza Maior de Selva (un pequeño pueblo que se encuentra en el centro de la isla, a menos de una legua de Inca) es tan típica de Mallorca y de su burguesía acomodada que difícilmente puede encontrarse nada más ilustrativo.

La plaza es un amplio rectángulo de cemento bordeado por calle. Tres de sus lados tienen una configuración muy definida: en uno están la iglesia, con la espectacular escalinata por la que se accede a ella, y la casa del párroco; en el frente se encuentra el ayuntamiento y, por fin, en el lado opuesto a la iglesia, está la casa de Juan. «Las tres fuerzas vivas del pueblo —dice con su voz bronca; cuando quiere ironizar arrastra además las últimas sílabas en un ronquido prolongado y, finalmente, ríe con aire cómplice—. El párroco, el alcalde y yo. —Se interrumpe un momento y luego, señalando con la barbilla la sucursal de la Banca March que está pegada a su casa, añade—: Bueno, las cuatro fuerzas vivas, ¿eh?» El cuarto lado del rectángulo está un poco más apartado del centro de la plaza: la calle es en este punto bastante más ancha y constituye un a modo de plaza secundaria que la práctica pueblerina ya no considera plaza Maior.

Había estado lloviendo durante toda la anochecida y quedaban grandes charcos aquí y allá sobre el asfalto de la calle y debajo de la gran arboleda. Pero el aire se había limpiado y no hacía frío pese a lo temprano de la fecha. De parte a parte de la plaza colgaban largos cables que sustentaban grandes estrellas hechas con bombillas multicolores y un cartel que rezaba «Bones festes». A aquella hora, serían las nueve de la noche, circulaba poca gente por el lugar; sólo unos cuantos jóvenes que iban bromeando entre ellos y riendo y dándose empujones.

Que Juan escogiera Selva como lugar en el cual debía producirse el rito iniciático de mi readmisión indicaba, por encima de todas las cosas, que me acogían ya sin reservas en Mallorca y no solamente en Lluc Alcari, en la intimidad de un pueblo lejano de la sierra profunda y no sólo en la superficialidad frívola de la buena sociedad. ¡Cuántas cosas me habían sido perdonadas entonces! Hasta los delitos peores (y algo tontos en mi opinión), esos que me habían tenido alejado tantos años, la muerte de mi padre y, sobre todo, mi traición a la pandilla y a Marga.

En la casa de la plaza Maior que yo conocía tan bien, viejo edificio de piedra decorado con maderas nobles, estuco y baldosa, me esperaban, lo supe en cuanto Juan me llamó para ir a cenar a Selva, por supuesto mi hermana Sonia, que para eso era la anfitriona; Biel y Carmen Santesmases; Jaume y Alicia Bonnín; Marga, que, aún bella como ninguna, me miraría con sus ojos violeta oscuro, rígidamente estirada, dolorosamente hostil; Andresito y Lucía Forteza; Domingo y Elena, y Javier, mi hermano, más increíblemente guapo que nunca.

Se encontraban en la sala que está al nivel de la calle, un saloncito con chimenea de altas paredes encaladas, maderas de mongoy oscuro y ángulos isabelinos. Estaban todos alrededor del fuego, unos de pie y otros sentados sobre los dos tresillos de respaldo de caoba y asientos de tela mallorquina estampada, de la que llaman «de lenguas», con los colores de brillante azul y hueso opaco. Hablaban, hasta que se abrió la puerta de la calle y entré en la salita, en voz muy alta, riendo fuertemente con las bromas de Jaume o con las ocurrencias de Lucía Forteza.

En el mismo momento en que los vi a todos en el fondo del aposento, aunque los hubiera ido viendo uno a uno a lo largo de las pocas semanas anteriores, los reconocí como grupo, les reconocí la ropa, la postura, el gesto. Y de golpe me pareció que, habiendo dado un gran salto hacia atrás en el tiempo, simplemente me encontraba llegando a la casa de Selva diez, doce, veinte años antes. Cuando entré bebían cava en unas delicadísimas flautas de cristal de Bohemia que, ironías de la vida, muchos años antes le había traído yo a Marga de uno de mis viajes a Praga.

Quedaron suspendidos en el espacio, inmovilizados de golpe por mi llegada, quietos durante la fracción de tiempo que necesité para hacerles una fotografía con la memoria: míos de inmediato. Tan estáticos pero tan vivos como los personajes de un cuadro pintado por Sorolla a principio de siglo, con sus pinceladas de blancos del Mediterráneo en Valencia, de verdes de los valles santanderinos, de luz cálida y muy azul, y sus encajes delicadamente ensombrecidos o sus camisas de algodón recién almidonado con olor a lavanda; un brazo desnudo, un escote en violento y luminoso escorzo cargando la escena de sensualidad. Desplazados del centro imaginario del lienzo (como habría mandado el orden de la composición estética), sus facciones, delgadas y angulosas o placenteramente redondas en el caso de Andresito, pero siempre aristocráticas, habían sido sorprendidas en un momento de abandonada elegancia, de liviana impertinencia.

Hubo un instante de silencio. Luego, Juan se volvió sonriendo y dijo:

—¡Bueno, el hijo pródigo! Pasa, hombre, pasa... como si no conocieras esta vieja casa. ¡Venga!

Y de pronto me rodearon todos para reconocerme, darme palmadas, reír y saludar campechanamente. Marga fue la última en acercarse. Lo hizo despacio, como si, retenida por su rencor, tuviera que vencer la fuerza de un imán para conseguir aproximarse a nosotros.

Iba vestida de negro y, como siempre, severamente peinada con un sobrio moño que yo recordaba haber deshecho con travesura sensual una noche de hacía mucho tiempo. Entonces, libre de todo por un momento, había sonreído, había gritado sin contenerse y me había agarrado por las orejas y los costados de la cara para sacudirme, casi como si, al renacer repentinamente a tanto apasionamiento, hubiera extraviado la razón. Recuerdo bien aquel atardecer de verano en la carretera que nos llevaba a Selva. Nos íbamos empapando de la luz que se escondía aquí y allá detrás de los cipreses. Y más tarde, en la casa, cenando a solas, ella y yo como si fuera a durarnos siempre. Y luego en su habitación. Debajo de la camisola de lino, a Marga se le habían puesto los pechos duros como cristales.

Por eso no podía sorprenderme la hostilidad de Marga: yo le había despreciado tanto los sentimientos en aquellos días ya lejanos, que había quedado cristalizado su rencor. De la noche a la mañana le había obligado a controlar la pasión que llevaba apenas disimulada tras su aire altanero y su solemnidad. Se le tuvo que desgarrar la entraña, como cuando alguien que pretende levantar del suelo un peso excesivo se produce una hernia grande que le revienta el intestino. Ahora sé que debió de ser un milagro que no le estallara una de las venas que lleva enroscadas por los tendones del cuello. La sangre debía de correrle espesa, como veneno. Y, por fin, creo, se había puesto a odiarme y había trasladado a otro su capacidad de amarme.

Hoy, el pelo de sus sienes, fuertemente apretado, parecía, como siempre, estar tirando de sus ojos hacia atrás, achinándolos en estanques interminables que se desaguaran hacia el misterio y que la luz del atardecer hubiera hecho malva.

Le cogí la mano derecha entre las mías, como tantas otras veces, y se la besé. No dijo nada. Ni siquiera hizo ademán de retirarla.

—Enhorabuena, Marga —Sonreí—. Te llevas una buena pieza, ¿eh, Javier? —añadí mirando a mi hermano—. Lo mejor de la familia. —Y los dedos de Marga se ablandaron de pronto, como si se les hubieran fundido los huesos, y su mano se escurrió de entre las mías, como arena.

—¡Qué bárbaro! ¡Pero si estás igual que siempre! —dijo Lucía—. Te has hecho un *lifting*, seguro.

—¿A la edad que tenemos? Venga, Lucía. ¿Ya estás pensando en eso? Mujer, no tienes ni una arruga —contesté—. Es más, no la tendrás nunca a juzgar por cómo lo llevas, ¿no? Porque hay que verte. Se diría que tienes quince años.

Rieron todos. Hasta Marga sonrió echando la cabeza hacia atrás.

—Va, va, bromista.

—Ven aquí, Javier, anda, que estás hecho un querubín. ¿No te dije ayer que te cortaras el pelo? —Mi hermano se acercó sonriendo con timidez, como hacía siempre, y le pasé el brazo por la espalda hasta agarrarle el bíceps. Se lo apreté fuerte y le sacudí con cariño—. ¡Eh, tú! Que esta cena no es para mí ni para estas tonterías de mi regreso, es para ti, hombre, que te casas porque quieres y has encontrado la felicidad, ¿eh? —Miré a Marga y luego a Elena, mi ex cuñada. Elena sonrió y se encogió de hombros.

—La verdad es que sí —dijo Javier con su voz suave. Apartándose un poco de mí, se pasó la mano abierta, con los dedos bien separados, por el pelo que le caía sobre la frente en una gran onda dorada. Me miró y no dijo más.

—Venga, que éste ha llegado tarde —interrumpió Juan—, y va a estar lista la *porcella* sin que hayamos tomado el aperitivo. Vamos a bajar a la bodega, venga.

Del fondo de la sala, en el lado opuesto a la entrada desde la calle, se accede al comedor de la casa bajando un escalón y pasando por una puerta de madera casi negra que, en la parte superior, tiene dos cuarterones de cristal tapados pudorosamente por sendas cortinas blancas hechas a mano, como de pasamanería. En el dibujo de cada cortina hay un gato jugueteando con lo que aparenta ser una madeja.

El comedor es un rectángulo que se extiende por igual a derecha e izquierda de la puerta. En la pared de enfrente, en el ángulo izquierdo, se encuentra el acceso a la cocina y directamente frente a la puerta de la sala, la salida al patio. A través de los cristales se divisa el brocal del pozo. Es de piedra de *marès* que el tiempo ha puesto de color rosa.

Una enorme mesa rectangular ocupa todo el centro de la habitación y detrás de cada extremo de ésta hay un pesado aparador de madera negra. En las paredes, por todos lados, cuelgan grabados con motivos religiosos y anacrónicas vistas de Tierra Santa más imaginadas por el autor que fieles al paisaje verdadero. Los marcos son de madera arabescada y las tintas y los papeles están muy manchados por efecto de la humedad y amarillentos por el paso del tiempo. Un gran espejo isabelino cuelga en el único espacio que queda libre de tanta imaginería religiosa. Y es que a la muerte del padre de Juan y de Marga, que había sido notario de Selva, habían ocupado la casa dos ancianas y remotas tías de ambos que dedicaban sus vidas a cuidar de un hermano, tan viejo como ellas, que era el párroco del lugar. Habían muerto, primero el párroco y luego la hermana más joven y por fin la más vieja, en el espacio de seis meses.

A nuestra izquierda se encontraba la escalera de bajada al *celler*, una bodega perfectamente cuadrada en la que sólo había nichos y estanterías para las botellas en una de las paredes. De las restantes, todas recién encaladas y mantenidas con pulcritud, colgaban utensilios de la más variada naturaleza, extraños aparejos para la matanza, viejas lámparas de aceite, cacerolas agujereadas para meter caracoles, ganchos de los que colgar embutidos. También había dos grandes prensas para hacer queso, un enorme brasero en el que ardía cisco hecho del orujo graso de la aceituna y dos mesas alargadas (más tableros viejos que otra cosa), cubiertas en esta ocasión de vasos, botellas de vino, galletas untadas de sobrasada, trozos de queso curado en la misma casa y coca de verdura y de *trampó*. El vino, de Binissalem, rosado o tinto, era de la crianza de Juan, igual que un blanco muy seco del Penedès. Este hombre tenía viñedos por todos lados.

—Blanco —me dijo Jaume, dándome un vaso lleno de vino del Penedès.

Sonrió, mirándome con los ojos muy negros, sabiéndose mi único cómplice en aquella reunión. Y como él, reviví de golpe las horas que la noche anterior habíamos pasado en casa, discutiendo frente al fuego de la gente y de las ideas y de los sentimientos y de la historia de las civilizaciones antiguas del Mediterráneo, que es lo que de verdad nos importa a los dos. Alicia, con sus ojos de gacela inocente y sus gestos pausados llenos de gracia, nos había hecho infusión de yerbaluisa, de la que hay en mi jardín, y se había sentado para guardar silencio y escuchar.

—Y sobrasada —añadió Marga secamente al ofrecimiento de vino, como si cumpliera con un rito desagradable.

Cambié la mirada de Jaume a ella. El timbre algo ronco de su voz de mezzosoprano le salía raspándole la garganta, del fondo de la entraña, deslizándose por entre mil recovecos de pasión. Recordé instantáneamente cómo otrora me habían enloquecido y de qué modo, antes de asustarme como un merodeador culpable, me había dejado enredar en ellos. Debí de sacudir la cabeza al pensarlo porque Marga apartó de mí la bandeja de sobrasada, creyendo sin duda que yo había hecho un gesto negativo.

—Dicen que la casa que te has hecho en Ca'n Simó está muy bien. —Biel Santesmases me miró con curiosidad.

Sonreí.

—Me toca a mí la siguiente cena. La haremos en casa y así la veis.

—No sé cuál es —dijo Carmen Santesmases.

—Huy —dijo Lucía—, que no sabes cuál es. Si estuvimos juntas hace nada, mirándola desde el camino nuevo.

—Ah, ésa. Ya. —Y con el mismo tono, como si no hubiera confirmado su indiferencia un momento antes—: La terraza está bien, pero no me gusta la orientación del porche, la verdad. Yo lo habría puesto mirando francamente hacia el mar.

Hubo un silencio.

—¿Sabes lo que me dijo uno de Deià el otro día? —pregunté a Juan. Me miró sonriendo, con el vaso de vino levantado—. Me dijo que tampoco conocía la casa. Y luego añadió que, de todos modos, no le gustaba cómo estaba quedando el salón.

Rieron todos de buena gana. Carmen resopló.

—No sé de qué os reís, la verdad. No sabía cuál era. En serio —repitió, lanzando una mirada de advertencia a Lucía—. ¡Cómo sois!

—¿Qué haces ahora? —me preguntó Biel.

No había cambiado nada. Estaba tal vez un poco más encorvado, aunque, con su altura, no se le notaba mucho. Siempre pensé que era buena persona. Un buen profesional con poca imaginación que se tomaba a sí mismo demasiado en serio y que, con el éxito de su bufete, había decidido que las responsabilidades le pesaban en exceso. Por eso, el breve paso de los años le tenía encorvada la espalda, condena deliberada de su propia importancia.

—Nada. Escribo, paseo, miro al mar, reflexiono.

—Ya sé que escribes. Te leo. Y, si vives en Lluc Alcari, pasearás y mirarás al mar. Pero ¿a qué te dedicas ahora?

—A nada más, Biel, de verdad. Ésa es mi vida. Así me la quise organizar. Bueno..., lo cierto es que volví a Lluc Alcari por eso.

—En realidad —dijo Juan con malicia—, espera. Está encerrado esperando a que le llame Adolfo Suárez y le haga ministro de Justicia... y de ahí, quién sabe.

—¡Qué tontería! —exclamé—. No espero nada de eso. Simplemente he vuelto para refugiarme aquí y que me dejen en paz.

Juan me miró y no dijo nada. Me había visto pensativo últimamente cerca de casa yendo más de una vez de paseo con Daniel, cuidándome, con alguna impaciencia irritada, de su diminuta zancada, no fuera a tropezar en la maleza, tratando incómodamente de amoldar mi lenguaje al suyo, explicándole con cierta solemnidad los nombres de las plantas y de las flores e intentando, no con demasiado éxito me parecía a mí, llegarle al corazón. El único que era capaz de alcanzarle la intimidad, de traspasar su barrera de hosca indiferencia infantil, era Domingo. En nuestros paseos llegábamos con frecuencia hasta la finca de éste e indefectiblemente, con su entusiasmo de las cosas sencillas, con su profundo y poco complicado amor a la tierra, Domingo contagiaba a Daniel de la pasión simple por las cosas tangibles del campo: las flores de azahar, las calas, los nenúfares del agua remansada, la forma de hacer pozos y de podar naranjos; había uno grande que tenía casi trescientos años y que había nacido como limonero; sólo decenas de injertos lo habían convertido en lo que ahora era; el padre de Domingo había colgado un columpio de una de sus pesadas ramas y a otra la había apuntalado para que no la venciera el peso y la desgajara del tronco.

Mi hijo atendía las explicaciones de Domingo con alguna solemnidad y, sin decir nada, se ponía en cuclillas para observar de cerca cómo una procesión de hormigas se llevaba el cadáver de una cucaracha; la empujaba con el dedo o se entretenía en poner alguna hoja en el camino de los insectos. Luego levantaba la cabeza y sonreía. Tiene los ojos color miel y, entonces, recién llegado de Inglaterra, tenía también grandes ojeras moradas y una fragilidad enfermiza en los brazos y las rodillas. En realidad no lo quería.

—Ya —dijo Carmen—. Y tienes contigo a tu hijo pequeño, ¿no?

—Sí.

—Bien majo que es —dijo Domingo.

—Es adorable y quiero adoptarlo —añadió Elena—. Domingo y yo lo cuidaríamos mejor que tú, seguro, que eres un desastre.

—Es muy tierno y da mucha pena, pobrecito —dijo Alicia.

—¿El de la inglesa? —preguntó Carmen.

—Ése. No tengo otro.

Juan rió y Carmen, sorprendida en su curiosidad, no supo cómo sugerir que estaba interesándose por Daniel por pura educación, cuando los demás sabíamos que la guiaba su voraz tenacidad en el chismorreo.

—Leí tu último ensayo, ése sobre la forma del Estado democrático. Como no me lo regalabas fui a la librería y me lo compré —dijo Biel Santesmases.

Levanté las cejas en señal de interrogación.

—No, no, nada, me pareció interesante como todas las cosas que...

—¿Sí? —dijo Marga—. A mí me pareció de las cosas pomposas y pretenciosas, falso, falso. Ya te veo señor ministro...

Giré la cabeza para mirarla y, como no recuerdo que se me subieran los colores, me parece que debí de palidecer. Una vez, antes de que ningún director de periódico hubiera aceptado aún mi primer artículo sobre la libertad o la democracia, no recuerdo, Marga, que había leído el borrador, me dijo que me mataría si no seguía escribiendo y defendiendo mis ideas y jugándomela frente a los fachas; así dijo, fachas. Era por teléfono y ella no me vio, pero hice un gesto de indiferencia porque entonces aún creía que un escrito que no hubiera supuesto para su autor el desgaste de algo de su entraña o, en tiempos de Franco, una estancia en la cárcel tenía poco valor. Y éste me había costado poco y encima sin pasar por la cárcel. Aquel primer artículo me había brotado de la pluma sin pensar, casi sin sentir, y, de haber sido realmente retador para la dictadura, no me lo habría publicado nadie. Por eso hoy creo que valía poca cosa, aunque me lo calle. Me parece que me lo aceptó el director del periódico porque en el ocaso del franquismo todos jugábamos a demócratas. En fin, la impertinencia poco justificada de Marga me molestó: con el paso de los años me he ido acostumbrando a la lisonja y mi primera reacción a la crítica, sobre todo si es certera, es de profunda y soberbia irritación. En este caso, además, su lanzada me sabía a traición de un secreto bien guardado durante años.

—Hale —dijo Jaume—. Marga se ha traído la escopeta cargada.

Marga se encogió de hombros, se dio la vuelta y se aprestó a subir la escalera hacia el comedor. «Voy a ver cómo va la *porcella*», dijo a guisa de explicación. Javier la miró con algo de angustia y luego volvió los ojos hacia mí. Le hice un gesto de indiferencia, como si quisiera decirle «bah, ya se le pasará».

Juan me miraba en silencio.

—No te lo tomes a mal. Lleva unos días de mal humor y ya sabes cómo se pone —dijo Andresito para quitar hierro al exabrupto.

—No me lo tomo a mal, Andresito. —Miré a Javier—. Es como una hermana gruñona, siempre peleándose con los que la quieren... —Javier sonrió aliviado.

—Con esto de la boda —añadió mi hermana Sonia, también con aire de querer apaciguar los ánimos—, está cansada... Se agita demasiado.

—Es verdad que nunca os llevasteis demasiado bien —dijo Lucía. No era una pregunta—. Desde chavales que andábamos peleando todos...

—Sí que se llevaron —dijo Biel Santesmases—. Acordaos de cuando teníamos la pandilla; eran los dos que más mandaban y a los que se les ocurrían todos los juegos y las excursiones. Eran como los más mayores.

—Ya, pero se llevaban como el perro y el gato —dijo Juan. Me miró de hito en hito.

Todos hacían, hacíamos, estas afirmaciones con la solemnidad con que se pronuncian parlamentos de teatro destinados a convencer a los espectadores, invisibles detrás de los focos del proscenio, de que las cosas son como se declaman, planas y unidimensionales, y no de otra forma más sutil o más enrevesada o más perversa. Condenados a interpretar una y otra vez los mismos papeles mientras la vieja pandilla no cambiara de formato o se rompiera en pedazos: como una pesadilla recurrente, la misma, una noche tras otra.

—¿Cómo van a llevarse bien si son iguales? —exclamó Carmen—. Míralos... Igual de tercos, igual de enigmáticos...

—No somos iguales en casi nada, anda. Y esa suerte tiene Marga.

¿Iguales? ¿Ella y yo? Al principio, hace muchos años, cuando comprendía pocas cosas y éramos aún adolescentes, al irrumpir ambos de golpe en nuestras intimidades, me había parecido que Marga alimentaba un perverso afán de destrucción, algo que me sobrepasaba por su complejidad. Era como si obtuviera un retorcido placer del estímulo de la propia amargura. Luego, muchos años después, me di cuenta de que su corazón está hecho de tantas revueltas, de tantos ángulos y callejones sin salida, de tantos pozos sin fondo que tuve miedo de dejarme ir en ellos. Probablemente ni siquiera tenía entonces la generosidad o los sentimientos precisos para que me interesara la experiencia o para darme cuenta de que estaba ahí, al alcance de mi mano. De haberlo sabido es seguro que habría huido aún más de prisa y antes a refugiarme lejos de Marga en alguna frivolidad indiferente, para no saber que aquellas honduras podían inundarse de luz y que ella estaba esperando a que alguien las encendiera.

Ahora sé qué era lo único que aquella mujer de engañoso aspecto adusto y sobrio habría querido de la vida: vencerme en una pasión sin límites que nos hubiera consumido a ambos antes de que nos diésemos cuenta de que el fuego pasa pronto y el rescoldo aguanta mal el ritmo de la rutina. Pero para eso había que ser tan fuerte como ella y estar dispuesto a padecer todas las consecuencias. No me parece que hubiera yo querido estar a su lado mientras ella se daba cuenta de que, con el transcurso de los años, todo el *pathos* de su existencia se congelaba y la pasión de su boca se quedaba en un mero rictus de amargura. Ahora me pregunto si Marga no habría acabado acariciando la idea final de un suicidio juntos: nadar en La Foradada en un atardecer de septiembre, contemplando la interminable costa de la Tramontana hasta hundirnos agotados por el frío. Para ella ni siquiera habría sido una noción romántica: sólo la consecuencia inevitable o, más que inevitable, lógica de nuestra vida en común. Me lo pregunto. También me pregunto qué puede inspirar una locura así.

Los miraba yo a todos, a los de la vieja pandilla, a Juan, su hermano, tan placenteramente amable, y me preguntaba cómo era posible vivir al lado de un volcán toda una vida sin apercibirse de ello. Claro que en el otro platillo de la balanza estaba mi hermana Sonia, encarnación de la pachorra, que llevaba casada con él diez o doce años y había contribuido sin duda a apaciguarle cualquier afán hipercrítico. Pero una vez, muchos años atrás, Juan me había dicho: «Si algún día Marga se casa con alguien que no seas tú, deberá ser alguien con alma de cornudo porque va a tener que tragarse toda esa mala leche.» No sé si lo decía por ponerme a prueba o porque lo creyera verdaderamente.

Vaya. Pobre Javier. Había resultado finalmente el elegido. Siempre pensé que era un pedazo de pan, bueno y blando, con un corazón de oro. Bueno, si Marga se casaba con él tenía que ser porque se le habían empezado a calmar los ardores de alma atormentada y buscaba algo de paz, integrarse por fin en el ritmo apacible de la vida provinciana y de los viajes de gira. Si no, se acabaría comiendo a Javier de un solo bocado. También es verdad, sin embargo, que lo importante para mí en aquel momento era el sentimiento de alivio que me producía haber sido preterido, haber dejado de estar en el punto de mira de Marga. Claro que al mismo tiempo se me mezclaba también el despecho de *ser* preterido, de haber dejado de ser importante para Marga, o al menos tan importante, de no tenerla ya enamorada de mí. Bah, ¿quién entiende las pasiones?

Por la escalera del *celler* se oyeron los pesados pasos de Pere, el anciano criado de pies planos y enormes zapatones que, vestido con una impecable chaquetilla blanca abotonada hasta el cuello, bajaba para anunciarnos que la cena estaba lista.

—Juan —dijo—, ya podéis subir. —Me miró con gravedad, como si no me reconociera.

—Hola, Pere —dije—. ¿Cómo vas?

—Hola, chico —me dijo, por fin, hablándome en mallorquín—. ¿Dónde te has metido todos estos años? Seguro que no hacías nada bueno.

—Nada bueno, Pere. Anda que tú... Buen aspecto tienes. Y mira que tienes años ya, ¿eh?

Siempre recordaba a Pere, vestido de hábito negro, enjuto, riguroso, tan estirado y solemne como un obispo, igual que si él fuera el celebrante, ayudando al tío cura de Juan y de Marga cuando, siendo éste canónigo, decía misa en la catedral de Palma.

—Setenta y ocho.

V

—¿Cuánto hace que no comías *frit*, eh? —preguntó Juan.

—Qué sé yo, Juan. Años, supongo. ¿Sabes?, en general no me pongo de comer hasta las cejas, que es lo que vamos a hacer hoy. Vivir fuera de aquí tiene la ventaja de que cuida uno el colesterol...

—Tonterías —dijo Lucía—. ¿Pues no dicen que la dieta mediterránea es la más sana del mundo? Mírame a mí. ¿Tengo aspecto de enferma? —Y se enderezó en su silla para que se le notara la fortaleza algo rolliza y bien simpática de su anatomía.

—Siempre es bueno tener a qué agarrarse... —dijo su marido con la medio risilla de broma que siempre se le escapaba.

—Andresito...

—Bueno, chica, Lucía, te prefiero así.

Una vez, en Londres, había intentado hacer *frit*, esa mezcla tan mallorquina de patatas, pimientos, ajo, aceite y vísceras de cerdo. Sólo que, por estar en un país anglosajón, tuve que utilizar carne de cerdo congelada y el plato me había salido terriblemente insípido. Fue la noche en que conocí a Rose.

Mientras servía, Pere siempre participaba en la conversación general de la mesa, haciendo comentarios más o menos inteligibles pero que siempre tenían que ver con alguna cosa pasada, con alguna de nuestras barrabasadas, con alguna de nuestras anécdotas nunca excesivamente decorosa. Se empeñaba en demostrar que todos los comensales que nos sentábamos a aquella mesa estábamos vivos de milagro o que habíamos hecho algo en alguna época pasada que tenía al propio Pere vivo de milagro, sí, pero con el rencor intacto. Siempre había sido un gruñón malhumorado sin la autoridad suficiente para mantenernos a raya.

—La última vez que te di *frit* —me dijo mientras me ponía la bandeja delante— te sangraba la nariz.

—¿Sí? ¿De qué?

—Te había dado un cabezazo aquélla —contestó señalando a Marga con la barbilla—. No sé qué andabais haciendo en la buhardilla, peleando, seguro, como siempre, y bajaste con la mano puesta debajo de la nariz, sangrando como un *porc* y gritándole a ella ¡bestia! o algo así. Aquélla bajaba la escalera riéndose.

Marga, al otro extremo de la mesa, sonrió.

—Sí que lo recuerdo yo también —dijo Juan riendo—. Venías hecho un cristo, con la camisa llena de sangre, y Marga bajaba detrás de ti diciendo, mira, así podemos hacer un poco de morcilla y se la echamos al *frit.*

—¡Huy, qué bruta! —dijo Alicia.

No era la última vez, ni mucho menos, que Pere me había dado *frit.* Pero el incidente, ¡cómo iba a olvidarlo!, había ocurrido muchos años antes, cuando todos éramos aún adolescentes. Era una tarde muy calurosa de agosto y tendríamos, qué sé yo, catorce o quince años, y es cierto que Marga y yo estábamos enfrascados en una de las peleas en el transcurso de las que nos zurrábamos la badana sin piedad. Ella, que tenía más nervio y agilidad que yo, solía ganarlas, dándome el último empujón o la última patada, tirándome del pelo o pegándome un codazo en el estómago. Hacía años que nos enzarzábamos en estos pugilatos, pero ahora me habían dejado de divertir, sobre todo porque ya Marga se pintaba de vez en cuando los ojos y la había visto bailar con muchachos en alguna ocasión en las fiestas de la plaza en Sóller. Y tenía unos pechos increíbles; cada vez que se los miraba apenas tapados por el traje de baño se me revolvía el estómago, me entraban ganas de devolver y se me subía una erección de las que sólo es capaz un muchacho de quince años.

Luisete, uno de mis hermanos más pequeños, se asustaba de vernos regañar y luchar en silencio como si nos fuera en ello la vida y, a veces, hasta se echaba a llorar, y Sonia, que era muy tranquila, solía exclamar: «¡Jo, Marga, déjale en paz, anda!»

Pero aquella tarde estábamos solos en la buhardilla. En la habitación había, esparcidos por doquier, restos de cajas de madera de las que se utilizan para transportar naranjas y mandarinas; imagino que las habíamos robado del almacén para hacer alguna barbaridad por la que Pere nos perseguiría después. No sé quién dio el primer empujón a quién, pero esta vez en la mirada de Marga no había la picardía infantil de siempre: de pronto, en lugar de burlona, su agresividad se había hecho seria, casi enfurecida, y la lucha dejó de ser una travesura de chiquillos. Como si fuéramos dos animales intentando establecer nuestros respectivos territorios. Unos años más tarde habría reconocido la tensión erótica de todo aquello, pero entonces, en el mero principio de la juventud, yo no pasaba de ser un soñador algo romántico cuyas heroínas imaginadas a través del prisma de las novelas de aventuras que devoraba se parecían bastante poco a Marga. Marga solamente ocupaba todos mis sueños, mis pesadillas, mis obsesiones todas; era mi lado oscuro. Ahora sé, además, que para ella la juventud había quedado ya muy atrás: le rebosaban la sensualidad y la pasión, desnudas sin la sutileza de la madurez, y era como las tempestades profundas del invierno cuya intensidad yo no alcanzaba a comprender.

Fue una lucha desigual en la que nunca supe lo que estaba en juego. Marga, con una ferocidad inusitada, acabó en seguida con mi resistencia. De golpe me encontré con la espalda contra la pared. Ella me sujetaba con ambas manos apoyadas en mis brazos e, inclinada hacia mí, hacía palanca con los pies sobre los tablones del suelo. Jadeábamos. Creo que debí de decidir rendirme y apoyé la cabeza hacia atrás contra el muro. Cerré los ojos para recobrar el aliento. Y de pronto Marga me besó. Lo hizo con áspera dureza, supongo que por pura inexperiencia. Noté sus labios contra los míos y nuestros dientes chocaron; tenía, teníamos ambos, la respiración entrecortada y la boca seca de la pelea. Fue para mí una sensación aterradora. Ese día, Marga me ganó la partida para siempre.

La empujé hacia atrás con todas mis fuerzas y me volví violentamente hacia la puerta con la intención de salir corriendo. En ese mismo momento, Juan, que había subido a parar la pelea y a decirnos que todos nos esperaban para cenar, abrió la puerta y yo me di literalmente de narices con ella. Recuerdo cuánto me dolió y que, doblado en dos, me llevé las manos a la nariz. Cuando me las miré de nuevo estaban cubiertas de sangre. Todavía me suena en la memoria la carcajada de Marga y aún hoy soy capaz de revivir con la misma agudeza las sensaciones confusas, brutalmente eróticas, que, entre latido y latido de mi nariz medio rota, me asaltaron aquella noche y que quise rechazar una y otra vez sin conseguirlo.

Juan bajaba delante, de espaldas, mirándome con espanto la sangre que manaba; la hemorragia, además, era doblemente escandalosa por cómo se me estaba manchando la camisa. Repetía «que no se entere mamá» una y otra vez y, desde el descansillo, Pere sacudía la cabeza sin decir nada, inútil y rencoroso como siempre. Cuando llegamos abajo, Marga había dejado de reír y de mirarme burlonamente; me cogió por el codo con inusitada dulzura y me dijo «ven, anda, que te voy a limpiar». Y me llevó hasta el pozo, sacó agua y con su pañuelo me limpió la cara. Luego me hizo sentarme contra el brocal y echar la cabeza hacia atrás, hasta que se detuvo la hemorragia. En voz baja dijo «no quería que te hicieras daño». Me encogí de hombros y no dije nada. «Te podría volver a besar, ¿sabes?» De pronto le olía el aliento a flores, como el atardecer. Y no rió más. Me rozó la boca con los labios y me pareció que iba a salírseme el corazón por la garganta. «Un día te comeré a bocados», añadió. Y me dio vergüenza porque yo no entendía aún de pasiones compartidas, bah, ni sin compartir, y la madurez gutural de la voz de Marga casi me tiró al suelo. Apenas si teníamos los dos quince años, por Dios.

—Qué va, Pere, no fue la última vez. Te patina la memoria. —Miré a Marga, que apretó los labios como si se estuviera vengando—. Pero es verdad que fue una sonada. Desde entonces tengo el cuerno este encima de la nariz. —Me pasé el pulgar por él—. Marga me estropeó el perfil romano.

Todos conocían la anécdota de memoria y la habían contado una y otra vez. Pero rieron de nuevo.

—Os debíais haber matado —dijo Pere. Llevaba la gran bandeja con el *frit* y la había hecho descansar en la cabecera de la mesa entre Marga y Javier.

Marga siempre había tenido a gala poner una mesa en la que todas las cosas fueran hermosas y delicadas: desde la cubertería de plata mate y en estilo Queen Anne hasta la cristalería de Baccarrat, tan fina y estilizada que al menor roce sus vasos sonaban como esquilas lejanas. Los manteles siempre eran de lino con grandes manojos de mimosas tejidos haciéndoles aguas. Habían sido del ajuar de su madre y de su abuela antes que de ella y los conservaba impecables, ya no crujientes porque tenían medio siglo, sino suaves como la mejor seda. Una vez Marga me había dicho que cuando nos casáramos los utilizaría como sábanas en la noche de bodas y así, a la siguiente cena, los pondría en la mesa y aún olerían a nuestros cuerpos y el sabor del caviar y del champán se confundiría con el de nuestros sexos y sudores; y pensaba arrasar de un manotazo los candelabros para envolvernos en el mantel y restregarse sobre mí, así, ¿me oyes?, y dejarme seco. Aquel día me había contagiado de su locura: quise que lo hiciéramos en seguida, pero ella se negó porque la *comida de los manteles* tenía que ser sólo nuestra. Esperaríamos, ¿te enteras?, hasta que te pueda morder en el cuello, aquí arriba, y hacerte sangre y que nadie pueda preguntarte por esa herida sin conocer la respuesta de antemano.

—Vaya, Pere, si lo único que hacíamos era pelear. Oye, Andresito —dije para apartar de mí el recuerdo—. Hablando de barbaridades, ¿está aquí tu primo? Es que no lo he visto desde mi regreso.

—¿Fernando?

—Sí.

Todos volvieron a reír.

—Bueno —dijo Lucía—, el primo de Andresito es bruto el pobre, pero tampoco es para tanto. Barbaridades, barbaridades...

—¿Por qué lo dices?

—Por nada. Es que la última vez que estuve en la India, hace tres o cuatro meses, encontré para él unas preciosas pistolas de duelo con las cachas de marfil y plata, y se las compré. Como siempre anda buscando vendepatrias para retarlos a muerte...

—Calla, calla —dijo Lucía—, que ya sabes cómo es. Acaba de volver de uno de esos cursos de oficiales que hace en la Península, para ascender a coronel o para aprender nuevas tácticas de guerra o qué sé yo, y está imposible. Ve rojos por todos lados, quiere derribar al gobierno, le ha dado verdaderamente por lo nacional. Buf. Su mujer le tiene de ejercicios espirituales para desintoxicarlo y todavía no le deja salir a la calle.

—No sabes cómo está —añadió Andresito—. Casi mejor espérate unos días y luego le das las pistolas. Está mi cuñadoprima, ¿se dirá así?, hasta la punta del pelo de música militar, aunque ya esta mañana Fernando ha empezado a poner algo de zarzuela en el tocadiscos. Va mejorando.

Reímos todos.

—Bueno, no os riáis —dijo Lucía—. Que él se lo toma muy en serio.

—Calla —dijo Jaume—. ¿Te acuerdas de cuando quiso salir de casa a las cinco o las seis de la madrugada vestido de uniforme a rescatar a Andresito, que había desaparecido?

—¡Madre mía! —exclamé—. De eso hace por lo menos diez años, ¿no, Andresito?

—No. Algo menos. Lucía y yo nos acabábamos de casar. No teníamos una peseta y yo empezaba con el bufete.

—Es verdad —dijo Juan—. Debe de hacer como unos ocho años o así.

—¿Qué pasó? —preguntó Carmen Santesmases—. Ésa no me la conozco yo.

—Claro que no la conoces —dijo Domingo riendo—. Era el método que utilizaban éstos para llevarse de juerga a los maridos de mujeres celosas.

—¿Ah sí? —exclamó Carmen con sorpresa.

—Éstos siempre andaban con bromas pesadas —dijo Biel.

—Es que yo, aquella noche, llamé a Andresito, eso... más o menos a las tres de la madrugada —dije—. Cogió el teléfono Lucía. Lo recuerdo como si fuera ahora. Le dije, poniendo voz de susto, que habían detenido a Jaume y que había que ir a sacarle de la comisaría, que seguro que le iban a torturar, que no se andaban con chiquitas

—Ya —dijo Lucía—, y en realidad lo estaban esperando todos en la esquina y se fueron de copas hasta las ocho de la mañana. ¡Bueno, cómo volvió Tomás! —Sacudió la cabeza y, luego, le entró la risa nuevamente—. Fernando era teniente entonces. Le llamé para contárselo y quiso salir con la pistola en la mano porque estaba convencido de que también habían detenido a este bárbaro —añadió, señalando a Juan con la barbilla.

—Al final os conocían a todos en Palma, como si fuerais la peste —dijo Sonia.

—Calla, calla —dije—. ¡Que si nos conocen! ¿Sabes lo que me ha pasado hoy en Palma? Estaba en el Bosch tomando una coca-cola y me fui al váter. Y al momento entró un tío allí al que yo no había visto en mi vida. Sería algo más joven que yo. Por ahí... No sé. Bueno. Esto... se me puso al lado, bueno, ya sabéis —Carmen me miró frunciendo el entrecejo—, sí, hombre, Carmen, ya sabes que los hombres hacemos estas cosas de pie, ¿no?

—¡Qué cochinos sois! —dijo Carmen poniendo cara de disgusto. Luego, como si tal cosa, preguntó—: ¿Y qué pasó?

—Nada de lo que piensas, Carmen. El tío me dijo oye, tú eres hermano de Javier, ¿no?

Javier levantó las cejas y a Juan se le atragantó un sorbo de vino. Tosió estrepitosamente hasta que consiguió aclararse la garganta y luego dijo:

—¿Te reconoció por qué parte de tu anatomía?

—No seas burro, Juan —dijo Sonia.

—No, no —dijo Jaume—. Que conteste a la pregunta. ¿Por qué parte de tu anatomía?

—Por la nariz. —Rieron todos—. Bueno, bah, el caso es que me dijo tú eres hermano de Javier, ¿no? Y le contesté que sí. Y entonces él me dijo es que hay que ver, sois todos iguales, los hermanos. Dale recuerdos a Javier cuando le veas.

—¿Y cómo dijo que se llamaba? —preguntó Javier.

—Ah, ni me acuerdo. Era bajito y moreno, yo qué sé. El caso es que le dije que bueno, que te daría recuerdos... Por cierto, me dijo el tío, ¿no tendrás quinientas pesetas? Es que tengo que pagar los cafés y no llevo dinero.

—¿Y se las diste? —preguntó Biel.

—¡Hombre, a ver!

Jaume, como siempre, seguía la conversación con un aire entre descreído e irónico, como si se preguntara permanentemente cómo era posible que hubiera caído en este mundo de locos. Pero Biel, Lucía, Andresito y Juan reían encantados mientras Carmen guardaba el entrecejo fruncido. Sólo Marga sonreía ligeramente, hasta que me di cuenta de que me estaba mirando. Levanté la vista y, en seguida, desvió la mirada. Pero al cabo de un momento volvió a clavar los ojos en mí y ya no los apartó hasta que pasó un buen rato y bajé la mirada. Pierde el que aparta la vista. Había sido un juego al que habíamos jugado mucho ella y yo.

—Oye... —dijo Carmen poniendo cara de sospecha—. ¿Qué es eso de que os llamabais...?

—Me parece que me habéis fundido las salidas nocturnas —dijo Biel.

—Por cierto —dije—, ¿dónde está Tomás? Pensé que vendría hoy.

Todos, menos Jaume, se pusieron serios.

—No sabemos —contestó Carmen por todos—. Ha desaparecido. ¡Bah! De todos modos no pintaba nada aquí... —Hubo un largo silencio.

—Me sabe mal que digáis eso —dijo Alicia mirándolos a todos con los ojos de gacela muy abiertos. Nunca me ha dejado de encandilar ese rostro tan lleno de dulzura—. A Tomás lo quisimos todos... —añadió en el tono suave de voz que nunca alteraba—. Tenía sus cosas, como todos, y sus rarezas... No es para decretar que ha muerto. No es para que digáis ahora que no pintaba nada... Verdaderamente, qué memoria más frágil tenéis... —Y miró a Jaume como para tomar fuerzas de él aunque nunca las necesitara.

—Está en Madrid. —Jaume me miró y asintió—. Allí está, sí.

—Le llamaré mañana.

Se hizo un silencio incómodo. Luego, Carmen murmuró «era un zafio» y se encogió de hombros.

La pandilla de Lluc Alcari se había formado del modo casual con que ocurren estas cosas en verano. Éramos todos muy niños aún —tendríamos nueve o diez años, algunos once o doce— y nos veíamos en la cala, bañándonos por las mañanas.

Al principio, cuando no lo conocíamos aún, el que más nos impresionaba era Jaume Bonnín, que se tiraba desde la roca más alta y, además, de cabeza, con cierta solemnidad y sin mirar a nadie. Todo lo que hacía llevaba el mismo sello majestuoso. Jaume saltaba desde la roca aquella y luego nadaba hasta la orilla y salía del agua, creíamos que aparentando indiferencia para darse aires. Tardé mucho tiempo en darme cuenta de que no hacía nada de aquello para impresionar; simplemente no le daba importancia, y como además sus registros de seriedad o regocijo eran distintos de los nuestros y no le percibíamos la ironía, las más de las veces nos parecía un chico hierático y lejano. Pero andaba y trepaba más que ninguno y nadaba más lejos.

También nos fijábamos (bueno, yo menos, que lo conocía bien, claro) en Javier, que se tiraba al agua desde otra roca más baja pero con mucha mayor pericia y gracia; tanta, que parecía volar sin estar sometido a la ley de la gravedad. Casi sin tomar impulso, se lanzaba al aire y giraba sobre sí mismo muy despacio, muy despacio, hasta ponerse boca abajo justo antes de entrar en el agua sin que salpicara una gota. Muchas veces lo aplaudían desde la orilla.

Al tercer o cuarto día de ver cómo lo hacía Jaume, Javier, que era el hermano que me seguía en años, me dijo:

—Oye, Borja, ¿tú serías capaz de saltar desde la de arriba?

—Pues claro —le contesté—, pero ahora no me apetece.

—Ya, no te apetece. Lo que te pasa es que tienes miedo.

—¿Miedo? Ni hablar, chaval.

—Pues, entonces, tírate.

—Venga, tírate —dijo Luisete, que tendría unos cinco años y que no hacía más que repetir lo que decían los demás.

Con indiferencia aparente (yo sí por darme aires y disimular el miedo), me levanté de los escalones que hay en el extremo de la cala y en los que dejábamos nuestras toallas. Mamá me dijo como de costumbre:

—Oye, Borja, ten cuidado con tus hermanos. Idos, pero que yo os vea.

Siempre llevaba un traje de baño negro con los tirantes muy anchos, el escote bien tapado y una pudorosa faldita que ocultaba el principio de los muslos.

Me tiré al agua y fui nadando hacia la gran roca. A los pocos metros había que salir del agua y trepar por el camino que sube al torreón de la cala. A media altura se desviaba uno hacia la izquierda y allí mismo estaba la roca con su pretil asomando hacia el mar. Lo cierto es que estaba allá arriba del todo, a diez o doce metros de altura, y que, cuando me asomé por primera vez, me pareció que el salto era imposible de dar. Aquello disolvía cualquier propósito, cualquier valentía.

—¡Venga, Borja! —gritaba Javier desde el agua allá abajo.

Me acerqué al borde y amagué el salto inclinándome sobre la pierna izquierda y poniendo la mano sobre la rodilla, como para tomar impulso. Repetí el gesto dos o tres veces.

De pronto, a mi lado apareció una niña morena, alta y delgada, con cara seria. Llevaba un traje de baño de colorines y tenía unas piernas interminables, como un potro recién nacido. Me miró.

—¿Vas tú? —dijo.

—No, no, vete tú primero —contesté.

Sin esperar a más, la chica saltó y al segundo se hundió en el agua. Entró de cabeza, con las piernas un poco separadas y las rodillas dobladas. Años después me confesó que había sido la primera vez que se había tirado de cabeza.

Volvió a subir. Yo me había apoyado contra la roca intentando aparentar indiferencia.

—¿Te has tirado alguna vez? —me dijo.

—Hombre, pues... Bueno, bah... no.

—Si quieres, dame la mano y vamos juntos. La primera vez es más fácil así —dijo, ofreciéndome la mano.

Me encogí de hombros.

—Bueno —dije, y le agarré la mano.

—A la de tres... Una... Dos... Y... ¡Tres!

Tiró de mí con fuerza y caímos a plomo en el agua. Me pareció que el salto duraba una eternidad, pero no me dio tiempo a taparme la nariz. Me entró agua hasta los sesos y, cuando conseguí salir a la superficie, estuve un rato tosiendo y estornudando. Me raspaba el paladar.

—Te tienes que tapar la nariz —dijo ella—. ¿Cómo te llamas?

—Yo, Borja, ¿y tú?

—Margarita, pero todos me llaman Marga. —Y se alejó nadando como un pez.

VI

Javier, el más desvalido de mis hermanos, no había tenido una vida sentimental fácil. Desde luego yo tampoco se la auguraba ahora que iba a casarse con Marga. ¿Qué iba a ser aquello? ¿Un adulterio, un matrimonio entre hermanastros, una inmoralidad? Marga me descartaba y escogía a la siguiente víctima propiciatoria, al siguiente de la lista. Mi hermano.

Ahora que lo pienso con la mayor exactitud de una recapitulación a conciencia, confieso que nunca había profundizado mucho en mi relación con Javier. A veces, bien es verdad, me pregunto si soy capaz de profundizar en relación humana alguna. Una duda de corta duración porque sé bien que suelo rechazar los compromisos inútiles, reservándome para los fundamentales. Llamo inútil a un compromiso con mi hermano, ¡dios mío, cómo suena!, aunque no por falta de cariño hacia él sino por innecesario: Javier estaba tan arropado por el amor de todos nosotros que se hubiera dicho que estaba untado en miel. No. No le hace falta.

Y si en lo que a mí respecta se desperdigara uno en exceso, ¿no es cierto que la involucración perdería fuerza y, llegado el momento de implicarse, no sabría cómo reconocer una causa de verdad merecedora de sacrificio y entrega?

Un día, sin venir a cuento, a propósito de nada, como si expresara en voz alta la conclusión de un pensamiento meditado en silencio, Marga me dijo «eres un picha fría». Me ofendí mucho y protesté. Le pregunté por qué me lo decía, pero se encogió de hombros y no quiso explicar más.

Hoy por fin no había dolores en el semblante de mi hermano. Hoy, en este instante del reencuentro de casi toda la pandilla en la casa de Juan en Selva (¿para celebrar qué?, ¿mi regreso o la boda de Marga por fin?), Javier, sentado a la mesa al lado de Marga, sonreía. Adoptaba sin quererlo ese aire sereno y un poco distante que le confería un halo romántico sin duda atractivo y que era gran parte del encanto de su popularidad como concertista. ¡Cómo me irritaba a veces! Se lo había dicho muchas veces: «Coño, Javierín, que pareces maricón.» Y él al principio se echaba a llorar; luego, años más tarde, me miraba con rabia.

Tímido, callado, pusilánime, en ocasiones parecía no enterarse de nada. No podía ser así, claro: para prometerse a Marga tenía que haber dado más de un paso valiente, incluso si la decisión final la había tomado ella. Bueno, tal vez no, tal vez no había tenido que dar paso valiente alguno. Y había querido su buena estrella que, apetecido o no, en este momento de la vida todo le sonriera.

Semanas antes, ignorando mis propios sentimientos (¡y yo qué sé cuáles podrían ser éstos!), comprendiendo que, tras mi huida de tanto tiempo antes, ella lo había dado todo por acabado (en estos torbellinos tan desconcertantes para mí era Marga quien decidía, siempre Marga), había dicho a mi hermano: «Tú sabrás, Javierín, porque Marga es mucha Marga; a mí me rechazó; y si te quiere a ti es que seréis felices, pero no dejes que te coma el terreno. Defiéndete.» ¿Defiéndete? ¿A quién se lo estaba diciendo?

Javier. Yo lo había protegido, le había dado cobijo en Madrid mientras estudiaba la carrera, lo había ¿educado? No sé. ¿Se puede educar a alguien a quien no se conoce bien, a quien no se quiere conocer más de lo indispensable? En realidad, a Javier lo habíamos enseñado a manejarse por el mundo don Pedro y yo al alimón. Ambos le habíamos servido de sostén durante todo este tiempo y aún hoy creo que, sin nosotros, habría quedado desvalido, sin recursos ante la vida. Don Pedro se ocupaba del alma, ésa era su misión, ¿no?, curador de almas, y yo lo llevaba de la mano por la vida, comprándole camisas y enseñándole a obtener mejor provecho de las discográficas y mayor rendimiento de su vida sentimental. Un trabajo compartido y supongo que bastante exitoso a juzgar por los resultados.

El optimismo insuperable de don Pedro, esa especie de belicosidad hacia el bien con que abordaba cualquier cosa que tuviera que ver con nosotros, incluso cuando nos tiraba de las orejas después de misa los domingos, había librado a Javier, siempre tan frágil, del hundimiento moral en más de un momento de pesimismo y desesperación. Sospechaba yo que, habiendo tomado sobre sí la redención de nuestras almas, don Pedro la entendía como una encomienda total de la divina providencia: una labor permanente en la que el fin justificaba todos los medios. O por explicarlo con un ejemplo pertinente: tras haber oficiado en la ceremonia de matrimonio de Javier y de Elena y luego haber bautizado a sus dos hijos, don Pedro, ya como juez de la Rota mallorquina, había facilitado la causa de nulidad de ambos cuando se rompió la pareja, y estoy seguro de que ahora consideraba que su obligación era intervenir como celebrante en el nuevo casamiento de Javier con Marga. Puede que me equivocara, pero se me hacía muy cuesta arriba creer que don Pedro no era consciente del cúmulo de mentiras y engaños de los que esta ceremonia del absurdo estaría teñida. Y si se daba cuenta, seguro que todo lo atribuía a la necesidad del bien último. Luego supe que tenía serios reparos que oponer a esta nueva boda, como no podía menos de ser conociéndonos a todos como nos conocía. Pero su obligación de gallina clueca le tenía impuesto un deber al que nadie ni nada le harían renunciar.

Ciertamente, el personaje no cuadraba con la idea que todos nos hacemos de un cura rural. Don Pedro era más fino que todo eso, su cultura era mayor y su ambición probablemente no conocía límites. Hijo de la tierra mallorquina, lo habían ayudado las ancianas tías de Juan y Marga pagándole la educación y el seminario, la universidad pontificia en Roma y, luego, la instalación en un pequeño piso de Palma, mientras el tío sacerdote lo acogía como discípulo. Para don Pedro ocupar la parroquia de Deià debió de ser apenas un peldaño en lo que consideraba su inevitable destino hacia ¿el cardenalato?, ¿el papado? ¿Quién podría asegurarlo?

La pandilla, qué disparate. Ahí seguíamos todos como si no hubieran pasado los años, hablando de las mismas cosas de siempre, haciendo las mismas cosas de siempre; bueno, no jugábamos ya a ladrones y policías, naturalmente, ni a indios y *cow-boys* (pobre Sonia, siempre le tocaba ser la *squaw* atada al tótem hasta que, al final del juego, la liberaban los buenos), pero en los asuntos del sentimiento seguíamos siendo los de antaño.

Hacía muchos años, ya pasada la adolescencia, cuando empezábamos a comer con mayor formalidad en casas y restaurantes, habíamos establecido un orden natural para sentarnos a la mesa. Nadie nos lo había impuesto; ocurrió así. Marga y su hermano Juan en las cabeceras. A la izquierda de Marga, por riguroso orden, Javier, Sonia, Biel, Catalina, Alicia y yo. A su derecha, Jaume, Lucía, Andresito, Carmen, Tomás, Domingo y Elena. Siempre igual. Por acuerdo tácito, Marga y yo nunca nos habíamos sentado juntos, como si hubiéramos querido hurtar nuestra relación a la chismosa mirada del resto del grupo; es más, me había recordado Jaume una vez, «cuando estamos todos, nadie se atreve siquiera a mencionar lo vuestro».

Hoy no estaban Tomás ni Catalina, la tercera hermana de Elena y Lucía; meses atrás habían roto. Tomás había regresado a Madrid, como me acababa de decir Jaume, y Catalina se había ido de viaje a Inglaterra, a olvidar.

—¡Huy! —dijo de pronto Carmen, que llevaba un rato callada—, somos trece.

—¿Y?... —preguntó Juan.

—Pues que trae mala suerte.

—¡Pero, mujer! —rió Andresito—. Nada trae mala suerte. Conserven la calma y, si te molesta mucho... mira, Marga, di que pongan otro plato que ya llegará, qué sé yo... don Pedro o alguien.

—¿Has visto a don Pedro? —preguntó Juan.

—No —dije—. Esta vez todavía no.

—Ni le verás —dijo Javier—. Está hecho un lío con su trabajo en la catedral y en la Rota... Me dijo hace unos días que llegaría cinco minutos antes de la boda, que no le daba el tiempo para más.

—¡Bah! Está demasiado ocupado en llegar a papa.

—Igual que tú en llegar a ministro... —dijo Marga riendo.

—No digas tonterías, Marga.

—¿No? Niégamelo. —Hizo un gesto retador y luego displicente con la mano que sujetaba el tenedor: me apuntó primero con él y después dejó que el peso de las púas lo descolgara lánguidamente hacia abajo.

—Buf, ya empezamos —dijo Carmen.

—No, no empezamos nada. El párroco, mucho arzobispado. Éste, mucho gobierno... Y nada. Mucha pamplina. Aquí el único que, así, tranquilamente, se ha hecho famoso de verdad es Javier. —Me miró retándome.

—Hombre, mira, eso es verdad —dije.

Así era esto. El viejo escenario de siempre, en el que todos aquellos actores representábamos los papeles que interpretábamos desde muchos años antes. No habíamos cambiado nada desde la adolescencia. A veces me preguntaba si se debía a que aún *éramos* adolescentes.

—Bueno... —dijo Javier sonriendo con timidez para quitar hierro a la lanzada de Marga—, tampoco es para ponerse así, toco el piano y toco el piano, ya está.

Miré a Marga frunciendo el entrecejo. «No pinches», quise decirle, pero guardé silencio. Ella levantó la barbilla y, alargando el brazo, agarró la mano de Javier, que se la abandonó con la languidez con la que, en cualquier concierto de los suyos, al final de un pasaje o de una pieza la hacía descansar sobre el teclado. Ese gesto tan blando tenía el don de sacarme de mis casillas; si no hubiera conocido tan bien a Javier, si no hubiera sabido cada detalle de su vida y, por consiguiente, nunca se me hubiera extraviado su pista, casi me habría sorprendido su afeminamiento. Estaba seguro, bueno, hasta ahora casi seguro, de que no era así, por mucho que a veces le llamara «marica» por pura irritación. Bueno, pensamientos míos; además, de ser así, la *mantis religiosa* no lo habría tomado por esposo, ¿no?

Javier se pasó la otra mano por el pelo con los dedos extendidos.

—Hombre —dijo Juan en tono de broma—. Mucha fama y muchos discos, pero ya le costó un matrimonio, ¿eh?

Elena, sentada justo enfrente de mí, enrojeció dando un respingo, como si se hubiera llevado una bofetada.

—Qué desagradable puedes llegar a ser, Juan —dijo Marga.

—No, hombre, no te duelas, Elena —añadió Juan como si no hubiera oído a su hermana—. Las cosas son como son y todos las sabemos...

Los demás permanecimos callados. Sólo Jaume miraba a Juan con una medio sonrisa burlona. Alicia murmuró «huy, huy, huy» y Domingo puso su mano derecha sobre el brazo de Elena.

—¡No, hombre! —exclamó ésta—. Que Juan dice unas cosas... De verdad que a veces eres de una ligereza que tira para atrás.

—No veo qué hay de malo en hablar de cosas que todos conocemos. Hombre, Elena, mujer, te seguimos el noviazgo con éste —señaló a Javier con la barbilla—, estábamos allí, el matrimonio, los niños, el distanciamiento...

—¿Y qué? Eran cosas nuestras, ¿no?

—No —interrumpió Biel con la pompa que solía preceder a algunas de sus sentencias salomónicas, sabias, pensaba él, ampulosas, creía yo. Jaume levantó una ceja y me miró. Y es que Biel había sido el abogado encargado al final de formalizar el divorcio de Elena y Javier; todo amigable y de común acuerdo, claro, como no podía menos de ser—. Eran cosas de todos. Por ejemplo, tú eres cuñada de Juan, hermana de Lucía... Javier es amigo íntimo de todos... Bueno, bah, que todos somos como de la familia.

—Eso es lo malo —exclamó Elena, levantándose de golpe.

La fuerza del impulso hizo que sus muslos chocaran contra la mesa y, con la sacudida, una copa de agua volcó sin que llegara a rompérsele el tallo como hubiera sido normal. Elena bajó la vista y miró sin ver el agua derramada que iba empapando el mantel, como si por un momento no comprendiera lo que había ocurrido.

—Eso es lo malo —repitió para volver de la distracción momentánea—, que somos como una familia sin padres ni abuelos ni hijos... una familia de todos iguales, de todos metiendo las narices en los asuntos de todos, ¿eh?, de todos opinando. —Tenía la servilleta agarrada con la mano izquierda y, en un acto reflejo de pulcritud, alargó el brazo y se puso a frotar el mantel. Nunca había sido capaz de sustraerse a la necesidad social de realizar estos gestos de esmero que le eran tan automáticos—. Lo siento —murmuró. Volvió a sentarse.

—Las pandillas de la adolescencia deberían disolverse al acabar la adolescencia. Nos evitaríamos todas estas chorradas —dijo de pronto Marga. Me miró y en su cara no había odio ni antagonismo ni ironía. Sólo tristeza.

—¿Y por qué? —preguntó Carmen—. ¡Qué cosas más raras tienes, Marga! Las pandillas, qué sé yo, evolucionan y... y... Y así estamos, aquí, para ayudarnos los unos a los otros, para hablar, yo qué sé... No quiero tener más amigos que vosotros —añadió con un punto de incertidumbre y una sonrisa dubitativa.

—¿Tú quieres que te diga para qué sirve una pandilla de mayorcitos en la que todos sabemos todo de todos? —dijo de pronto Marga con inusitada viveza—. ¿Eh, Carmen?

—No te entiendo. ¿Por qué te pones así? No sé lo que quieres decirme... Haces como si tener amigos fuera una cosa mala...

—¿Te lo digo?

—Basta ya, Marga —dijo Jaume levantando una mano con la palma hacia afuera.

Marga cerró los ojos y respiró profundamente.

—Bueno —dijo Andresito como si no hubiera oído a Marga—, nos toleramos las manías y los defectos. Y eso es más de lo que suele uno encontrar en el mundo... —Sonrió—. Pese a todos sus inconvenientes, no es tan malo como parece.

—Y al final se pudre todo —dijo Jaume dirigiéndose a Marga. Le miré, sorprendido. ¿Se pudre todo? No, eso no: aquí estábamos, vivos y coleando.

—Sí, como en las tragedias griegas, sin que nadie comprenda nada.

—Pero ¿por qué dices eso, Marga? —exclamó Sonia con vehemencia—. Esto no es una tragedia griega, es una tontería de unos metomentodo y... y... deberíamos haber dejado en paz a esos dos. Yo lo comprendo muy bien. Elena tiene razón al protestar. ¿Qué sabemos nosotros de lo que pasó entre ella y Javier? ¿Y qué nos importa? —Juan la miraba con cierta sorpresa complacida.

—Mujer —dijo Carmen—, estando nosotros de por medio... lo que hicimos fue amortiguarles el golpe a los dos...

—No... no —dijo Javier mirando únicamente a Marga—. No. Creo... creo que queríais enteraros de todo, meteros en donde nadie os mandaba... En el fondo, a mí me da igual, pero...

—¡No digas bobadas! —exclamó Juan—. Si no llegamos a estar aquí, os hubierais matado el uno al otro. Estabais en la mierda hasta aquí —se señaló la frente—, y no teníais ni idea de cómo salir.

—¡Fue Javier, con ese esnobismo idiota que tiene! —gritó Elena—. Que no quería más que tocar para los reyes y los presidentes y lucir el palmito mientras yo me quedaba en Palma cuidando de los niños...

—¡Porque te daba la gana! No querías acompañarme... te aburría, ¿eh?, te aburría. Nunca quisiste entender mi manera de vivir —añadió Javier con sorprendente vehemencia—. A mí también me aburría tener que andar en cócteles y recepciones...

—¡Ya!

—¡Es cierto! Y mientras, tú estabas aquí —miró con rapidez a Domingo—, estabas aquí, ¿eh?, haciendo otras cosas, ¿eh?, que... que... te apetecían más... y...

—¡Pero, hombre! —exclamó Alicia. Se la veía muy enfadada. No. Más que enfadada, profundamente ofendida, escandalizada.

Y Elena volvió a levantarse de un salto, y esta vez apartó la silla, rodeó la de Juan y salió precipitadamente del salón.

—¿Veis? —dijo Juan.

Jaume suspiró.

—Y al final se pudre todo.

Domingo también se puso de pie. Apoyó las fuertes manos en el mantel, nos miró a todos.

—Bueno —dijo con su voz suave—. Ya sabemos lo que son estas cosas, pero en realidad deberíais de respetar a Elena un poco más. Lo pasó muy mal... Entiendo que lo que queréis es echarle una mano, pero a lo mejor estaría bien que no la presionarais tanto. —Hinchó los carrillos y luego sopló con suavidad. Se metió las manos en los bolsillos y se encogió de hombros. Apartó la silla empujándola con una pierna y se dirigió al salón en busca de Elena.

—Baja el telón —dijo Jaume.

—Todavía no, Jaume —murmuré.

Carmen inclinó la cabeza, extendió las manos, dobló los dedos y se miró las uñas. Me chocó que hiciera un gesto tan masculino.

—No sé, Biel —dijo dirigiéndose a su marido, sentado frente a ella—, no sé. Oigo a uno, oigo a otra y no sé quién tuvo la razón. —Se encogió de hombros—. Creí que arreglándolo tú se acabarían los problemas...

Marga dio un bufido.

—Si no hay problemas —interrumpió Javier, volviendo a su tono suave—. Quiero decir... bueno, sí hay problemas, pero son los inevitables, ¿no? Un matrimonio se rompe porque... por las causas que sean, ¿verdad? Son tragedias inevitables. Pero una vez que ha ocurrido es una bendición del cielo que, con hijos de por medio, como nosotros, marido y mujer se sigan viendo, sigan siendo amigos... como nosotros.

—Si yo me divorciara de mi marido —dijo Marga en voz baja—, no es que no lo quisiera ver o seguir siendo amigos, es que le clavaría un cuchillo.

Un silencio.

Y entonces se me antojó que allí el único que se estaba divirtiendo de verdad era Jaume. Alicia, su mujer, que, conociéndolo tan bien, lo sabía, mantenía inclinada la cabeza, pasando vergüenza; seguro que después lo regañaría y le afearía la conducta; «eres más malo...», le diría. No me quedó más remedio que sonreír, hasta que, desviando un poco la mirada, la fijé en Marga. Tenía clavados sus ojos en mí y le brillaban como faroles en la noche.

—Bueno, cómo vienes, Marga —dijo Juan. Su hermana se encogió de hombros.

—No sé —interrumpió Lucía—. Estamos como ventilando el futuro de Javier, que es su futuro marido... y no me extraña que se enfade.

—Hombre, el futuro de Javier y el de Elena, que es tu hermana...

—Ya sé que es mi hermana y lo único que quiero es verla feliz... igual que a ti, Javier...

Marga dio con las manos abiertas una palmada sobre el mantel. No me pareció un gesto muy enfadado, sino más bien sarcástico.

—Pues sí. Aquí todos nos dedicamos a salvarnos la vida y

a asegurarnos de la felicidad del prójimo y... lo único que deberíamos hacer es intentar garantizarnos la propia. Un poquito menos de generosidad con los prójimos y algo más de egoísmo bien entendido. Pero no... Esto es como una cárcel.

—Será —dijo Jaume; hablaba con lentitud—. Pero no veo a nadie con ganas de conseguir la libertad. Para uno que lo hace —me señaló con la barbilla—, se lo estamos reprochando como si fuera un criminal.

Siempre he tendido a darle la razón a Jaume sin disentir en nada. Nuestras discusiones eran desde cada principio un acuerdo de voluntades, no sé si porque me estimulaba su manera de pensar, me ganaba por la mano su mejor capacidad dialéctica o quería estar siempre en el grupo de los que opinaban como él porque de manera instintiva le reconocía la superioridad intelectual.

—No sé por qué os calentáis la mollera de esa forma —dijo Andresito, que era la mejor persona, la más desprovista de doblez y maldad que hubiéramos conocido jamás—. Nada de esto tiene mucho misterio; toda la culpa la tiene Domingo desde el principio: él fue el que se aprovechó de la nocturnidad.

Juan dio un largo silbido.

Cuando veintitantos años antes habíamos conocido a las tres hermanas, a Lucía, Elena y Catalina, Juan y yo las habíamos bautizado inmediatamente como *las Castañas.* No porque fueran feas sino porque no guardaban ningún parecido entre sí. Castañas, como «se parece lo que un huevo a una castaña». Ninguna de las tres había cambiado nada en todo este tiempo. Lucía siempre había sido la más vivaracha, Catalina la más introvertida, casi una mística, y Elena la más idealista, la que pretendía reformar el mundo sin apartarse de la tierra.

Catalina daba a veces la sensación de comprender tan poco lo que decía la gente que, con la crueldad propia de los niños, decíamos de ella que era una retrasada mental. No lo era, claro: en realidad estaba perdida en alguna nube de reflexión introspectiva, lo que con los años acabó empujándola a refugiarse en el budismo para intentar alcanzar la paz interior. Podría haber sido igualmente la secta Moon; cualquier cosa, cualquier filosofía de la paz interior y del desprecio por el mundanal ruido habría servido, siempre y cuando no fuera esclava de hipocresías y servidumbres terrenales, como aseguraba ella que sucedía con la religión católica.

Nunca la tomamos en serio; nuestras coordenadas eran demasiado livianas para eso. Sólo Jaume la miraba en silencio y a veces, ya cuando ambos tenían más de veinte años, se la llevaba a pasear.

Aquella mujer era desconcertante para nosotros, que sólo hubiéramos podido llegar a entender la mística en clave de cristianismo: si se hubiera pasado la vida en misa y comulgando o rezando el rosario, la habríamos apodado *la Beata*, y nos habríamos reído de ella. Pero no. Tal como era, sus peculiaridades se nos antojaban locuras, y le pusimos *Jare*, por Hare Krishna, pero el mote nunca funcionó y pronto lo abandonamos. En realidad, me parece que no estábamos preparados para comprender nada que se saliera de lo ordinario. Cuando le empezaron a crecer los pechos y Juan vino un día muy excitado a contarnos que no sólo se los había visto, sino que se los he tocado, macho, y están duros, ¿sabes?, Catalina se convirtió para nosotros en una especie de Maritornes cuartelera. La creíamos propiedad nuestra y se hubiera dicho que podíamos ir por turnos, incluso las demás chicas, a mirarla, hasta que perdimos la vergüenza y nos dejó de parecer turbador. A ella todo esto la dejaba indiferente y hasta se reía de nuestra excitación: su cabeza y probablemente su alma estaban en otro lugar. A veces tomaba el sol completamente desnuda delante de nosotros en algún acantilado de La Muleta, y llegó un momento en que no le dábamos mayor importancia. Allí, al sol, entrando y saliendo del agua, vivíamos en un mundo aparte en el que las cosas eran más naturales. No había artificio. Catalina tenía un cuerpo bonito pero no demasiado provocativo.

El primero que se acostó con ella fue Juan. Nos contó luego en secreto que Catalina daba muchos gritos y que al principio se había asustado. Imagino que lo de los gritos sería verdad puesto que ninguno sabíamos lo que eso quería decir y para qué iba Juan a mentirnos. Fue la primera vez que le vi confundido e inseguro, por más que alardeara de su proeza. Le envidié este acceso a la vida de conquistador; él se acostumbró pronto a su nueva categoría de hombre a cien codos por encima de los no iniciados y durante una temporada nos miraba con condescendencia y aires de sabiduría. Menos a mí, claro.

Catalina, por su parte, siguió como si tal cosa. Nada cambió en su actitud frente a la vida y en relación con nosotros: seguía yendo a lo suyo, abstraída en sus meditaciones y pensamientos. Juan y yo nos preguntábamos si esta indiferencia se debía a que, para Catalina, acostarse con Juan había sido una aventura más de lo que creíamos era una vida sexual intensísima. No teníamos ni la más remota idea de cómo funcionaban los resortes psicológicos de una mujer, no comprendíamos nada y de hecho, al poco tiempo, Javier, empujado por Juan y por mí, que le insuflábamos un valor del que carecía, porque iba aterrado, acabó proponiendo a Catalina que se acostara con él. Nosotros estábamos escondidos en una habitación contigua y veíamos el reflejo de ambos en el gran espejo del vestíbulo. Catalina miró a Javier como si ni siquiera lo estuviera viendo; al cabo de un momento hizo un gesto de negación tan definitivo, tan completo, que el pobre no insistió. Fue para mí un alivio.

Luego, un par de años después, llegó Tomás. Era de Madrid y decía mi madre que no era de nuestra clase. «No me gusta nada ese chico, Borja. Y desde luego, no quiero que Sonia se le acerque.» «Pero, mamá, ¡si Sonia está ennoviada con Juan!» «Bueno, bueno, ya me entiendes.»

Dicho sea entre paréntesis, ya que con seguridad no viene al caso, Juan y yo siempre dimos por supuesto que su noviazgo con Sonia era consecuencia lógica de mi relación con él, de nuestra amistad y complicidad. Según lo veíamos, ella nunca intervino en la gestación de su propia historia de amor; tampoco le correspondía mérito alguno en su desarrollo posterior, claro está. Por esto siempre consideramos nuestra relación —la de Juan conmigo— como algo más sólido y naturalmente superior a cualquier noviazgo y, más tarde, a cualquier matrimonio. Con nuestra amistad nos habíamos reconocido y aceptado un derecho moral de pernada. Sólo Marga escapaba a la regla.

En fin, teníamos todos más o menos dieciocho años cuando Tomás apareció un día en la cala. Lo recuerdo bien: llevaba puesto un Meyba negro y, aunque pequeño de estatura, era fuerte de complexión y muy moreno. Y muy peludo. «¡Huy! —dijo Carmen, claro—, si parece un oso.» Tomás se tiró al agua y nadó un poco. Lo hacía fatal, pero es muestra de su confianza en sí mismo que nunca se acomplejara frente a nosotros; decía que él era de secano y que los de secano no andan haciendo la rana por ahí.

Al cabo de un momento dio la vuelta y regresó a la orilla. Cuando pudo ponerse de pie sobre los incómodos cantos rodados, se quitó el agua de los hombros y del estómago pasándose las manos por encima con vigor; luego se alisó el pelo hacia atrás, nos miró a todos y dijo «¿qué?».

Fue adoptado de inmediato.

De todos los de la pandilla era el único que en Deià no tenía familia, madre, padre, hermanos que lo acompañaran en las vacaciones y constituyeran una referencia para los demás o un dato tranquilizador para nuestras madres. Llegadas las diez de la noche, no se iba a casa a cenar quedando con el resto para después como hacíamos todos los demás, y eso confería a Tomás una aura de independencia y libertad que se nos antojaba heroica. Vivía en la pensión con el dinero que en invierno ganaba en el bar de su padre en Lavapiés, y tocaba el piano de oído como los ángeles. Nadie sabía por qué se había decidido por Mallorca, y aún más por Deià, como lugar de vacaciones. Nunca lo dijo. Miraba a todo el mundo con descaro y total seguridad en sí mismo. Bueno, a Marga, que para entonces era ya de una belleza espectacular, sombría y altiva, la miraba con más que descaro, pero ella le devolvía la mirada con tal frialdad y desde tal altura en centímetros que Tomás se retiró pronto a buscar alguna presa más asequible. Naturalmente, Catalina.

Elena era otra cosa completamente distinta. Un año más joven que Catalina, la diferencia de edad parecía haberla dejado tirada a ras de suelo. Era pusilánime y tímida. Siempre pedía perdón por sus acciones o por sus declaraciones, y como consecuencia de ello titubeaba, se desdecía, farfullaba sin precisión: y es que tenía que superar unas dudas terribles para decir y hacer cosas que a medio camino le parecían desprovistas de validez alguna. Si defendía un punto de vista, lo hacía con vigor al principio y luego iba perdiendo energía, miraba a todos, y sus frases se acababan disolviendo en un murmullo ininteligible. Luego volvía a levantar la vista y explicaba: «... vamos, digo yo.»

Con los años fue cobrando seguridad en sí misma y, al tiempo, fuerza en sus convicciones, pero siempre le quedó un tic de buenos modales que le hacía excusarse por cualquier punto de vista que manifestara. Era, sí, muy generosa y siempre estaba dispuesta a abrazar las causas más peregrinas. Domingo y ella, por ejemplo, eran los dos únicos ecologistas convencidos de toda la pandilla, aunque Domingo, que conocía bien la tierra y sus limitaciones, distaba mucho de ser tan radical como Elena. Elena se oponía a todo: no quería que se construyeran carreteras, que se talaran árboles, que se limpiaran las terrazas, que se podaran los olivos. Según ella, la naturaleza es sabia y debe dejársela actuar a su arbitrio; ¿sabia la naturaleza? Cruel, fuerte, sí; sabia, jamás. ¡Qué tontería! Mis discusiones con Elena habían sido interminables y, con frecuencia, desafortunadamente hostiles.

El hecho es que los dos se entendieron bien desde el principio. Se encontraban cómodos el uno con el otro. Que no hubieran coincidido antes se debió, más que al tardío despertar del amor entre ambos, a la gran afición de Domingo por las suecas y las alemanas. Lo comprendí demasiado tiempo después y nunca vi el error que cometía Elena casándose con mi hermano Javier en vez de con Domingo.

VII

Al verano siguiente de nuestra pelea en la buhardilla, de nuestro primer beso, Marga me estaba esperando.

Me había esperado durante todo el invierno, contando los días que faltaban para mi regreso desde Madrid. 270 y luego 269 y luego 268 y luego 267...

Cuando la vi en la carretera a la salida del pueblo, con los brazos cruzados y mirando fijamente al taxi en el que llegábamos, me dio un vuelco el corazón y se me reavivaron todos los sueños del invierno, todos los pecados.

Llevaba puestas unas alpargatas negras con el talón pisado y sus piernas no se acababan ya hasta que por encima de las rodillas las cubría una bata, la bata de siempre, de algodón verde con botones de arriba abajo, los tres últimos desabrochados y los dos primeros abiertos; hay una diferencia entre desabrochado y abierto. Desabrochado simplemente esconde en la sombra, abierto contiene a duras penas en la luz.

Los brazos desnudos y los dedos tan largos como los recordaba acariciándome la nariz mientras yo, sentado en el brocal del pozo, echaba la cabeza hacia atrás para que se me parara la hemorragia.

Había cambiado Marga. Era la misma.

Sus facciones, sin haber dejado de ser como eran un año antes, habían madurado y su cuerpo se adivinaba esponjado como una flor.

Allí estaba, en la carretera, a la salida del pueblo.

—¡Mira, ahí está Marga! —exclamó Sonia, haciéndole grandes gestos de saludo desde la ventanilla.

—Soooonia —dijo mi madre con tono de reconvención.

—Bueno, vale, mamá. —Desde el asiento delantero, Sonia se volvió a mirarme con una sonrisa. No dije nada. Sólo fruncí el entrecejo para que callara.

Cuando más tarde nos reunimos toda la pandilla en nuestro lugar habitual en el pueblo, frente al bar La Fonda, Marga fue la única que no participó en las muestras generales de alborozo. Saludó abstraída con un gesto lento de la cabeza. Seguía con los brazos cruzados sobre el pecho y la misma bata verde, pero ahora llevaba todos los botones castamente abrochados. Esperaba yo que me sonriera con ironía, la misma ironía con que me había despedido casi un año antes, pero no; por lo visto la había asaltado una gran timidez y me pareció que, como todos, tardaría algún tiempo en vencer el distanciamiento de la intimidad interrumpida. Era, claro, la nueva edad.

Estuvimos allí un rato mirándonos todos. Los más pequeños hablaban y se contaban las travesuras del año y las notas del colegio. Alguno explicaba cómo ya había comenzado a bañarse en el mar y la mayoría quería que empezáramos a planear nuevos juegos allí mismo, concursos de destreza, desafíos entre dos bandos, excursiones, cosas así. Para eso estaba Ca'n Simó, ¿no? Marga, bueno, Marga y yo éramos quienes generalmente lo organizábamos todo, pero esta vez los mayores habíamos crecido demasiado y no estábamos para piratas, casi ni siquiera para más que sentarnos en corro y charlar o guardar silencio. Para mirarnos sin culpa, despojados del rigor moralista del invierno en la capital. En la capital, a las niñas las expulsaban del colegio si eran sorprendidas vestidas de uniforme hablando con chicos. En Deià, en el Mediterráneo en verano, el contacto entre chicos y chicas se normalizaba, perdía su empeñado tinte pecaminoso.

Ahora, aquella tarde, lo único que hicimos fue limitarnos a disfrutar del reencuentro, haciendo como si nada, escudriñándonos de reojo.

Juan, dándose como sin querer la vuelta de tal modo que nadie pudiera verle desde La Fonda, con gran aplomo sacó un cigarrillo del bolsillo de la camisa, se lo puso en la boca y lo encendió con unas cerillas de cera. No fue un gesto de principiante. Todos lo seguimos con la boca abierta.

Aquel día de principio de verano de mis dieciséis años olía a aceite en todo el pueblo y había llegado la hora del anochecer sin que el sol dejara de brillar bien alto en el firmamento. Arrastraba estrías de luz por el asfalto y las encaramaba por los muros, jugueteaba con las bignonias y entraba y salía por entre los jacintos y la yerbaluisa. En los naranjos del inmenso jardín de los Santesmases veíamos a *Oliver*, el pequeño chucho de Biel, correteando y persiguiendo mariposas; se paraba con las cuatro patas rígidamente separadas y, luego, ladrando, daba saltos inverosímiles para alcanzarlas sin alcanzarlas nunca. Después se cansaba y se ponía a dar vueltas alrededor del tronco de un naranjo buscando morderse la cola. A veces resbalaba sobre una naranja caída y se detenía de golpe como si nada de todo aquello fuera con él; levantaba una pata y con tres gotas de orina volvía a marcar su territorio. En la terraza de La Fonda algunos *hippies* americanos de los que acudían a Deià a venerar a Graves estaban sentados casi inmóviles, leyendo restos de un periódico de San Francisco o dando pequeños sorbos a un café de puchero por el que el posadero cobraba una peseta. Habíamos vuelto a casa.

Me pareció que Biel había crecido el que más y que las tres hermanas, las Castañas, también habían dado un estirón.

Marga era otra cosa.

Y sólo Jaume sonreía ajeno a todo, sin darle gran importancia a la ceremonia; estábamos aquí, pues estábamos aquí.

—¿Qué tal? —me preguntó Juan sacudiendo con displicencia la ceniza de su pitillo. Le había cambiado la voz y, oyéndole, se hubiera dicho que era ya una persona mayor. La tenía ronca y fuerte. Pero no se afeitaba aún y la pelusa del año anterior se había convertido de pronto en un bigotazo renegrido, blando y sucio.

—Bien —dije. Me encogí de hombros. Miré a Marga—. ¿Y tú? —le pregunté a ella después de un rato. Bajé la vista.

—Bien. ¿Y tu nariz?

—Bah, bien.

Sonrió.

—Te ha quedado un cuerno.

Alargó el brazo y me pasó un dedo por la cara resaltándome exageradamente el perfil. Fue un gesto muy adulto, como si me hubiera acariciado una amiga de mi madre, y aparté la cara, sobresaltado. Marga quitó la mano, echándola hacia atrás como si le hubiera dado calambre.

—¡Chico! —murmuró.

—Fue culpa tuya —dije.

—No. Tú, que echaste a correr...

—Ya, correr...

—... Y te has afeitado...

—¿Y qué?

—¡Nada, chico! Uh, Dios mío, cómo se pone...

—Venga, Sonia, Javierín, vamos a casa que tenemos que cenar —dije.

—¿Nos vemos luego? —preguntó Juan.

—Vale.

—Oye, Borja —dijo Sonia mientras íbamos hacia casa—, no estaréis peleados otra vez, ¿eh?, Marga y tú. —Me encogí de hombros y no dije nada—. Porque sois unos pesados... todo el día igual. Jo...

—¿Qué tal vuestros amigos? —preguntó mi madre cuando llegamos a casa—. ¿Quiénes están? Los de siempre, ¿eh? Me pareció que Marga estaba guapísima allí en la carretera. Hay que ver cómo cambiáis de un año a otro. En fin, habrá que acostumbrarse a que el tiempo pasa, que nosotros no nos hacemos más jóvenes y... y.... Y tú, Sonia, cuidadito...

—Cuidadito ¿con qué, mamá?

—Pues con que no hagáis ninguna tontería. ¿Y ese Jaume? No me gusta nada ese chico. Es más poco de fiar... Me parece como muy revolucionario...

—Pero, mamá... Anda que le tienes una manía... ¡Si es un tío normal!

—Sí, normal... Y no se dice tío. Anda, Borja, que sé bien lo que me digo. ¿Y Juan y Biel? Me parece que os voy a tener que organizar una merienda una tarde de éstas.

—Y ¿por qué?

—Porque sí. Que os quiero yo tener con las riendas bien cortas. Yo sé lo que me digo, anda, que este verano os voy a tener que vigilar muy de cerca. Menos mal que está don Pedro...

¡Mierda!, pensé. ¡Don Pedro! Menuda tabarra. Como me tire otra vez de las orejas este año le voy a decir que se vaya a la mierda. O mejor, que no vuelvo. Me zumbaba por el cuerpo la rebeldía y estaba para pocas monsergas.

Debería haberlo comprendido. Aquel día de nuestra llegada había algo más que la emoción del regreso a casa: en el aire de la anochecida flotaba un desasosiego, un temblor eléctrico como los que preceden a las grandes tormentas de rayos y truenos, cuando las ramas de los pinos y las rocas en la oscuridad parecen circundarse de un aura azul y temblorosa que al menor contacto va a circularnos por el cuerpo y nos va a entiesar el pelo y acalambrarnos el estómago. Flotaba en el aire, sí. Era un aire de amenaza, una tensión premonitoria, una oleada de sensualidad, ¿qué otro nombre podría tener?, tan fuerte que, de puro embriagadora, me resultaba hasta desagradable.

Sí. Debí entender lo que me estaba diciendo el cuerpo, lo que toda la naturaleza, hirviendo de savia del verano, me predecía.

Y yo sólo estaba desasosegado. Inquieto nada más, inseguro, sabiendo que algo me rondaba la cabeza o el corazón o el sexo y que era incapaz de descifrarlo. ¡Qué descifrar, si no llegaba aún ni a percibirlo! Para descifrar hay que tenerlo delante. Y yo no sabía ni dónde estaba lo que no llegaba a entender, el murmullo profundo, como de ánimas, el vahído que me ahogaba.

Ay, Marga, Marga. Era en verdad mi lado negro.

Todo aquello me pilló por sorpresa y me dejó anonadado. Entiéndaseme. Me es muy difícil reproducir, veinte años después, el terror, el sofoco, el desmayo, la locura del día en que un muchacho de dieciséis años pierde la virginidad. Ha pasado demasiado tiempo y las impresiones, tan vivas entonces, tan frescas, han perdido sus perfiles más nítidos. Y no por olvido sino porque se le han amontonado años de matizaciones, de refinamientos, de experiencias, y entre todos han dejado romos los recuerdos y las sensaciones de un instante único.

Fui el primero en llegar aquella noche a nuestra cita colectiva del murete de la carretera. Como todo lo nuestro, el lugar había quedado escogido por acuerdo tácito e involuntario; alguien debió de sentarse allí un día en la revuelta del camino a sacarse una piedra del zapato o a esperar a un rezagado. Desde aquel momento impreciso, el murete había quedado consagrado como punto de encuentro cotidiano, allí, más o menos a un kilómetro de Deià en dirección a Sóller, más o menos kilómetro y medio antes de Ca'n Simó, que era donde recalábamos después.

Me senté sobre el murete con las piernas colgando hacia afuera. A mi izquierda quedaba la mole silenciosa e imponente de Son Bujosa, rodeada de sombras de olivos y de naranjos. Bajo el cielo estrellado, queriendo, podía oírse el castañeteo eléctrico de las cigarras: parecía que se iban adormeciendo muy despacio con el tintineo de las esquilas de un rebaño de ovejas desparramado a la busca nocturna de su magro sostén de yerbajos, pero con dar tan sólo una palmada en la piedra guardaban silencio de golpe para, a los pocos segundos, olvidar la pereza estival y retomar su carraca con renovados bríos.

De frente me esperaba el mar, masa sombría y amiga, apenas subrayada en el horizonte por el hilillo de resplandor opaco que queda tras la puesta del sol.

—Te he echado de menos —murmuró Marga desde detrás de mí.

Me sobresalté y miré hacia atrás. Se había sujetado el pelo en una cola de caballo, larga, larga.

—No te muevas —me dijo. No fue una orden como solía. Apenas un ruego en voz baja.

—Hola —dije. Y volví a girar la cabeza hacia el mar.

—¿Y tú? —Me puso la mano en el hombro y me sacudió muy despacio—. Y tú, ¿me has echado de menos?

El tono de su voz y la suavidad decidida de sus movimientos encerraban tanta madurez que me quedé petrificado de terror, absolutamente incapaz de manejar aquellos sentimientos de gente mayor con los que Marga me asaltaba. Lo terrible, lo insoportable, lo que me estaba derrotando sin remedio era esta traslación repentina que ella me imponía desde mi mundo bien protegido de masturbaciones, desde la concha completamente privada de mis sueños a la realidad tangible de la presencia insolente de su piel.

No pude contestar.

—¿Eh? Dime —repitió.

Me encogí de hombros.

—Pues claro. —Tenía seca la garganta y apenas si se me debió de oír.

Marga pasó una pierna por encima de las piedras y se sentó a mi lado. Ahora, la bata verde tenía cuatro botones desabrochados y en la penumbra tuve tiempo de adivinarle culpablemente el interior de un muslo. En seguida levanté la vista para que no lo notara. ¡Pero, Dios, cuántas veces había intentado imaginar cómo sería su tacto! ¿Seda? ¿Raso? ¿O franela? Me había pasado el invierno haciendo pruebas con una combinación de mi madre subrepticiamente examinada, con un traje de fiesta de Sonia y con un pijama de Javier, sin saber con qué quedarme. Pero luego me exasperaba y, tenso y tan endurecido que me dolían de modo insoportable el sexo, los muslos, el bajo vientre, acababa abandonando el juego, convencido de que de todas maneras era inútil porque nunca llegaría a comprobar de qué estaba hecho en realidad aquel tormento.

Marga me puso la mano en la rodilla y fue como un calambre que me desmayara entero.

—¿Me tienes miedo o qué?

—¿Miedo yo? Qué va. ¿Por qué tendría que tenerte miedo? —contesté sin mirarla. Y tuve la sensación táctil de que sus ojos me tocaban la mejilla.

—No sé... como tiemblas...

—Qué va. —Carraspeé.

—Entonces mírame y dime cuántas chicas han ligado contigo este año. A que no te atreves...

—¿Yo? —La miré—. ¿Atreverme? ¿A qué?

—Atrévete. —Ya no supe cuál de los dos era el que temblaba: todo su brazo, desde su hombro hasta mi rodilla—. A que no te atreves a darme un beso.

Quise reír con suficiencia, pero sólo me salió un principio de graznido adolescente. Entonces parpadeé varias veces muy de prisa, para disimular, y Marga, como había hecho un millón de años antes, un siglo de embriagadoras pesadillas antes, acercó mucho su cara a la mía y me sopló un hálito con sabor a flores. En un instante me volvió el recuerdo que había intentado recuperar durante todo un año: la fragancia de su aliento, el calor del aire que se le escapaba de la nariz y me acariciaba la comisura de la boca.

Sonrió.

—Atrévete —dijo empujándome la barbilla con la suya.

Fue como morder una uva sin piel.

Creí que me desmayaría y me agarré con fuerza a la piedra. Marga dijo «oh» en voz muy baja y cerró los ojos. No nos chocaron los dientes como aquella otra vez. Solamente nos resbalaron los labios, de prisa de prisa como queriendo fugarse, y luego los juntamos de nuevo deslizándolos imantados y, al separarse, un trozo de piel quedó lánguido enganchado a otro, tanto que no supe si mis labios eran míos o de Marga, si aquella sensación asombrosa en la que todos mis sentidos se habían embarcado con impaciencia, sin control, era morir o volar. Y luego, en un impulso loco, quise olerle el aliento por dentro y ella se dejó. Fue como meter la nariz en una flor. Y luego su lengua se aventuró hasta acariciarme la mía, y sólo con eso me habría podido arrastrar hasta el mar. Noté que empezaba a subírseme un orgasmo y ni me dio vergüenza. Me había quedado sin fuerzas y me sentía completamente incapaz de hacer frente a este asalto indiscriminado de sensualidad. No es que me diera igual, es que estaba en medio de la corriente de un río de aguas turbulentas que me llevaban flotando hacia abajo, hacia el mar, inerte; dicen que los que se ahogan y los que se mueren de frío alcanzan ese mismo punto de indiferencia justo antes de sucumbir.

Marga exclamó «oh» de nuevo, en voz baja. Temblaba.

A lo lejos sonó la risa de Juan.

—Sí que te he echado de menos —dijo Marga con voz ronca, apartándose de golpe. Jadeaba.

—Y yo.

—¿Ya estáis aquí? —dijo Juan. Venía con Sonia, con Javier, con las Castañas y con Biel, y traía un cigarrillo encendido en la boca.

—¿De qué hablabais? —preguntó Javier.

—De nada, de cosas, del invierno y tal...

—Os estabais peleando —dijo Sonia en tono acusador. Marga la miró sin decir nada y sonrió.

—Qué va. Charlábamos.

—¿Alguien ha visto a Domingo? —dijo Juan.

—No, es verdad. Estará en su casa y no se habrá enterado de que hemos llegado.

—Sí, pero ahora es tarde para bajar hasta allí —dijo Lucía, que había crecido mucho y se había convertido en la más mona de las chicas de la pandilla—. Ya le avisaremos mañana.

—¿Pero es que vosotros no le veis si no estamos nosotros? —pregunté.

—Hombre, no. Lo vemos menos. Él no sale de aquí y nosotros estamos en Palma todo el invierno y no venimos aquí siempre los domingos. En Semana Santa...

—Domingo es raro —dijo Elena—. Es el chico más raro que he conocido en mi vida...

—Sí —dijo Biel—. Porque Jaume tiene sus rarezas, pero éste...

A Jaume lo respetábamos porque sabía cómo decir cosas desconcertantes y luego reírse de nosotros si le apetecía. Domingo, en cambio, era taciturno, casi alelado, siempre con la cabeza en las musarañas. Por explicarlo de otro modo, Biel, sin saber cómo, quería decir que las excentricidades de Jaume eran calculadas, tenían un propósito que casi nunca entendíamos pero que estaba ahí; las de Domingo no obedecían a nada. Sólo era un despistado. Pero nos lo disputábamos cuando hacíamos equipos para los juegos que Marga se inventaba porque conocía los montes y los caminos muleros y las rocas y las cuevas como nadie, sabía qué plantas tenían sabor a qué y cuáles hongos eran un poco venenosos, cuáles inocuos o cuáles, aseguraba, letales («mortales de necesidad», decía él). Jaume andaba por los riscos con mayor agilidad y fuerza. Domingo se deslizaba por ellos como una serpiente y eso lo convertía en un cómplice de aventuras totalmente deseable.

(¿Y cómo iba yo a permitir que a partir de ahora Marga y yo encabezáramos bandos distintos en los juegos? ¿Todo el verano así?)

—Sí, bah —dije—, ahora está muy oscuro para ir a buscarle.

—Si quieres, te acompaño —dijo Marga.

—No. Ya es muy tarde, ¿no?, e igual están durmiendo. Ya le avisaremos mañana. —Me metí las manos en los bolsillos para que nadie notara cómo me temblaban.

—Gallina —me dijo.

—¿Por qué? —preguntó Sonia.

—Por nada. Me parece que tu hermano le tiene miedo a la oscuridad.

—¡Huy, qué va! —dijo Sonia—. No le tiene miedo a nada.

Marga rió y, protegida por la noche, desde detrás me dio un pellizco en la cintura. Me puse rojo de vergüenza, pero nadie lo notó.

Fue el gesto más íntimo que nadie me había hecho en toda mi vida.

VIII

Al día siguiente, domingo, nos vimos todos en misa de once. Estábamos desperdigados por la iglesia, cada uno con su familia. En primera fila, en el lado del evangelio, *las Castañas* con sus padres. En el lado de la epístola, mi madre ocupaba dos filas casi enteras con sus siete hijos. A mí siempre me tocaba a su lado; «eres el mayor, hijo, y ocupas el lugar de tu padre cuando él no está» (cuando él estaba también, porque mi padre no iba a misa). Detrás de nosotros, Juan y Marga con sus padres. Había visto a Marga al entrar y ella me había mirado seria seria, sin un gesto.

Más atrás, pero del otro lado, los Santesmases, con Biel y Andresito. Sentadas a su lado, Alicia y Carmen, las primas. Domingo no estaba, aunque sí sus padres. Él nunca iba a misa y ello enfurecía a don Pedro; debería de haber comprendido que Domingo era demasiado pagano, demasiado fruto de la tierra, para acercarse a una iglesia. Todas aquellas espiritualidades le parecían una sarta de pamplinas inútiles y, por consiguiente, las combatía a su manera, pero como era hijo del alcalde nadie le reprochaba el escándalo.

Las mujeres iban todas con velo y, de acuerdo con las prescripciones de la moral en uso, llevaban manga corta pero por debajo del codo. Mi madre, además, llevaba medias (y supongo que todas las demás mujeres también, aunque no lo recuerdo). Yo, pantalón largo.

Don Pedro siempre fue un cura elegante, no sólo en sus gestos o en su habla, sino en su modo de vestir. Celebraba la misa de los domingos de verano en Deià como si lo hiciera en alguna capilla vaticana ante la nobleza negra de Roma. Y en la misa de once jamás hablaba en mallorquín (ni en ninguna otra, ahora que lo pienso: estaba prohibido). En un pueblillo como aquél parecía absurda tanta pompa, pero don Pedro se cuidaba en extremo de cualquier detalle, igual que hubiera hecho de encontrarse en una catedral. Resultaba interesante esta atención puntillosa a la sobriedad intelectual y a la mesura del gesto porque, llegado el verano, sus sermones adquirían un tinte de profundidad erudita (con destino a los pocos forasteros presentes) que seguro dejaba completamente confusos a los habitantes del lugar. «Es necesario y bueno, hermanos míos en Cristo, pensar con recogimiento en esta palabra de Jesús sobre a cuál amo servir con provecho, porque seréis capaces de amar a uno o a otro, pero no a los dos al tiempo, no a Dios y a Mamón simultáneamente.» Juntaba las manos y las ponía delante de la nariz. Guardaba unos instantes de silencio para dejar que se nos borrara la sonrisa traviesa que suscitaba en nosotros la palabra *mamón* y después, levantando la vista, nos miraba uno a uno, me parecía a mí. «Pensad, sin embargo, que nuestro Señor no pretende que escojáis a un amo o a otro por el atractivo que puedan ejercer sobre vosotros la bondad o el pecado; ambos parecen dar satisfacción. Oh sí: una salva y otro condena, pero ambos dan placer; en caso contrario no existiría la tentación, ¿verdad? —Sonreía—. Pero no quiere decir eso Jesús. Oh, no. Él dice: debéis inclinaros por el bien porque con el bien podréis desentenderos de todo lo demás. No os preocupéis de lo que habréis de comer o de cómo habréis de vestiros. Contemplad los lirios del campo: ni trabajan ni hilan, pero os digo que ni Salomón con todo el esplendor de sus ropajes se habrá vestido jamás como uno de ellos... El Señor, dice san Agustín, quiere que recordemos que al crearnos y al formarnos en alma y cuerpo nos ha dado mucho más que alimento y vestido.»

Don Pedro hablaba y hablaba sin parar, sin equivocarse y sin corregirse nunca. Me maravillaba su capacidad discursiva, una fuente de oratoria jamás interrumpida por titubeo o tartamudeo alguno, nunca rota su elegancia por espumarajos de saliva que saltaran hasta el primer banco, siempre subrayado el verbo por un gesto suave de las manos. Sospecho que mi madre pensaba igual porque seguía las palabras del párroco como si bebiera de sus labios maná caído del cielo.

Tanto mi madre como los tres hermanos mayores llevábamos sendos misales del padre Lefebvre, regalos de nuestras respectivas madrinas o alguien así el día de las primeras comuniones. Todos les habíamos intercalado en las páginas decenas de estampas conmemorativas de muertes de abuelos, de confirmaciones, bautismos y primeras comuniones, de bodas y cumpleaños, y habíamos manejado siempre con veneración aquellas pequeñas obras de arte de cantos dorados encuadernadas en cuero suave de color marrón o negro. Naturalmente, yo a mis dieciséis años, con el ejemplo diario de la actitud de mi padre, empezaba a preguntarme qué era todo aquello de la religión, la vida eterna, el castigo de los pecados y todas las pamplinas con las que nos asustaban en el colegio, y me debatía entre el miedo del «¿y si es verdad?» y el rechazo intelectual. Claro que aún no habían llegado los tiempos en los que catolicismo era sinónimo de carcundia y en los que producía cierto alipori público ir a la iglesia.

En Deià, sin embargo, no tenía más remedio que acudir a la parroquia con mis dudas a cuestas y misal Lefebvre en ristre para que no se dijera y para ahorrarme reprimendas que no hubieran hecho más que avergonzarme ante mis compañeros de la pandilla. Ni siquiera habría conseguido la comprensión de mi padre en esos trances porque, pese a su laicismo declarado y a que, por ello, nunca se metía en temas de religión que tuvieran que ver con la educación de sus hijos, para él las cosas de la moral también debían seguir un orden bien establecido: creer en Dios podía ser una aberración; en cambio, seguir los dictados de la religión como código ético hasta la adolescencia contribuía al enderezamiento de la voluntad y a que no se extraviara el recto camino. Ya llegaría el momento en que las lecturas de los clásicos y de los enciclopedistas aprovecharan toda aquella disciplina encaminándola hacia finalidades más racionales.

Aquel domingo no comulgué, claro. Ninguno de mis pensamientos volaba por las alturas del espíritu requeridas para ello. Mi madre me miró con curiosidad, sorprendida, seguro que pensando que se habían hecho necesarias aquellas meriendas que prometía servirnos para tenernos mejor vigilados.

Marga, en cambio, sí fue a comulgar. Llevaba el porte recto y desafiante. El velo negro que cubría su cabeza le daba un aire sombríamente inocente. Ahora, años después, la actitud que enarbolaba se me antoja como la exhibición algo impúdica de un sacrificio deliberado. La creo muy capaz de haber paseado de este modo ante mí su virginidad para anunciarme que la subía a un altar justo antes de entregármela ante Dios y ante los hombres o ante lo que fuera, qué más daba. Pero sólo ella lo sabía.

Después, mientras volvía hacia su sitio, me miró al pasar, sin una sonrisa, sin un solo gesto de complicidad. Nada. Como si no me reconociera.

¡Cuánto más saludable era esta aparente indiferencia de Marga que la calurosa solicitud de don Pedro! Él sí cómplice de mi madre en los años de adolescencia y cómplice nuestro en la madurez.

En aquellos veranos, mi madre y el párroco hablaban durante horas de la adolescencia, de la entrega a la religión, de la formación de los jóvenes y de nosotros. Lo hacían en el porche cuando no estaba mi padre y paseando por la carretera cuando ya había llegado. Tanto tiempo pasaban juntos que un año Juan los bautizó como «los novios». Nos dio mucha risa pero juramos no decírselo a nadie. Por el contrario, las conversaciones del porche entre don Pedro y mi padre —y cualquier otro contertulio que estuviera presente— eran de otro cariz completamente distinto: debatían de política y de literatura (de vez en cuando mi padre rezongaba «vaya, un cura inteligente») pero nunca se ocupaban de los hijos o de la educación, debiera ser ésta cristiana o no.

Una mañana de octubre, años más tarde, acudí a visitar a don Pedro en su despacho de la Rambla en Palma. Allá tenía su cubículo leguleyo, el estudio en el que trabajaba para el tribunal de la Rota. Para entonces vestía *clergyman* de seda cruda y zapatos italianos de hebilla. Había perdido algunos kilos de peso y su aspecto estilizado le hacía parecer aún más alto y distinguido de lo que era. Olvidada la parroquia de Deià, el pueblo se había convertido para él apenas en un apéndice turístico-pedante en el que mezclarse con la alta burguesía local y peninsular. Su vida se desarrollaba en la metrópoli, que era donde se encontraba el futuro, el escalón hacia una carrera eclesiástica de poder e influencia (al menos eso aseguraba mi padre, que conocía bien la naturaleza humana).

—Ya sabe para lo que vengo, ¿no?

—No hace falta que me lo expliques. Pero, Borja, ¿qué quieres pedirme que yo pueda hacer? —Me miró de hito en hito sin sonreír.

—La anulación, don Pedro.

—¡Pero eso es imposible y tú lo sabes! ¿Cómo voy a propiciar la anulación de un matrimonio canónico celebrado con todas las de la ley y con dos hijos de por medio? No, no. ¡Es imposible! ¡Si los casé yo!

—Pues precisamente por eso...

—¡Imposible! —Levantó las dos manos como si suplicara al cielo—. Y además —continuó con tono escandalizado—, me lo cuentas a mí que soy juez del tribunal que debe dictaminar la nulidad o no del matrimonio. ¡Pero por Dios, hombre de Dios! ¿Cómo puede ocurrírsete semejante disparate?

—Usted los casó, don Pedro.

—¿Y?

—Pues que, en cierto modo, es responsable de ellos. No sé, ¿no? Son sus hijos adoptivos o algo así, y ante el cielo dependen de usted... o sea, como si fuera su ángel de la guarda...

—¡No me vengas con sofismas! O sea que yo los caso convencido de que se quieren y de que aceptan la indisolubilidad del sacramento, sacramento, ¿eh?, del matrimonio, ¿y ahora me vienes con que debo prevaricar y anular lo que yo contribuí a crear? Bueno, estás loco...

—No, don Pedro...

—¡Espera! Calla un momento. Yo soy depositario de una fe sagrada, de una atribución divina inapelable, lo que Dios ha unido que no lo separe el hombre, y aunque quisiera no podría violar... —meneó la cabeza—, no puedes pedirme lo que no puedo conceder.

—No, don Pedro. Usted sabía desde el principio que el matrimonio de mi hermano con una de las tres Castañas no podía funcionar. Usted lo sabía.

—Yo no sabía nada de eso, Borja. Un sacerdote es un testigo, sólo un testigo del sacramento que contraen los novios...

—Claro —dije dando una palmada en la mesa. Don Pedro se sobresaltó, pero no dijo nada—. Claro. Y como es cosa de ellos, contrato de ellos, ellos son los que deben poder rescindirlo...

—¿Ah sí? ¿Y a Dios dónde lo dejas?

—Dios no puede ser tan cruel que permita la infelicidad de una pareja que ha dejado de amarse.

—¡Que nunca se amó! —dijo don Pedro con violencia. Se dio cuenta de que había caído en su propia trampa y quiso rectificar—: Y si Javier y Elena no se quisieron nunca, ellos fueron los que engañaron, nos engañaron a todos. Ahora deben pagar la penitencia.

—Pues vaya una religión de la caridad...

—¡No digas impertinencias!... Borja, Borja. —Me cogió de las manos. Era un gesto que hacía siempre y que me molestaba sobremanera. Recuerdo bien que, de críos, nos repugnaba «ese cura tocón», como lo llamaba Juan—. El matrimonio canónico es indisoluble y no hay nada que yo pueda hacer para cambiar eso.

—Nadie se lo pide. El matrimonio canónico es indisoluble pero puede ser nulo, ¿no? —Intenté retirar las manos, pero no me dejó.

—Pero en este caso no —insistió, apretándome los dedos.

—Se ha roto.

—Borja, por Dios, dame una sola razón canónica para que yo pueda pensar que este matrimonio es nulo... Una sola.

—Usted.

—¿Yo? —Completamente sorprendido—. ¿Qué quieres decir? —Me soltó las manos y se echó hacia atrás.

—Usted. Usted, don Pedro. Usted los quiere, son sus chicos, son chicos de la pandilla, chicos que usted juró defender...

—Alto ahí, Borja. —Alzó su mano derecha para que detuviera mi razonamiento; era como si intentara contener los desvaríos de un demente—. Me estás pidiendo que cometa perjurio y me haga reo de sacrilegio. Te has vuelto loco.

—No. Le estoy pidiendo que me demuestre que los quiere, que nos quiere, por encima de todo y que, como nos prometió hace años, está dispuesto a hacer lo que sea por nuestra felicidad... o ¿es por nuestra salvación?

Don Pedro se levantó de su sillón bruscamente.

—Eso que dices es una ruindad, Borja, y no tienes derecho ni a formulármela.

—¿Una ruindad? No. ¿Se acuerda de cuando nos reunió a todos aquel verano del 56? ¿Se acuerda?

—¿Y qué? —Don Pedro se rebuscó en la chaqueta y, mientras hablaba, sacó una pitillera de plata de un bolsillo, la abrió, extrajo un cigarrillo, se lo puso en la boca y lo encendió con un mechero de oro—. ¿Y qué? —repitió—. ¿De qué me estás hablando? Me parece, Borja, que te estás inventando una obligación que nunca contraje... —Dio una profunda calada al cigarrillo.

—¿Que nunca contrajo? ¿Que nunca contrajo? ¡Venga, hombre, don Pedro! —Jamás le había faltado al respeto y me sorprendió mi exabrupto supongo que tanto como a él, que se quedó repentinamente mudo—. ¿Quiere que le recuerde sus palabras? Sois mis chicos, dijo, y nunca os fallaré, aquí estaré siempre, seré vuestro consuelo, vuestro amparo... Acudid a mí, dijo, acudid a mí, que yo os ayudaré si me necesitáis. ¿No nos dijo eso?

Debí reconocer la mirada que me lanzó en aquel momento. Pero no. Me pareció que le había sorprendido en su propia trampa, en la trampa que nos había tendido años antes, y no fui capaz de comprender lo que aquello quería decir. Y sólo pensé en ganar la discusión de forma tan definitiva como cuando un gran mandoble derrota a un enemigo. ¡Estúpido de mí! Y seguí con mi argumento: su afán misionero de tanto tiempo antes, su optimismo no podían ser compromisos de boquilla que desaparecían con la primera dificultad. No se lo podría permitir. ¡Ayudarnos! ¿O es que no lo estaba prometiendo en serio? ¿Lo que él buscaba entonces era sólo establecer su control sobre todos nosotros?

—Siempre me pareció que usted nos prometía ayuda —murmuré con pesado sarcasmo—, que éramos como sus hijos y que iniciaba con nosotros una especie de cruzada del bien. ¡A ninguna de sus ovejas se le permitiría descarriar! —Reí.

Me apuntó con el dedo índice.

—No te burles de mis sentimientos, no te rías de mis compromisos, ¿me oyes? —dijo con lenta violencia—. No tienes derecho a hacerlo y no te lo voy a permitir... No tienes derecho a ser tan frívolo. Te voy a decir lo que me pasa con la nulidad del matrimonio de tu hermano. Es verdad, ¿eh?, es verdad que por encima de todo empeñé mi palabra por vosotros. Que me juré que os ayudaría. ¡Claro que sí! Pero ¿anular el matrimonio de Javier? ¿Es lo que le hace falta? ¿De verdad? ¡Convénceme! ¡Venga!

Don Pedro estaba realmente enfurecido. Nunca lo había visto de esa manera, desafiándome, retándome a que lo forzara a traicionar su religión, a romper todos sus juramentos. Ya no era cuestión de fe; violaría sus votos de sacerdote si yo le daba una razón humana válida. Nada le importaba. Que lo convenciera y me atuviera a las consecuencias. Así era la violencia de su ira.

Pero eso fue muchos años después. Y esto era el verano del 56.

IX

Los domingos de nuestras vacaciones infantiles y, luego, adolescentes, eran especiales: añadían una fiesta a la fiesta. Y las salidas de misa eran siempre perezosas y rezagadas: quedaba todo el día por delante, brillaba el sol, olía un poco a incienso y éramos todos cómplices.

En esta ocasión, sin embargo, Marga y Juan ya se habían ido con sus padres camino del desayuno. Los busqué con la vista pero ya no estaban.

Mi madre había aparcado el Citroën abajo, en la carretera. Cuando no estaba mi padre se lo cogía y lo usaba para estas cosas, para ir a la compra, en ocasiones para llevarnos, forzados, de excursión. Subimos todos al coche y arrancó.

Al llegar al murete de la revuelta de la carretera dije:

—Mamá, ¿puedes parar aquí, que me bajo?

—¿Aquí te vas a quedar sin desayunar, hijo?

—Sí, no importa.

—Bueno. Pero no tardes, ¿eh?, que hoy hay paella.

Con los años llegaron a divertirme esas declaraciones incongruentes de las madres, fruto de un silencioso proceso mental sobreentendido de rutinas.

Marga no estaba en el murete. Me senté un rato de espaldas al mar a esperarla, pero no vino. Me latía el corazón a la carrera. No quise que me sorprendiera y me puse a escudriñar la carretera a derecha e izquierda. Pero quedó desierta.

Hacía mucho calor bajo el sol aquel de mediodía. Era un sol de pobres, bien reseco, no como el de ahora, que huele a crema y a turistas. Todo lo achataba el sol aquel de mediodía y hasta el canto de las cigarras se antojaba más el crujir de una fritura en la sartén. Me había abierto del todo la camisa y la tenía empapada de sudor. También me sudaban los muslos; levanté una pierna hasta apoyar el tacón de la sandalia sobre el murete y me miré la pernera; estaba también completamente mojada.

Me puse de pie y eché a andar hacia Ca'n Simó. Encontraría refugio a mi angustia y un poco de sombra en el viejo torreón derruido. Podría pensar un rato y poner en orden, ¿controlar?, el tumulto de sentimientos que amenazaba con enloquecerme. Necesitaba estar solo.

Marga me estaba esperando.

Apoyada contra el viejo muro, tenía una pierna doblada y sostenía el talón sobre una piedra que sobresalía de la pared. Había inclinado la cabeza hacia atrás y cerrado los ojos. Los brazos estaban caídos a lo largo del cuerpo con las palmas de las manos hacia fuera.

Se había quitado la bata y estaba en traje de baño. Era el mismo traje de baño negro del año anterior, pero se le había quedado pequeño: por los costados, debajo de los brazos, casi se le salían los pechos. Se hubiera dicho que los delgados tirantes que le rodeaban el cuello para sostener toda aquella inverosímil arquitectura estaban a punto de saltar. La visión asombrosamente erótica de aquella curva suave de carne color de oliva, promesa de todos mis sueños, escondida en la línea misma del comienzo del pezón (tenía que estar allí; ¿dónde si no?, puesto que era inconcebible que el pecho siguiera extendiéndose indefinidamente ¿hasta dónde? sin alcanzar jamás la cima), me dejó paralizado.

No sé si fue un ruido que hice o si obedeció a una intuición suya, pero en aquel momento Marga abrió los ojos y me miró. Eran como lagos de agua malva y no habría podido apartarme de su hipnosis ni haciendo un esfuerzo humano. Alargó la mano hacia mí, ¡ah aquel gesto con el que me invitaba a entrar en un círculo mágico del que nunca querría dejarme escapar! Nuevamente ahora, al recordarla, me asombro de la cualidad tan adulta de todos sus movimientos, de todas sus expresiones, de la fortaleza sensual con la que controlaba todo lo que sucedía a su alrededor: ¡sólo tenía dieciséis años, por Dios! Cuando pienso ahora en lo que hacía, cómo nos miraba a todos, cómo nos mandorroteaba, comprendo que el dominio que ejercía sobre nosotros no se debía a un malhumor cualquiera, «a la mala leche que tiene», decía Juan, sino a la mera fuerza de la madurez.

Soy consciente de lo cursi que resulta expresarlo así, pero me acerqué a ella como atraído por un imán. ¿Qué otra forma hay de describir lo que me ocurrió? Sus dedos estaban imantados y les circulaba la electricidad y daban calambre, y aún hoy no sé si Marga, como una diosa de la tierra que controlara los elementos todos, había impregnado las rocas y los árboles del aura de tormenta azul que despedían o si era ella quien había tomado la fuerza magnética de algún magma volcánico en el que se hubiera bañado dejándose abrasar por él.

Me puse frente a ella, todo lo cerca que osé. Entonces Marga, con un gesto muy sencillo, todos los suyos han tenido siempre esa elegancia lenta y definitiva, llevó sus manos al tirante del bañador, lo levantó por encima de su cabeza y luego tiró de él hasta la cintura. Así, sin más.

Hubiera querido perderme en su piel (entonces no habría sabido verbalizarlo de esta manera) y tener el atrevimiento de beberle una gota de sudor que le resbalaba desde la garganta hasta el comienzo de aquellos pechos increíbles. Y me quedé quieto. Luego quise subir las manos hasta ellos y acariciar las areolas tan de color de aceituna oscura y averiguar como en mis sueños su textura. Y me quedé quieto. Luego, en un arrebato de locura, quise inclinarme y morder aquella fruta. Y me quedé quieto.

Y Marga llevó sus manos a los costados de mi cara y me dijo en voz baja «anda, atrévete, ¿a que no te atreves?». Sonrió con total dulzura. Y tiró de mi cabeza hacia abajo y puso mi boca sobre uno de sus pechos.

Me pareció que me desmayaría.

En seguida me supo a poco y le besé el otro pecho y lo empujé con la barbilla y jugué a que me empujara a mí. Y después, ¡oh osadía!, lo mordí. «Huy», dijo Marga.

Me quitó la camisa, que ya llevaba desabrochada, y me puso las manos sobre los hombros. Me forzó a separarme.

—Anda, bésame otra vez.

Y en ese momento sentí el orgasmo que se me desbocaba y no pude contenerlo. No recuerdo lo que hice; sólo sé que Marga me dijo en el oído «no importa, mi amor, no importa, mi pequeño», y nos fuimos deslizando hacia el suelo y ella me acariciaba el estómago y me besaba en los ojos y luego reía. Sentados así, me puso las manos en la espalda, se inclinó hacia mí y restregó sus pechos contra mi piel. Ardían e iban dejando rastros de fuego por todos lados.

¿De dónde sacaba aquel instinto? ¿De qué relicario le salían las palabras? ¿Cuántas veces las habría ensayado preparando este momento?

Me encontraba perdido en un paraíso de sensaciones táctiles en el que cada uno de los sentidos disfrutaba por separado, mordiendo, besando, oliendo, oyendo, mirando. Pero es que, además, ahora que pienso en ello, me parece que la fuerza de aquella pasión hasta entonces desconocida me obligó de pronto a desarrollar millares de nuevos sentidos. Añadidos a los cinco que me había prestado la madre naturaleza, me crecieron en un segundo decenas, centenares de ellos para alimentar aquel inesperado asalto erótico. Ninguno me bastaba ya para hacer frente a la invasión de placeres que provocaba en mí el contacto total de Marga. Había uno para oler el cuello, otro para morderlo, otro para lamer un pecho, otro para rozarlo con la mejilla, uno más para meter la lengua en el ombligo o la nariz debajo de su brazo, otro para acariciar un lunar de su espalda, otro para tirarle de la mata de pelo (yo tiraba y al tiempo notaba el tirón, un sentido para cada una de las dos cosas), otro para escucharle los ayes...

De repente, de un suspiro largo, Marga se separó de mí y, con el mismo gesto sencillo de antes, enganchó sus dedos en el bañador y tiró de él hacia abajo, por sus caderas, por el pubis, por sus muslos, sin vergüenza alguna, como si desvelara el cuadro de una Venus que despacio, despacio, fuera reintegrándose, disolviéndose en la tierra de la que había salido. No fue un gesto sublime o brutalmente sexual, sino uno revestido de completa sencillez: ella y yo debíamos estar despojados de toda ropa, no correspondía otra cosa cuando estuviéramos juntos.

Quedé largo rato extasiado frente a la desnudez de sus muslos y de su sexo. Eran lo más bello, lo más arrebatadoramente armónico que había contemplado jamás. Es la única descripción que se me ocurre ahora que el tiempo ha pasado y que los matices de la madurez me permiten racionalizar aquellas sensaciones. Bello, armónico e irresistible.

Parece ridículo, pero sólo entonces hice el primer gesto de afirmación sexual de mi vida, tras tanto preámbulo iniciado la noche antes: me desabroché el cinturón y los botones del pantalón. ¡Dios mío, qué patético se me antoja ahora, cuánta inocencia!

Y Marga acabó de desnudarme.

También ella se quedó de pronto quieta mirándome. Después alargó la mano y me tocó. A los dieciséis años, las erecciones son un estado casi natural. Se movió contra mí o sobre mí, no lo recuerdo, y la penetración, ese misterio insondable y temeroso, un río de lava incandescente, fue lo más directo y fácil de toda mi vida. Y las decenas de mis nuevos sentidos se concentraron dentro de Marga, mientras ella, rígida de pronto, tensada como un arco, lanzaba un largo y suavísimo gemido.

No lo tenía ensayado. No, no: se rindió del todo, sin condiciones. Lo malo para nuestra vida futura, sin embargo, fue que se rindió precisamente a mí, un amante incapaz de reconocer a una gacela cautiva, de textura de seda.

Perdimos la noción del tiempo.

Después bajamos al mar medio vestidos. No había nadie aún por las rocas y nos escondían los pinos de cualquier mirada indiscreta. Menos mal porque, preso de un repentino ataque de pudor, miraba yo a todos lados, no fuéramos a ser descubiertos. A Marga no le importaba: volvió a quitarse el bañador que sólo se había subido hasta la cintura y, desnuda, se tiró de cabeza al agua.

—¡Ven! —gritó riendo. Se puso de espaldas y le asomaron los pechos y el pubis como islas.

No me podía bañar con pantalón largo y me lo quité. Tenía que volver a casa y algo debía llevar seco y en orden. ¡Santo cielo, la paella!

Me tiré de cabeza. Al subir a la superficie, Marga me sujetó por las axilas.

—Te enseñé yo, ¿eh? —Y con la boca me echó un chorro de agua a la cara—. ¿Te acuerdas?

—Sí que me acuerdo —dije, y me abracé a ella—. Tragué más agua...

—Era la primera vez que me tiraba de cabeza, ¿sabes? —Rió—. No tenía ni idea... Sólo quería hacerme la chula... Hmm, cómo estás de suavito...

—¡Eh! ¡Que me hundo! —grité mientras intentaba mantener la cabeza por encima del agua. Me agarré con fuerza a su cintura.

—¿Y si nos dejáramos ahogar? Como dos amantes suicidas, ¿eh?

—Tú estás tonta.

Rió.

—No, bobo, no me quiero morir nunca, sólo quiero que me quieras... Así, ¿ves? —se frotó contra mí—. Ven, vamos a la orilla, a la roca esa. —Dio dos brazadas y se agarró a la roca—. Ven —dijo jadeando, resoplando agua—, ven que te limpie. ¿Cómo vas a ir a casa, si no? ¿Qué va a decir tu madre?

Fue la única vez en que la vi totalmente luminosa, absolutamente desprovista de toda sombra de tiniebla.

¿Fui yo quien la ensombreció?

X

Fue el verano de nuestras vidas.

Así lo recuerdo ahora, veinte años después, cuando me pregunto si, siendo tan juvenil, tan adolescente como fue, puede merecer el calificativo de último año mío de pasión. Suena a ridículo, ¿no?, que el primer año de pasión, a los dieciséis años (bueno, casi diecisiete), sea también el último. ¿Qué sabría yo entonces de pasión? Pero es que nunca más a partir de entonces me habría de bajar por las venas una ponzoña tan fuerte, culpable, violenta como aquélla. La delicia estaba en la culpa. Su negrura tenebrosa me tenía agarrado por la entraña: disfrutaba disolviéndome en la tierra. A lo largo de todas aquellas semanas que ahora daría mi mano izquierda por recuperar (pero no por la pasión sino por la taquicardia de la adolescencia, por la intensidad con que se vivía cada cosa, por la juventud, vamos), mi universo se circunscribió al cuerpo de Marga. Marga era un veneno, una droga. Su piel, sus pechos, sus ojos, su vientre me retuvieron completamente cautivo e infeliz.

Cuando me separaba de ella por las noches me sentía manchado, envilecido y, lo peor para un muchacho adolescente en aquella época tan puritana, traidor a mi religión y a mi limpieza (pureza, la llamábamos entonces). De buen grado le hubiera confesado todo a mi madre. Para entonces, sin embargo, ese *todo* era tan enorme que ni la tentación de aliviar mi conciencia me compensaba del terror que me inspiraba la confidencia. Los sentimientos me sobrepasaban. No los entendía. Con frecuencia se habla del *torbellino de la vida* que le asalta a uno como si se tratara de una condición objetiva del entorno; de pronto la vida se acelera y nos atrapa en una especie de locura. No es así, claro. Ese torbellino no es una repentina aceleración de los tiempos vitales; es el sobresalto al que se somete uno mismo porque, por culpa de los sentidos tan traicioneros, de la psique tan confundida, es incapaz de comprender nada de lo que ocurre a su alrededor.

Pasaba las noches en vela o casi, hasta que me vencía el sueño en la madrugada, contando las horas que faltaban para poder ver a Marga de nuevo, el tiempo interminable hasta que pudiera estrecharle la cintura o mirarla o ver su sonrisa cómplice o notar su brazo contra el mío cuando, codo con codo, habláramos con el resto de la pandilla para preparar las aventuras del día. Olía su piel a manzanas y miel, y me moría de impaciencia.

Creo que también fue un verano de continua impaciencia malhumorada.

Los domingos, en misa de once, Marga seguía yendo a comulgar, recta como un huso, cubierta la cabeza con un velo negro, completamente segura de sí. Tan recalcitrante... Se sabía la mujer amada. Siempre se arrodillaba delante de mí, en el comulgatorio de la derecha, sabiendo que yo no le perdía ojo. Luego, después de comulgar, se levantaba, giraba en redondo, nos miraba con calma, como si no nos reconociera, y regresaba hacia su banco por el pasillo central.

Yo, por el contrario, preso de tantos escrúpulos y de infinitas tinieblas, ni comulgaba ni me confesaba. El instinto o, mejor dicho, el pudor me sugería, además, que debía protegerme de don Pedro y de su complicidad con mi madre, por mucha obligación de respetar el secreto de confesión que él tuviera. Mi madre me miraba extrañada pero sólo una vez me dijo al salir de misa «oye, Borja, hace días que no te veo comulgar, ¿te pasa algo?». Me encogí de hombros. «Qué va —contesté—, nada.»

Y es que en aquellos meses sucios y deliciosos (y en los años de tortura que los siguieron) nunca establecí el vínculo entre el amor culpable y el amor total. La naturaleza me lo reclamaba, pero yo no me enteraba porque mi educación había colocado una barrera insalvable entre una cosa y otra. Peor aún, mucho más tarde, en la madurez relativa del final de mis años más jóvenes, en lugar de rendirme a la evidencia, mis genes o el férreo control de mi madre o lo que fuere que me tenía puesto cerco al sentimiento hicieron que acabara apartándome de aquella pasión para despreciarla y arrinconarla.

Oh, no. No comprendía nada, sólo el peso de la culpa, y me enfurecía ver la naturalidad con que Marga lo asumía todo.

Me había vuelto taciturno, eso sí, tan ensimismado que andaba por casa como una sombra, sin querer comunicarme con nadie. Un día, Javier me preguntó «¿qué te pasa?» y le contesté desabridamente que me dejara en paz y que no se metiera en mis cosas. Otras veces era Sonia la que me decía «jo, Borja, estás más raro que yo qué sé», siempre la misma cantinela asustada. También oí en una ocasión que mi madre le decía a mi padre (semanas más tarde, después que él llegara a Deià) «es que, de veras, está muy extraño; no es el chico alegre de siempre; algo le pasa... creo que le diré a don Pedro»... «No le digas nada, mujer —interrumpió mi padre con sequedad—, que el chico está creciendo, madurando, y bastante tiene con pensar en lo que le espera en la vida. Tú déjale que lea y medite.»

Aunque con menos intensidad por ser menor el agobio de personalidades, lo mismo me pasaba con la pandilla. Durante todo aquel verano inolvidable me costó gran trabajo inmiscuirme en la preparación de los juegos, aventuras y excursiones. Por eso, ocupando de forma natural el espacio que yo fui dejando, Marga tomó el mando y se puso a controlar las vidas de todos nosotros. Era muy enérgica en sus disposiciones. Sólo de vez en cuando, cuando nadie nos veía, me lanzaba una mirada cómplice y una sonrisa escondida. Luego fruncía el entrecejo y exclamaba «venga, que sois unos gandules todos», y dictaba las normas del día riendo.

Sonia, que era dos años menor, la miraba con adoración absoluta. Una vez la sorprendí que le decía «jo, Marga, me gustaría ser tu mejor amiga, ¿puedo?».

Las interrumpí exclamando:

—¡Pero qué tonterías dices, Sonia! Marga es mucho mayor que tú. ¿Cómo va a ser tu mejor amiga?

No sé si esta explosión de celos se debió a que la declaración de mi hermana me había parecido una traición a mi derecho exclusivo sobre Marga o si, especialmente sensible al ridículo en aquellos días, consideré una chiquillada irritante que una mocosa como Sonia pudiera devaluar un sentimiento tan maduro como la amistad. Poco me faltó para interponerme físicamente entre ambas.

Sonia se echó hacia atrás como si la hubiera abofeteado.

Marga estaba apoyada contra la pared del torreón (¡esa pared que era sólo mía y suya!), casi sentada sobre las palmas de las manos. La estoy viendo ahora, recostada con languidez contra la piedra, no llevaba sujetador y por un botón medio desabrochado de la camisola se le adivinaba el nacimiento de un pecho. Se incorporó y alargó un brazo hacia mi hermana.

—Déjala, Borja, no seas plasta. Sonia es mi amiga especial, ¿eh?

Le acarició la mejilla y le borró una lágrima que se le había escapado. A Sonia le cantábamos siempre «lloronaaa, sin pelooo»...

La atrajo hacia sí y la abrazó. Me miró con severidad por encima de la cabeza de Sonia haciendo un gesto negativo.

—Los hermanos mayores son unos pesados, Sonia. No le hagas ni caso, que me parece que Borja está celoso... —Rió.

—¿De qué voy a estar celoso? —exclamé—. ¿Yo? ¡Venga ya!

Marga me sacó la lengua.

—Oye, ¡no os peleéis, eh! —dijo Sonia apartando la cara.

—¡Si no nos peleamos! —dije con exasperación—. ¿No ves que nunca nos peleamos, boba?

—Sí que os peleáis.

—No, tonta —dijo Marga—. ¿Te gustaría que nos casáramos?

—¡Huy, sí! —exclamó Sonia mirándonos a uno y a otra.

—¡No digas tonterías, Marga! —Me había puesto rojo de vergüenza.

—Si lo digo en serio. Dime, Sonia. ¿Te gustaría?

—¡Claro! ¿Lo dices de veras?

—Sí. —Y se puso a canturrear—: Borja y yo nos vamos a casaaar, Borja y yo nos vamos a casaaar...

—¡Marga, eres idiota! —grité. Y me di la vuelta para marcharme.

—... Pero me tienes que prometer una cosa, ¿eh? No se lo tienes que decir a nadie, ¿eh? ¿Me lo prometes?

—Sííí... —dijo Sonia, y se puso a reír.

Es, por otra parte, terrible testimonio de mi ingenuidad que nunca se me ocurriera que Marga podía querer un hijo mío, pero no en el futuro como fruto de un matrimonio remoto, sino entonces, de modo inmediato. No lo sospeché hasta más tarde, cuando empecé a arredrarme ante el grado de su locura o tal vez de su pasión, fuere cual fuere el nombre que debía darse a aquello suyo que jamás entendí. Pero comoquiera que, con o sin mi concurso inocente, Marga tenía la capacidad de controlar mis humores con una sola palabra, con el movimiento de un dedo meñique, pasé el resto del día enfurruñado y sin hablarle, como un niño pequeño con rabieta y no como un hombre capaz de hacer frente al peso de tanta responsabilidad. Ella me miraba a distancia con socarronería, tan segura de sí misma que la habría estrangulado, tan incierto de mí que con un gesto me habría tenido, me tendría colgado de su cuello, rendido a su cintura.

Más tarde, Juan me preguntó lo que me pasaba y le contesté que «nada, que tu hermana es una imbécil».

—¡No es una imbécil! —dijo Sonia.

—Lo que yo te diga —afirmé.

—Todas las hermanas son imbéciles por definición —apostilló Juan.

Por la noche, en la cena, Sonia levantó la vista de la taza del gazpacho.

—¿Mamá?

—¿Qué, hija?

—¿Sabes una cosa? —dijo con la voz atiplada por la excitación. Le noté en los ojos cómo no podía aguantarse la noticia más importante de su vida y la miré de tal manera que tragó saliva—. Bueno, no es nada, mamá —bajando la voz hasta convertirla en un susurro.

—¿Qué no es nada, hija? —preguntó mi madre distraídamente. Luego, como si volviera de una ensoñación, añadió—: No te oigo. Por Dios, nunca acabáis las frases... todo lo dejáis a medias.

—De veras, mami, que no es nada.

—Tonterías de niñas —dije.

—Ya sé lo que os está haciendo falta —dijo de pronto mi madre, saltando de un tema a otro con la facilidad para el *non sequitur* que le era tan propia. Me miró—. ¿Te acuerdas de que te dije que iba a organizar una merienda con todos vosotros?

—Sí, mamá —contesté, exagerando el tono de paciente resignación.

—No hables así, que no te tolero que me faltes al respeto, Borja. Quiero que vengáis todos a merendar mañana aquí, está decidido, porque quiero veros a todos juntos, que hay alguno al que no he echado aún la vista encima este verano...

—¡Pero, mamá...! ¿Qué tendrá que ver...?

—No se discute: mañana os espero aquí a todos a las siete.

Ninguno lo podíamos saber, claro, pero la merienda del 21 de julio en casa de mis padres en Son Beltran se convirtió por años en un rito insoslayable. Con el tiempo se sumaron a ella algunas madres, e incluso dos años más tarde decidimos hacerle coincidir un guateque, esa moda tan idiota importada de Madrid. Bailábamos y bebíamos refrescos, y hasta invitábamos a otros chicos de la capital que veraneaban en Valldemossa; todo con tal de evitar que la reunión tuviera el aire de catequesis con madres que pronto había adquirido.

Al día siguiente, cuando caía la tarde, la mesa de la terraza apareció perfectamente preparada con un mantel a cuadros blancos y rojos. Encima había grandes platos y fuentes llenos de pan con tomate, jamón, sobrasada, aceitunas, ensaimadas y tres gigantescas tartas preparadas por Pepi, la cocinera, de almendra una, de chocolate otra y de manzana con mermelada de albaricoque la tercera (con los años, mi madre habría de comprar una máquina de hacer helados y Pepi los haría de limón y almendra). A un lado de la mesa, Pili, una de las doncellas —la que más se ocupaba de nosotros—, había colocado refrescos y gaseosa y una gran jarra de zumo de naranja.

Yo esperaba repeinado por orden de mi madre, aburrido y tenso, a que llegaran mis amigos, con vergüenza de que pudieran considerarnos a todos nosotros señoritos de ciudad, sobre todo a mí, que tan lejos me encontraba de cualquier cosa que no fuera mi nuevo centro de gravedad: la vieja torre derruida de Ca'n Simó.

Vinieron todos juntos, con Marga y Juan a la cabeza. Marga se había puesto un vestido de algodón blanco muy casto y unas alpargatas nuevas en los pies. Luego, las Castañas y Andresito, Alicia, Carmen, Biel y Jaume, que traía las manos en los bolsillos y su aire desprendido e irónico de costumbre. El último era Domingo, que venía ensimismado, deteniéndose de cuando en cuando para recoger algo del suelo o del borde del camino; algunas cosas las miraba con detenimiento para luego dejarlas caer y otras las rechazaba sin más; siempre parecía estar comprobando la calidad de la tierra o la textura de las olivas o la abundancia y el color de los saltamontes. Yo qué sé.

—Hola —dijo Juan, y todos nos quedamos inmóviles, patosos, sin saber qué hacer o qué se esperaba de nosotros.

—Hola, chicos —dijo mi madre—. Me gusta mucho que estéis aquí... Huy, Elena, cómo has crecido. Lucía, estás guapísima. Hola, Biel, casi no os reconozco —añadió dando besos a las niñas. Se detuvo frente a Marga—. Hola, Marga, estás preciosa. ¿Ya controlas a toda esta pandilla? ¡Estás tan mayor! Ya has cumplido ¿dieciséis?, ¿diecisiete?

—Dieciséis —dijo Marga en voz baja desviando la vista—. Pero cumplo años dentro de poco...

—¿Ah sí? Como Borja entonces. ¿Tú cuándo los cumples?

—El cuatro de agosto.

—¡Claro, no me acordaba! ¡Si sois casi gemelos! Borja los cumple el diez...

Enrojecí violentamente y Sonia me miró sonriendo con aire de absoluta felicidad. La fulminé con la mirada, pero sin que diera tiempo a más sonó la voz bien timbrada de don Pedro, que de pronto había aparecido en el ventanal que desde el salón franqueaba la salida al porche:

—¡Bueno, bueno! Cuánta gente menuda. Veo a mucho frescales por aquí.

Hubiera matado a mi madre por la encerrona, pero me limité a murmurar con la boca ladeada hacia Juan «jo, qué mierda».

—¿Eh, doña Teresa? —dijo don Pedro dirigiéndose a mi madre—. Mucha gente menuda con cara de frescales, ¿verdad? —Dio dos pasos para acercarse a nosotros, a Juan y a mí, que éramos los que nos habíamos colocado de este lado de la mesa. Me puso la mano sobre el hombro y pensé dar un paso hacia atrás para librarme, pero me lo impidió con un leve apretón de los dedos—. ¡Ah! El jefe de la banda. —Miró a Juan—. Y su acólito y lugarteniente. Los golfillos de la costa norte. —Sonreía—. Y eso que ya vais creciendo y que las señoritas que os acompañan han dejado de ser chiquillas y se han convertido en... eso, en señoritas, ¿verdad?

Miró a Marga en silencio, levantando mucho las cejas, como si la viera por primera vez y fuera a preguntarle quién era. Sus gestos teatrales siempre nos desconcertaban, porque luego, inmediatamente después, los desmentía con sus palabras: a la fuerza en este caso, puesto que Marga y Juan eran los hermanos que don Pedro conocía mejor. No en vano, el párroco de Selva, a quien don Pedro debía la carrera eclesiástica, y sus dos hermanas eran tíos de Juan y Marga.

—Marga, Marga, la mayor de todas, la más sensata, la más recta. ¿Ya los mantienes a raya?

Marga no dijo nada. Se limitó a mirarle con la cara seria

y los ojos malva muy abiertos. Su sencillo vestido blanco y la tez olivácea, el pelo estirado hacia atrás en una larga cola de caballo, la hacían parecer una virgenmaría.

Dejé de mirarla para que nadie pudiera adivinar nada, para que ni mi madre ni don Pedro pudieran intuir lo que nos unía a ambos. Menos mal porque si alguien en ese momento me hubiera exigido prueba de lealtad como cuando el canto del gallo, habría traicionado a Marga sin dudarlo. Eso era lo que nos diferenciaba, creo: ella se habría enderezado, se habría acercado a mí y, agarrándome la mano, habría hecho pública profesión de fe.

—¿Por qué no os sentáis, hijos? —dijo mi madre, señalando con la vista las sillas vacías y el borde de piedra del porche.

Sin pensárselo dos veces, los más pequeños se refugiaron sobre el borde porque la gran mesa repleta de merienda que les quedaba delante parecía protegerlos de la gente mayor, poniendo la distancia física del mantel y los platos entre unos y otros.

—¿Y Javier? —preguntó don Pedro acercándose a mi hermano—. Bueno, a ti es al que más veo. Mientras vosotros dormís como marmotas por las mañanas, Javier viene a la iglesia y toca el órgano. —Sonrió—. Cuando no estoy diciendo misa, me siento en uno de los bancos a escuchar las fugas de Bach interpretadas por Javier Casariego. ¡Nada menos! Ah, doña Teresa, este chico nos llenará de orgullo a todos cuando leamos que ha tocado un concierto en el Metropolitan de Nueva York, ya lo verá. Bueno, usted no necesitará leerlo porque estará allí. ¿Eh, Javier? —Mi hermano se encogió de hombros y bajó la cabeza; le colgaba un mechón de pelo dorado sobre la frente y se lo apartó con la mano. Don Pedro miró teatralmente a su alrededor—. ¿Pero qué estoy haciendo? —dijo—. Hablo y hablo y os tengo sin merendar. Venga. No dejéis de merendar por culpa mía, ¿eh?

Y para dar buen ejemplo se acercó a la mesa, tomó una rebanada de pan de payés untado de tomate, le añadió un chorreón de aceite, le puso una loncha de jamón encima y le hincó el diente. «¿Hmm?», dijo con la boca llena. «No se habla con la boca llena», pensé, y miré a mi madre. Pero ella estaba tan contenta de su merienda y de la sorpresa que nos había dado con la presencia del cura que no parecía dispuesta a escandalizarse (como lo habría hecho con nosotros) por un mínimo pecadillo de etiqueta.

Juan y Sonia fueron los primeros en perder la vergüenza y en acercarse a la mesa. Juan se untó una enorme rebanada de pan con sobrasada y Sonia, que era la más dulcera de la casa, se sirvió dos trozos de tarta, uno de la de chocolate y otro de la de manzana. «¡Sooonia!», dijo mi madre en voz baja. «Jo, mamá», contestó ella sin hacer caso. A mis hermanos pequeños, Pili les había preparado tazones de leche fría con colacao, y los demás se fueron sirviendo lo que les apetecía. Sólo Jaume y Domingo comieron únicamente pan con tomate; Jaume pidió un vaso de agua.

—¡Bueno! —exclamó don Pedro frotándose las manos mientras se sentaba en el alféizar de la ventana que daba al porche y que quedaba a la derecha del ventanal de entrada—. Estáis muy callados... Esto no es un funeral, caramba... ¿Os ha comido la lengua un gato? Bueno. Está bien, hablaré yo. Hace tantos años que os conozco a todos, hace tantos años que a alguno os doy tirones de oreja —me guiñó un ojo—, que me parece que sois como hijos míos. Os he dado primeras comuniones, os he confesado a todos, sé lo que pensáis y lo que sentís... sois... como la pandilla del Señor, mi pandilla de ángeles. —Levantó un brazo, igual que hacía durante los sermones de la misa de los domingos, la mano de canto con los dos últimos dedos un poco doblados en señal de bendición. Cerró los ojos. Guardó silencio un momento y luego los volvió a abrir—. No soy como esos curas que andan prometiendo el infierno a troche y moche porque, como sé bien cómo sois, no me parece que vayáis a cometer muchas maldades en vuestras vidas y amenazaros con el infierno como hacen los curas en los retiros espirituales sería una tontería. —Rió de buena gana—. Además, no estoy muy seguro de que el infierno exista realmente.

Mi madre dio un respingo; no me parece que hubiera oído nada semejante en su vida. Nosotros tampoco, para qué nos vamos a engañar, y en lo que a mí hacía, si me hubiera creído la afirmación, me habría levantado de encima todos los pesos, toda la suciedad que arrastraba desde hacía unos días. Pero la educación que había recibido en casa me tenía puesto un corsé incorruptible: el infierno existía, faltaba más, y me amenazaría de nuevo esa noche y la siguiente y la siguiente.

—Lo que quiero decir —continuó don Pedro— es que encontraréis en mí siempre a un amigo antes que un confesor vestido de negro. ¿Iba Jesús vestido de negro? No. Las imágenes nos lo presentan revestido de túnicas blancas. A lo mejor no iba así, aunque es verdad que en el desierto los beduinos llevan chilabas blancas para combatir el calor. Pero lo importante de que vistiera de blanco era el símbolo: el credo de Jesús era un credo de alegría, de esperanza, de amor. —No hubiera podido oírse el vuelo de una mosca porque lo ahogaban las cigarras, pero don Pedro tenía completamente atrapada nuestra atención. Se encogió de hombros—. Ya sé que los curas vamos con sotana negra. Creo que se trata de una costumbre adquirida en los tiempos no muy lejanos en los que la risa era considerada una frivolidad pecaminosa. Eso ya no ocurrirá entre nosotros. ¿Y si el color blanco fuera malo, a qué vendría que el papa se vistiera de blanco?... Bueno... A lo que vamos —se inclinó hacia adelante para dar mayor intensidad a sus palabras y apoyó los codos sobre las rodillas—: quiero deciros hoy con toda la solemnidad de un compromiso eterno que siempre tendréis en mí al amigo antes que al cura. ¿Os sorprende? Que no os sorprenda, que no estoy diciendo herejías, porque, en este caso, los dos, amigo y cura, se confunden, son la misma cosa. Cuando Jesús estaba en la tierra no se paseaba como un rey. Lo hacía como un carpintero humilde: era más amigo que divinidad, más maestro que disciplinario. Y lo que os pido es que os fiéis de mí, de mi criterio. Yo os diré cuándo habéis hecho bien y cuándo mal. Fiaos de mí y juntos iremos andando hacia Dios. Sé bien dónde está el mal. Igual que cuando, obedeciendo mis órdenes, el pan y el vino se convierten en el cuerpo y la sangre de nuestro Señor Jesucristo, del mismo modo lo que yo os perdone os será perdonado. Y lo que yo diga que está bien, el cielo dirá que está bien.

Guardó silencio. Nos miró a todos uno a uno y, salvo Marga y Jaume, todos bajamos la vista, incapaces de resistir tanta pasión salvadora.

—Entendedme: este grupo de hijos de Dios se pone hoy bajo mi ala protectora. ¡Yo soy vuestro guardián! Me hago responsable de vosotros. Sois mis chicos, los chicos de mi pandilla, y nunca os fallaré. Aquí estaré siempre, seré vuestro consuelo, vuestro amparo... Acudid a mí, que yo os ayudaré si me necesitáis. Para todo, ¿eh?, absolutamente en todo.

Sonrió. Impresionados por unas palabras que ninguno comprendía bien, cuyo significado en realidad no se nos alcanzaba, permanecimos callados. Los más jóvenes se removieron inquietos en sus asientos.

Domingo dio dos pasos hacia atrás y bajó de este modo los escalones que desde el porche conducían al camino. Giró en redondo y, protegiéndose los ojos con una mano puesta en la frente, se puso a escudriñar el horizonte. No me parece que hubiera atendido gran cosa ni que le importaran mucho las declaraciones de amistad de don Pedro.

Juan me miró fijo fijo, esperando a que un gesto mío le indicara qué actitud debía tomar, y Jaume suspiró y arrugó el entrecejo; metió las manos en los bolsillos y se apoyó contra una de las columnas de *marès* que sustentaban el porche.

Marga, sentada en el borde de piedra, alargó la mano y acarició el pelo de Sonia.

Biel asintió varias veces con cierta solemnidad; era el más alto de todos nosotros y ya había adquirido la costumbre de estar de pie con las piernas separadas y los brazos cruzados. Para darse importancia.

Don Pedro nos miró nuevamente uno por uno. Sonrió satisfecho.

Después que todos se hubieron marchado, mi madre se sentó en un gran sillón de mimbre que había en el porche.

Era el que siempre ocupaba mi padre cuando estaba. Suspiró largamente.

—Ven aquí, hijo. —Me miró al tiempo que daba unas palmaditas en la silla que tenía más próxima—. Bonita merienda, ¿verdad?

—Bah, sí... Qué quieres que te diga, mamá, reunirnos a merendar para largarnos un sermón como los domingos... No sé. Yo qué sé. Los pequeños casi se duermen.

—Hombre, Borja, no me gusta que seas tan poco respetuoso con un sacerdote tan maravilloso como don Pedro. —El tono de mi madre era triste, dolido, irritante—. Me parece que os quiere de verdad a todos. ¡Y es tan campechano! Parece que no, que todo es a la pata la llana, que nada es muy trascendental, y luego os dice esas cosas tan sencillas y tan bonitas...

—¿Tú crees que el infierno no existe?

Se quedó callada.

—¿Tú crees que el infierno no existe, mamá? —repetí.

—Yo... yo... en fin, me parece que a lo mejor don Pedro quería decir que para ir al infierno hay que hacer tantas maldades que en vuestro caso nunca será posible que os condenéis... —Dejó que las palabras se arrastraran con lentitud, tan insegura estaba de lo que iba diciendo.

Di un gruñido.

Sonrió con aire travieso.

—Me ha dicho un pajarito que Marga y tú os vais a casar. ¿Es verdad?

—¡Aj! ¡Sonia es una idiota y la voy a matar!

—No, Borja, no digas bobadas. Sonia es una niña pequeña y no sabe guardar un secreto... Deberías haberlo imaginado. Con lo cuentera que es...

—¡Pero es que son tonterías, mamá! ¡Qué secretos ni secretos!

—Claro, ya lo sé. ¿Cómo quieres que piense que os vais a casar? ¡Si sois unos críos! No, hombre. Lo que quiero decir es que estáis de novietes y que me parece muy bien.

—¡Pero, mamá!

—No me interrumpas. Marga es una chica preciosa y estupenda... ¡tan religiosa! Sus padres son gente muy bien. Lo que quiero decir es que... es una familia, bueno, eso... muy bien. —Rió—. Y no sé si de aquí a unos años os acabaréis casando... Hoy en día, los noviazgos duran más que un día sin pan. Pero es lo de menos, hijo. Lo que quiero decir es eso.

—Voy a matar a Sonia.

—Ni se te ocurra mencionar que te lo he dicho, ¿me oyes?

—La voy a estrangular.

—Borjaaa.

XI

El de 1956 también fue el verano en el que todos definimos nuestras amistades para siempre.

La famosa merienda de mi madre nos dejó, por lo menos a los mayores, bastante desconcertados. Aunque no fuéramos capaces de explicárnoslo con claridad, intuíamos que don Pedro había querido dar carta de naturaleza a la pandilla haciéndola suya. Sin embargo no se nos alcanzaba su verdadero motivo o, de buscarlo en algún lado, lo atribuíamos a lo que Lucía llamó con algo de menosprecio «el rosario en familia». Como si don Pedro fuera un moderno Lewis Carroll, «sus chicos» iban a constituir una célula aparte, bien protegida, de límites muy precisos, que él orientaría hacia lo que más nos beneficiase (y considerando su profesión, ello incluiría nuestra salvación eterna). Por tanto no teníamos ni idea de hacia dónde nos encaminábamos. Sí sabíamos con seguridad que lo haríamos todos juntos. Por eso, los períodos escolares, que nos pillaban desperdigados por aquí y por allá, serían meros hiatos sin importancia, épocas oscuras de formación académica pero de soledad del alma. Lo trascendental vendría con los tres meses de verano.

—Oye —dijo Juan—, ¿tú crees que vamos a tener esta merienda todos los años?

—¿Y yo qué sé? —le dije—. Me parece que don Pedro está de cómplice con mi madre, y vete tú a saber lo que nos preparan esos dos. Pero sí. Sí creo que quieren que haya una merienda al año.

—Yo no me preocuparía mucho —dijo Jaume encogiéndose de hombros—. Ahora nos dejarán en paz durante un tiempo y, además, con esto de que don Pedro será más amigo que cura, nos podemos confesar y —rió silenciosamente— no nos pondrá mucha penitencia.

—Mira, no se me había ocurrido —dijo Juan—. Así cuando me tire a Catalina...

—Ya...

—... Cuando me tire a Catalina me lo perdonará dos veces: una porque todo queda en la pandilla y otra porque todo es para bien de la vida eterna...

—Mira, Joan —interrumpió Jaume—, el supuesto no se va a dar porque tú a Catalina no le vas a poder tocar ni un pelo... ¿No ves que está en las musarañas y que nada de lo que le puedas decir lo va a oír siquiera? Y no te quiero contar cuando le digas oye, Catalina, ¿te puedo tocar las tetas?

—Lo que yo os diga.

Estábamos los tres sentados sobre un bancal medio derruido que había al lado del viejo torreón. Mirábamos al mar en el atardecer. Juan se estaba fumando un pitillo. Habíamos mandado a los demás a ponerse a las órdenes de Marga.

—Así hacéis algo útil —había dicho Juan.

—¿El qué? —preguntó Sonia.

—No te preocupes, que ya se le ocurrirá a mi hermana.

—¿Ya habéis pensado lo que vais a estudiar? —pregunté sin que viniera a cuento.

Pero no era una pregunta ociosa ni rutinaria. Al contrario, vista con la perspectiva de los años transcurridos, ahora comprendo que era la primera vez que por tácito acuerdo íbamos a establecer con claridad los límites de nuestros futuros, que definíamos con precisión las coordenadas de nuestra amistad para siempre.

Juan se encogió de hombros.

—Bah, no sé. Mi padre quiere que estudie Derecho para heredar la notaría, pero a mí me parece un rollo. ¿Y tú?

—¿Yo? Yo lo tengo seguro: tengo que estudiar Derecho porque quiero ser abogado...

—... Ya, y ¿no tiene tu padre un despacho en Madrid?...

—Hombre, sí. Pero no es por eso. Aquí donde me veis, lo tengo clarísimo, yo seré político.

—¡Anda ya!

—¿Político? ¿Y para qué quieres eso? —dijo Jaume.

Me desconcertó que Jaume se sorprendiera tanto con mi elección de una profesión que tenía que ver sobre todo con el bien colectivo, con defender al pueblo, con luchar por la justicia, cosas así. Titubee y me pareció complicado tener que dar explicaciones cuando no esperaba que me las pidieran, creyendo que mi declaración vocacional sería aceptada cuando menos con admiración.

—No estoy muy seguro, la verdad, pero es por llegar lejos, hacer algo por... bueno, qué más da. ¿Y tú? —le pregunté.

Sonrió y se metió las manos en los bolsillos; tuvo que moverse a derecha e izquierda para que le cupieran, así como estaba sentado, en los pliegues del pantalón.

—¿Yo? Filosofía y Letras.

Y en cambio, ni Juan ni yo manifestamos sorpresa alguna. Lo había dicho Jaume y no había más que hablar. Si lo decía era porque lo tenía bien pensado y decidido.

Nunca nos habíamos hecho confidencias así.

—¿Y tú y mi hermana?

—Yo y tu hermana, ¿qué?

—No sé. Como estáis siempre juntos y alguna vez ella te agarra de la mano... ¿Qué crees que no se os ve? Joé, ni que fueras el hombre invisible.

—Bueno, ¿y...?

—Creo —dijo Jaume— que ésas son cosas entre ellos, ¿no?

—Ni hablar. Son cosas de la pandilla, y si no se lo preguntamos a don Pedro, ¿eh? —Rió—. No, hombre, no. Pero Marga es mi hermana, oye, y si tiene que ligar con alguien, mejor con mi mejor amigo, ¿no?... Oye, ¿os habéis besado ya?

—Coño, Juan, ¿y a ti qué?

—A mí nada, pero es para que me digas qué tal sabe... ya sabes... si está rico o qué. El año pasado le dije a Marga que nos besáramos para ver qué tal. Me mandó a la mierda. Joé, cómo se puso. Me dijo que para besarla a ella había que ser muy hombre y además otro que no fuera su hermano, que eso era una porquería. Me da igual, oye. Se lo pido a tu hermana y tan ricamente.

—¿A mi hermana? ¿A Sonia? ¡Pero si tiene catorce años!

—Joan, animal —dijo Jaume.

—¿Y qué más da? Bien buena que está. Y luego, dentro de unos años, me caso con ella y ya está. Estaría bien, ¿eh?, yo casado con Sonia y tú con Marga, ¿eh, tú?

Durante aquel verano fuimos dejando atrás la niñez sin saberlo.

Pero a los que éramos de fuera, además, no sólo nos estaba asaltando una revolución de los sentidos y los sentimientos como no hay dos en la vida del hombre; lo hacía por añadidura en una tierra más soleada, más corruptora que la del puritanismo de Península adentro. Nos iba sorbiendo el seso, nos iba adormeciendo.

Los frutos maduran mejor en verano, al sol, bañados por el mar. ¿No?

¿Cómo decirlo? El amor resultaba más comprensible a la orilla del mar.

No quiero invocar con esto el atractivo irresistible que ejercen sobre una alma joven hipotéticos efluvios de sensualidad desprendidos de la untuosidad de un aceite joven, la influencia del circo de montañas que rodea a Deià sobre los impulsos creativos, la sierra de Tramontana como lugar de ensoñación o el mar que le está a los pies como refugio de objetos voladores no identificados. Es bien cierto que todo eso se ha dicho que ocurre en aquella tierra maravillosa, pero Dios me libre de hacerme eco de tanta inventiva. Robert Graves indagó en los años veinte sobre cómo se vivía en Deià; la respuesta que recibió de la novelista Gertrud Stein fue: «Te recomiendo que vayas a Deià... si te crees capaz de soportar la vida en el paraíso terrenal.» Y ése es aún hoy mi sentimiento más preciso. Me fui un tiempo porque era incapaz de aguantarlo y luego regresé buscando la paz. Pero me equivocaba de tormenta. Había de desencadenarse en mi vida política, creía, no en mi vida con Marga.

Imagino que el Mediterráneo, los calores, el paso poco frenético de la vida, el hecho mismo de que Deià fuera en las mentes de la sociedad mallorquina sinónimo de lugar salvaje y perdido en la montaña, hacía que, aunque las costumbres rurales de la isla más parecían entonces del medioevo que de la mitad del siglo XX, el ritmo de los sentidos fuera mucho más tolerante y lujurioso, menos intenso que el de una gran capital como el Madrid de mediados de los años cincuenta. Había una dictadura entonces, pero de las de verdad, con policía secreta, detenciones ilegales, torturas y, por encima de todo, con una tiranía moral e intelectual que se hacía insoportable hasta para mí, un muchacho de apenas diecisiete años que empezaba a husmear la vida fuera del colegio. Me habían sublevado las algaradas estudiantiles de febrero de aquel año, su represión idiota, las carreras frente a la policía por la calle de San Bernardo (unos cuantos compañeros de colegio nos habíamos escapado para verlo, temblando de miedo, eso sí), y sobre todo me había encendido la irritación de mi padre contra el régimen y su estulticia.

Pero Mallorca, en verano, estaba a mil leguas de aquel Madrid de nube gris, llovizna y carbón de hulla. Es bien cierto por otra parte que mis padres, mis hermanos y yo nos movíamos en dos planos diferentes: el del *establishment* oficial en Madrid y el de las vacaciones desprendidas de cualquier obligación social en Deià.

¿Se explicaba el comportamiento de Marga por esta diferencia de actitudes y ambientes sociales? Ninguna niña de la buena sociedad peninsular, que yo supiera, se habría dejado ir como lo había hecho ella a una aventura de amor sensual ¡a los dieciséis años! En Madrid no se conocían chicas de buena familia que perdieran la virginidad antes del matrimonio, Dios nos librare, o, si alguna había, era objeto de la peor maledicencia, de ostracismo y eventualmente de viajes al extranjero, siempre muy comentados y perfectamente inútiles (la memoria de la maldad es larga), a menos de que se tratara de hacer abortar a la infeliz. Y la pobre regresaba convertida en puta oficial, pasto para estudiantes que creían poder encontrar en chicas así aventuras en apariencia fáciles. ¡Qué sabrían ellos!

Pero nada de lo que hacía Marga tenía que ver con esos códigos morales o sociales. Marga era como potro libre sin brida. Todo corazón apasionado. ¿Cómo podría yo no entenderlo hoy, ahora que escribo estos recuerdos que no comprendo? No, no. Marga concebía la vida como compromiso total, ni siquiera se planteaba lo contrario, y con toda seguridad pretendía lo mismo de mí. Y lo extraordinario en ella, sin embargo, no era ser una mujer independiente, sino serlo en la divisoria de los diecisiete años.

—Eres muy tímido, ¿verdad? —me preguntó Marga—. Eres muy tímido —se contestó en seguida, asintiéndose con la cabeza—. Porque, si no, ¿de qué se te suben los colores a nada que se hable de ti? —Me puso la mano en la barbilla y me obligó a girar la cara hacia ella—. ¿Eh?

—Y yo qué sé.

—Ya, tú nunca sabes nada.

—No. No sé... es que estas cosas son mías y... y tuyas, y no me gusta que la gente se meta.

—¿Qué más te da? —Me cogió la mano izquierda y se la puso sobre el pecho, justo encima del corazón—. ¿Notas cómo late? Me late así cada vez que te tengo al lado, cada vez que pienso en ti... Y a ti, ¿te late igual?

Me encogí de hombros.

—Sí que te late igual. Te lo noto en una vena del cuello cuando nos besamos. ¿Quieres ver? —Acercó su rostro al mío y mi corazón se desbocó de golpe—. ¿Ves? Te lo noto en el cuello. —Me sopló por la nariz sobre el pómulo—. Dime una cosa: ¿por qué estás siempre tan serio?

—No sé, será porque no hay muchas cosas de las que reírse.

—¿No es para reírse que nos queramos?

—No: es para tomárselo en serio.

—¡Pero qué bobo eres! Nos queremos en serio y a mí eso me hace estar alegre y entonces me río.

—Ya, pero yo no soy así, no soy como tú.

—¿Y cómo eres?

—Todo el mundo dice que me parezco un poco a mi padre...

—¡Jesús!

—... Que soy serio y reflexivo...

—Eres bastante más guapo que tu padre, que siempre va de negro.

—Es porque está de luto por la muerte del abuelo. —Me quedé pensativo por un momento y luego añadí—: ¿Sabes que casi no me acuerdo de mi padre vestido de otra manera?

—Pues tu padre no me da ningún miedo. Todo el mundo dice que es muy severo y a mí me parece bastante dulce, ya ves.

—Bueno, pues serás la única.

—Yo quiero casarme contigo de blanco y celebrar el banquete en Ca'n Simó y hacernos fotos aquí en el torreón, y así ese día nos acordaremos de la primera vez que lo hicimos.

—Pues a mí tu padre me parece un tío divertido.

—Es genial. ¿Me has oído?

—El qué.

—Lo de la boda aquí.

—Sí.

—¿Y?

—Pues eso, qué bien.

De pronto se le encendieron los ojos y su tonalidad malva se ensombreció hasta casi el negro.

—¿Eso es todo lo que se te ocurre?

—No sé, Marga, jopé, yo qué sé. Me parece que falta tanto tiempo que no me lo puedo ni imaginar. Si fuera a ocurrir mañana...

—¡Pues yo sí me lo puedo imaginar! ¿Quieres decir que a lo mejor me dejas de querer y que para cuando nos tocara casarnos ya no te importará?

—No, claro que no, no seas idiota, Marga. Yo a ti...

—... Porque yo sí sé hasta cuándo te voy a querer. Te voy a querer hasta que me muera, hasta siempre. Y te esperaré siempre.

Me dio miedo.

Marga se incorporó, giró la cintura para ponerse frente a mí y, apoyando sus manos sobre mis hombros, me fijó contra la pared de piedra.

—¿Y sabes qué más? Hasta sé los hijos que voy a tener contigo.

—¡Qué tonterías dices! Oye, Marga, dime una cosa: ¿tú por qué me quieres?

Me miró con ferocidad. Pero en seguida se relajó y sonrió.

—Te quiero desde aquel día en que saltamos juntos desde la piedra en la cala. Esa noche ya pensé en historias y aventuras contigo de novios... fíjate qué tonta. Y cuando me peleaba contigo y nos pegábamos era porque, en el fondo, ya te quería.

—Sí, pero cómo me quieres ahora.

—¿Y tú a mí?

—Yo a ti no sé cómo te quiero. ¿Y tú a mí?

—¿Por lo menos sabes que me quieres?

—Claro.

—Pues entonces te lo voy a decir: ¿has leído *Cumbres borrascosas*?

—No.

—Pues te lo dejaré para que lo leas. Es una novela maravillosa. ¿Sabes que me la leí en dos días? La tienes que leer. ¡Lloré tanto! Pues yo a ti te quiero tanto como la protagonista a Heathcliff: como si te llevara dentro. Ella dice «mi amor por Heathcliff es como las piedras que hay debajo, ¡yo soy Heathcliff!». Su amor la ha transformado, ha transformado su corazón en el de él. Pues a mí me pasa lo mismo. ¿Entiendes? ¿Entiendes cómo te quiero? Por las noches hablo contigo como si estuvieras a mi lado en la cama y me muero de ganas de tenerte encima…

Me enderecé sin querer, como empujándome hacia atrás para meterme dentro de las piedras del viejo torreón. Y es que lo tenía todo tan a flor de piel y tan reciente que la verbalización de este amor nuestro brutalmente físico me causaba verdadera angustia. Ofendía a mi sentido del pudor, hasta me parecía casi grosero hablar de ello, mientras que para Marga apenas si se trataba de sacarse a borbotones los sentimientos del pecho.

—No te asustes, que no pasa nada. ¿No es normal querer a una persona y querer hacer el amor con ella? ¡Si tú y yo hacemos el amor! ¿Sabes qué te digo? Que yo no entendería el amor sin... sin... ya sabes, el físico.

—Sí, pero generalmente eso queda para después del matrimonio... —dije en voz baja.

Rió alegremente.

—Pues sí... para cuando nos llegue el matrimonio a mí y a ti, si no lo hiciéramos antes, llegaríamos más secos que una pasa...

—No te rías. ¿Qué diría don Pedro, por ejemplo?

—¿Y a mí qué más me da lo que diga don Pedro? Y además, no podría decir nada. No hacemos nada malo. ¿No me ves que voy a comulgar todos los días?

Hice un gesto dubitativo.

—Sí, claro, pero como tú no vas a confesarte, tú decides por ti y ante ti...

—Es que yo estoy muy segura de lo que hago. ¿Tú no?

—Sí, claro, pero ¿y el sexto mandamiento?

—¡Ah! Eso sí que lo tengo pensado, no te creas. Has leído el Evangelio, ¿no? —Asentí—. Jesús condena a los mercaderes en el templo, a los fariseos, pero ¿a la mujer que ama? Ni hablar, Borja. Faltarás al sexto si lo haces sin amor. Pero ¿estando enamorada? —Rió de nuevo.

Suspiré y le acaricié lentamente el muslo.

—¿Y cuántos hijos quieres tener conmigo?

—Cuatro. Dos niños y dos niñas, ya ves.

Sonreí.

—Seguro que sabes hasta cómo se van a llamar.

—Claro. Borja, María, Pep y Leticia.

—Pep no es nombre.

—Bueno, pues José o Josep, me da igual, pero lo llamaremos Pep.

—Borja no me gusta.

—Pues te fastidias... y tú ándate con bromas, que lo tengo ahora y nos tenemos que casar a la fuerza. —Soltó una sonora carcajada.

Se me cortó la respiración. Debí de palidecer porque noté que se me estiraban las mejillas y que tiraban de mis ojos las sienes. Marga me miró con lo que supongo era travesura, alargó nuevamente la mano y me la metió por el pelo, despeinándome del todo.

—Huy qué susto te he dado. Te has puesto como el papel. Bobo, que siempre me lavo y tengo cuidado, anda. —Rió otra vez de buena gana. Mi inocencia era tan completa que me pareció que esas precauciones eran suficientes.

Respiré hondo y dije en voz baja:

—Marga, jopé, ¿estás segura de que con eso es bastante?

—Claro. Y si tuviéramos un niño, ¿qué? Nuestros padres no tendrían más remedio que aceptarlo y casarnos, ¿no? —Apoyó su cabeza sobre mi hombro y añadió como en una ensoñación—: Viviríamos juntos y estudiaríamos y yo te ayudaría a hacerte famoso y tú serías el político más joven de España...

—¿Y cómo sabes tú que quiero ser político?

Levantó la cabeza para mirarme.

—Fácil... Ahora que se te ha ocurrido que es eso lo que quieres ser se lo cuentas a todo el mundo.

—No se lo cuento a todo el mundo.

—Bueno, se lo dijiste a Juan ayer y lo soltó en casa durante la cena.

—Pues vaya con los secretos que le cuenta uno a los amigos.

—Ya ves.

La noche siguiente los mayores fuimos a cenar a casa de Juan y Marga. Pere, el viejo criado, a quien no había visto aún aquel verano, nos esperaba bajo el porche vestido con su pantalón negro de costumbre y una camisa blanca remangada hasta por encima del codo y con el cuello desabrochado. Siempre iba igual, menos cuando ayudaba a misa al viejo canónigo tío de Marga.

—¿Y tú, Borja? —me dijo en mallorquín.

—Hola, Pere.

—Qué, ¿vienes a pelearte con ésa otra vez, como el verano pasado? Te rompió la nariz, muchacho.

Me encogí de hombros.

—Fue mala suerte.

—Ya, mala suerte —dijo Marga—. Te pude. —Me puso la mano en el antebrazo—. Pero ahora te has puesto tan fuerte que ya no me pelearía contigo. —Y torció la nariz en una mueca cómica.

—Está de broma —dijo Pere—. Ésa te zurraría la badana igual.

—Jo, sangrabas como un becerro —dijo Juan.

—¿Quién sangraba como un becerro? —preguntó el padre de Marga saliendo al porche—. Hombre, hola, Borja; claro, tú eras el que sangraba como una *porcella*, no como un becerro. ¡Pero si ha venido la joven princesa Sonia! Pere, quita de en medio todas las cosas que se puedan romper, que están aquí Marga y Borja y esto es peligroso...

Así transcurrió aquel verano. Días de charla, baños en el mar y amores, de paseos por entre los olivares, de excursiones y juegos y sobresaltos. Días que uno querría haber atesorado para que nada rompiera su memoria cristalizada. Ahora los recuerdo teñidos de amarillo, de sepia, como las fotos viejas, melancólicos e irrecuperables.

Una mañana temprano bajamos el Torrent de Paréis saltando de roca en roca y bañándonos en los *gorgs*. Tardamos cuatro horas en llegar a Sa Calobra, pero tuvimos la playa para nosotros, entre guijarros y agua, y allí, a la sombra de una roca, comimos una merienda de pan, aceitunas y tomates, aceite y sobrasada. Sonia había bajado una bolsa entera de melocotones y, aunque alguno se había aplastado, estaban dulces y jugosos. Las Castañas traían jamón y brevas, y los mayores llevábamos cantimploras. Racionábamos el agua, más por fastidiar a los pequeños que porque fuera escasa.

Nos bañamos largamente en un mar tan azul que se hacía aguamarina sobre la arena y verde oscuro sobre las algas. Incluso nadando podían verse allá abajo, con sólo inclinar la cabeza, rocas y peces dibujando irisaciones, alargándose u ondulando perezosamente.

—¡Una carrera hasta la roca aquella! —gritaba uno.

—¡Vamos a por pulpos! —exclamaba otro.

Y Andresito, que era el único que buceaba realmente bien de todos nosotros, se ponía unas gafas de ir por debajo del agua y con un arpón que traía en la mochila desaparecía durante largos trechos. Al cabo de un rato aparecía allá lejos, en un punto inesperado, enarbolando el arpón con un calamar atravesado.

—¡Venid! Vamos a escalar por aquí —decía cualquier otro.

—Ven, vamos a tirarnos de la roca aquella —me dijo Marga—. A ver quién entra mejor en el agua.

—Ya. La primera vez que lo hicimos, tú te tiraste antes de cabeza y casi te matas: entraste con las rodillas dobladas y separadas.

—Claro, como que no sabía. Anda, ven.

Y nos tiramos de aquella roca como Dios nos dio a entender. Estaba muy alta, pero yo ya no tenía excusa. «Vamos a tirarnos juntos, de cabeza, ¿eh?» Luego nos siguieron Javier, que hizo un ángel perfecto, y Jaume.

Tarde ya, serían las siete, pudimos divisar cómo doblaba el cabo de cala Tuent el renqueante pero sólido *llaud* de un viejo marinero llamado Sebastià. Venía a buscarnos para devolvernos a Sóller a tiempo de montarnos en el vetusto autobús que subía casi de noche hacia Deià y Valldemossa.

Aunque ya estaba asfaltado el inverosímil camino que subía desde Sa Calobra hasta el del monasterio de Lluc, los más pequeños se mareaban en los autobuses turísticos que lo recorrían y todos preferíamos el *llaud*. Un poco más hacia el sur, los americanos habían empezado a construir la carretera que bajaba hasta Sóller. En lo alto del Puig estaban levantando una estación de seguimiento de radar, se decía que de todo el Mediterráneo, para estar preparados en caso de que los rusos decidieran atacarnos. Mi padre decía que si España era la centinela de Occidente y Franco su luminaria, Mallorca era la nariz del centinela y se llevaría la primera bofetada. Eso decía mi padre, que, cuando se descolgaba con algún sarcasmo, se ponía verdaderamente espeso.

A finales de agosto, un día de misa de domingo, antes de que pudiera escabullirme, don Pedro me cazó al vuelo desde la sacristía y me dijo «espera, Borja, no te vayas todavía que tengo que hablar contigo. Es un momento sólo, anda».

Resoplé, pero no tenía modo de escabullirme y no me quedó más remedio que sentarme en el murete que rodea la iglesia y desde el que hay una maravillosa vista panorámica sobre el Clot.

—Hacía días que quería hablar contigo —dijo don Pedro.

Le miré sin contestar. Nos habíamos sentado uno a cada lado de la mesa de trabajo en su despacho de la casa parroquial en la que aseguraba vivir, aunque todos sabíamos que tenía un buen piso en la parte noble de Palma y que era rara la noche en que no bajaba a la ciudad.

—Verás... No sé muy bien cómo empezar. —Sacudió la cabeza—. Tal vez deberías recordar que eres uno de mis chicos, uno de los de mi pandilla, y que por eso puedo hablar con entera confianza contigo. No. Eres más que uno de los chicos. Eres el más importante por ser el mayor, pero sobre todo por ser el modelo que todos quieren imitar...

—¡Bah! Menuda bobada, padre. Nadie me quiere imitar.

—No me digas eso, Borja. Sabes bien que lo que digo es verdad. Marga y tú sois los jefes de la banda y todos los demás quieren ser como vosotros.

—¿Jaume? ¿Quiere ser como yo?

—No, Jaume no, pero es la excepción que confirma la regla. Los demás siguen lo que Marga y tú ordenáis... Eso es lo malo —añadió pensativamente.

Me empezó a latir el corazón a la carrera en cuanto dijo «eso es lo malo» porque acababa de adivinar el motivo de la conversación. Tragué saliva.

—¿Por qué es lo malo, padre?

—Bueno... —titubeó—, en realidad... sí... en realidad yo quisiera hablarte de tu relación con Marga. —Levanté la cabeza para protestar; no sé qué iba a protestar, pero algo protestaría para defenderme—. No, espera, no me interrumpas, déjame que te diga lo que pienso y luego hablas tú. ¿Eh?

Pasó una mano por encima de la mesa y la apoyó en mi muñeca. Guardé silencio.

—¿Qué relación tenéis tú y Marga? —Y quitó la mano.

No dije nada. Sentía que me latían las sienes y me había empezado a doler la nuca, todo por el esfuerzo de que no se me notara nada del torbellino que me venteaba por dentro.

—Te lo pregunto en serio.

—Normal.

—Que sois novios, ¿no?

—Pues sí, yo qué sé. ¿Y usted cómo lo sabe?

Sonrió.

—Más bien di quién no lo sabe. Porque es la comidilla del pueblo.

—¡Venga!

—Sí, Borja, lo sabe todo el mundo. A mí me lo comentó tu madre hace días.

—¿Y qué hay de malo en ello?

No contestó a la pregunta. Un momento de silencio y después:

—¿Por qué ya no comulgas nunca?

Me encogí de hombros y enrojecí, pero don Pedro hizo como si no lo hubiera visto.

—Antes comulgabas siempre en misa los domingos... Y tú y yo sabemos que venías a confesarte y de qué venías a confesarte —levantó las cejas expresivamente—, y no pasaba nada... Pero ahora ya no vienes. —Se inclinó por encima de la mesa y me agarró las manos con las suyas—. Dime, Borja, dímelo... Porque a mí me duele, y no te quiero decir al Señor.

—No... —empecé a decir.

—Espera. ¿Tú sabes cómo está Marga?

—¿Cómo está Marga? No le entiendo, padre.

—¿Y si Marga estuviera esperando un hijo tuyo?

Di un respingo y quise hablar, pero me había quedado sin voz. Nunca hasta entonces había sabido lo que es el pánico. Rompieron a sudarme las palmas de las manos y me dio la sensación de que me estallaba la vista y se descomponían los colores.

—¿Y si estuviera esperando un hijo tuyo? ¡Aha! No dices nada, ¿verdad? —No recuerdo lo que balbucí—. No me engañas... Porque no puedes negar que os acostáis... Sí, no me mires así. Eso que vosotros hacéis no es el amor. Eso no recibe ese nombre; eso se llama joder, así te lo digo. Eso no entra en los planes del Señor, no entra en los planes que Él y yo tenemos para ti, hijo...

—¿Marga está esperando un hijo? —pregunté por fin. Tenía ganas de llorar.

—¿No se te ha ocurrido hasta ahora que os podía pasar? Pero, bueno, eres un insensato, Borja.

—¡Pero dígamelo, por Dios!

—¡No, hombre, no! Tenéis una suerte que no os merecéis. —Del alivio me empezó a sudar la frente—. Marga es otra insensata y la doy casi por perdida, pero ¿tú? ¿Tú que eres el mejor de todos? ¿Cómo te voy a dar por perdido?

—¿Perdida Marga? ¿Cómo puede usted decir eso? Ella comulga todos los días y...

—Mira, Borja, la relación de Marga con la religión y conmigo, que soy su representante, es cosa mía y de Dios. Déjamelo a mí. Yo ahora en quien tengo que pensar es en ti, en tu futuro, en la vida que te espera: es nuestra responsabilidad compartida, tuya y mía, ¿me entiendes?

No debí hacerlo, pero asentí tímidamente.

—¡Claro! —dijo don Pedro—, claro que sí. Tú eres un muchacho bueno, inteligente, lleno de virtudes y con un futuro espléndido por delante. No lo estropees todo por una aventurilla sórdida...

—¡Espere, espere! —exclamé reaccionando al fin un poco—. No es una aventurilla sórdida para nada, don Pedro. Marga y yo nos queremos y nos vamos a casar...

—¡Hale! Casaros, qué enorme palabra. —Pero se corrigió en seguida—: No quiero decir que Marga o tú seáis sórdidos.

Quiero decir que devaluáis vuestro amor manchándolo sin necesidad. Sois muy jóvenes, Borja. Tenéis todo el tiempo del mundo y todavía no estáis preparados para el amor físico, la entrega de uno a otro cuyo único objeto, cuyo único objeto, ¿eh?, es la procreación y la satisfacción de la concupiscencia mutua.

—Eso son dos objetos —murmuré—. Mejor entre Marga y yo que en una juerga cualquiera...

—Nadie te está diciendo que la alternativa sea que te vayas por ahí o que tú solo apagues tu concupiscencia. No, no. La alternativa es la pureza, Borja, el sacrificio personal para el futuro. Mira —dijo con impaciencia—, todo lo que atesores ahora te será devuelto con creces cuando estés casado con Marga. Te doy mi palabra de honor sobre ello. Palabra de sacerdote.

—¿Y Marga? Según usted, ella está en pecado y por tanto no debe comulgar. ¿No la va a excomulgar? ¿O negarle la comunión?

Don Pedro sonrió con tristeza.

—No puedo hacerlo. Es una de las chicas de mi pandilla de ángeles y le voy a perdonar todos los errores por grandes que sean para que, en el momento oportuno, esté cerca de nosotros y la podamos salvar. No la voy a estigmatizar negándole públicamente los sacramentos; allá ella con su conciencia; si viene a comulgar y no está arrepentida, no seré yo quien le niegue los auxilios sacramentales. Ahora me preocupas tú, tu vida futura. Sabes que tienes un gran futuro por delante. No lo estropees ahora con estas tonterías. Piensa en el Señor, Borja, que dio su vida por ti en la cruz.

—¡Pero yo quiero a Marga! ¡Qué quiere que haga! ¿Que rompa con ella? ¡Si ya le he dicho que nos vamos a casar!

—¿Dentro de cuánto, Borja? Por supuesto que no quiero que rompas con ella; quiero que decidáis ambos libremente hacer un sacrificio por el Señor. Imagínate: ella vive aquí y tú, en invierno, en Madrid. Si ahora relajáis vuestra moral, si os entregáis a bajas pasiones, ¿no tenderéis cada uno por separado a satisfacerlas culpablemente cuando os apetezca? Y piensa en otra cosa: la pasión se agota con el tiempo. ¿Vais a agotarla ahora que sois niños y que estáis lejos del matrimonio sin siquiera darle una oportunidad? ¿Y si de pronto tuvierais un hijo? ¿Estáis preparados para darle educación, alimentarlo, verlo crecer?

—No sé, padre.

¡Cuánto me estaban afectando todos aquellos dardos tan certeros!

—Habla con ella e impónselo. Tú eres el hombre, Borja, a ti corresponden las decisiones. ¡Exígele el sacrificio! Te esperan grandes cosas en la vida y no tienes derecho a perder el tiempo en nimiedades. —Levantó una mano anticipándose a mi objeción—. Yo sé que os queréis y lo acepto, pero ésa no es tu vocación. Tu vocación es otra de más altura, de mayor sacrificio. No la emborrones con la cesión cómoda a un instante de placer. —Me sonrió para darme ánimos y, mirándome a los ojos, añadió—: Y ahora te voy a dar la absolución. *Ego te absolvo a pecatis tuis in nomine Patris et Fili et Spiritu Sancti* —dijo, e hizo una solemne señal de la cruz muy cerca de mi cara. Después suspiró recostándose satisfecho contra el respaldo del sillón—. ¿A que se encuentra uno mejor? Has vuelto con nosotros, de este lado de la bondad, te hemos recuperado y ahora, si vienes conmigo a la iglesia, te daré la comunión.

Así eran aquellas conversaciones.

—¿Qué sabrá él de lo que me pasa? —gritó Marga con furia—. ¿Tendrá idea ese imbécil de lo que es mi cuerpo? Bueno, sí, claro que sí, el muy cerdo. Me habrá ido a ver a la cala para después masturbarse como un mono... Eso es lo que es, un mono.

—Marga... oye... espera, Marga.

—No, Borja, espera tú. ¿Con qué derecho se atreve a decirte que si hacemos el amor nos entregamos a bajas pasiones? ¡Pero será imbécil el cura ese! O sea que si estamos enamorados y hacemos el amor, baja pasión. Pero si estamos casados, incluso si no estuviéramos enamorados, ¿qué, alta pasión?

—No, Marga, lo que él decía era que el sexto mandamiento hay que respetarlo y que ahora, hasta que nos casemos, tenemos que hacer un sacrificio por amor...

—¿Por amor? Yo por amor me desnudo contigo y me dejo besar y te beso y me duermo en tus brazos. ¡Eso es amor! ¿Qué hay de malo en eso?

—Nada, Marga. Nada. Pero, claro, si don Pedro lo acepta, deja de ser cura. —Reí. Me sentía seguro.

Apoyó su frente contra la mía y me sopló en la nariz.

—Y tú ¿qué le dijiste?

—¿Yo? Nada, qué quieres que le dijera.

—Pues lo mismo que le dije yo, anda éste. Que se dejara de tonterías y que si eso creía de mí, mal entendía el amor. Eso. Y que si era eso, que debía dejar de ser cura.

—Hala, Marga, qué burra.

No le conté que además don Pedro me había dicho que la vida me llamaba a cosas más altas, a una vocación de más altura, había dicho él; pensé que la razón de no contárselo era que, callándomelo, Marga no se enfurecería más.

Y el domingo siguiente fue a comulgar como siempre. Sólo yo vi que iba más erguida que de costumbre, más segura, y al darse la vuelta para regresar a su banco se detuvo frente a mí un segundo y me miró directamente a los ojos. Luego saludó a mi madre con una levísima inclinación de cabeza y siguió por el pasillo central.

XII

Hubo un momento, sin embargo, en que mi vida cambió. No sabría cómo definir lo que ocurrió ni en qué instante situarlo con precisión.

Lo primero que sucedió fue que el eje de mi existencia se desplazó de Deià a Madrid. Eso sí lo sé con seguridad. Me convertí en un *urbanita*, si tal término puede utilizarse con propiedad para describir la alteración profunda que experimentaron entonces mis sentimientos, mis opiniones y mis reacciones ante la vida.

Me pasó algo que sólo podría describir como un gigantesco encogimiento de hombros frente al asalto de los sentidos, frente al despertar de mi cuerpo y de mi mente. Puede que, preso de un ataque de pudor instintivo, decidiera esconder todo lo que de mí pertenecía a la tierra en algún doble techo de mi conciencia: me hice chico de ciudad, niño bien de la capital, cosa que me resultaba mucho menos exigente que la tarea de enfrentarme a las demandas de los sentimientos verdaderos que me planteaban Deià, la pandilla de amigos y la vida del verano. La vida en general. Debí de pensar que todo lo de allá era en el fondo cosa de gente primitiva y poco conectada con la realidad y supuse que la madurez iba unida a una ruptura con las cosas sencillas. Es decir, que la vida se me complicaba sobremanera y enfrentarme con ella me obligaba a ¿romper con el pasado? Ahora que lo escribo comprendo la necedad del concepto; entonces, sin embargo, no tenía más armas que un corazón confuso, un carácter débil y una mente enredada.

Tenía que labrarme un futuro, mi padre me lo exigía, yo lo quería, me lo pedían mi posición social y el despacho, y pensé que ese futuro, contrariamente a lo que ahora me es obvio, estaba, qué sé yo, en la sociedad desarrollada de la gran urbe más que en el silencio de la tierra y en la minucia de las cosas pequeñas y entrañables.

Debí de comprender que esto apuntaba por encima de todo en una dirección que acaso entonces se me antojara superflua, marginal, ni siquiera complicada, ni siquiera conscientemente asumida como problema, pero que era sin duda el obstáculo con el que estaba obligado a enfrentarme: la superación de la adolescencia y la sustitución del modelo colectivo de sentimientos detrás del que me había escondido hasta entonces, por juegos individuales de acción y reacción. Había llegado, sí, el momento de dinamitar la pandilla y de echar a volar, de hacer todo lo contrario de lo que me había aconsejado, insistido, don Pedro. Tenía que escapar de su imperio moral.

Y eso fue precisamente lo único que no hice. Dinamité a Marga, eso sí, de una manera que ahora me llena de vergüenza y que en aquel momento debió hacerme comprender hacia qué retorcimiento moral se encaminaba mi existencia. Pero... Sólo puedo decir en mi descargo que lo hice precisamente para convertirme en un ser individual (ése era el camino, pensaba yo), para independizarme del control que ella ejercía sobre cada uno de mis sentidos, para romper el lazo del compromiso sentimental que me unía a ella, único modo de crecer, pensaba yo. Y lo que hice fue emponzoñarlo.

Todo se complicó bastante después del verano aquel tan luminoso del 56. El regreso a Madrid para empezar un curso nuevo, la universidad, la ruptura con los rigores disciplinarios del colegio, el descubrimiento de una vida más abierta y más libre que la de una institución regida por curas trastocaron el orden natural de mis preferencias. Nos pasó a todos por igual, me parece. Sin embargo, en vez de asumir nuestras nuevas condiciones de gentes crecidas, y al contrario de lo que se necesitaba, nos limitamos a convertir el grupo infantil de juegos de verano en un nudo de amigos que respondía únicamente a la edad que teníamos y no a la mentalidad que necesitábamos. Y así nos fuimos transformando en un círculo de niños adultos que se apoyaban entre ellos y que marchaban hacia la madurez sin dejarse respirar. *Diletantes*, nos acabaría llamando Tomás, y con cuánto tino.

De este modo nos hicimos todos más y no menos dependientes los unos de los otros. Incluso Marga, que rehusaba casi con ferocidad someterse a nadie ni a nada y cuyos sentimientos y carácter eran de tal fortaleza que la individualizaban respecto del resto de sus parientes, de sus amigos, de nosotros, de mí, dependía de la pandilla de forma enfermiza, un odio y un amor, como si ésta fuera un coro de tragedia que le resultare esencial como espejo de resonancias de cada uno de sus actos. ¡Qué extraordinario juego de necesidades! Porque mientras Marga aparentaba lo contrario (nadie debía atreverse a hablar de sus cosas de manera colectiva ni diseccionar sus sentimientos en público), en esas apariencias desempeñaba un papel fundamental el muro de silencios que ella imponía respecto del resto de la pandilla; si ésta no hubiera existido, Marga no habría podido volcar sobre nosotros su tragedia personal para prohibirnos reaccionar respecto de ella, no habría *habido* muro de silencios.

La única excepción era Jaume, que nunca dependió de nadie ni le importó, y cuyo criterio fue siempre excesivamente personal (he sospechado, me parece que no sin razón, que su decisión de estudiar Filosofía y Letras en Barcelona y no en Madrid obedeció a la voluntad de estar solo, al deseo de encontrar su propio camino sin tener que compartirlo ni consultarlo con nadie; era así de maduro).

Biel, Juan, Andresito y yo coincidimos en Madrid para estudiar en la nueva Facultad de Derecho. La acababa de hacer construir el gobierno en la Ciudad Universitaria para alejar a los estudiantes de Leyes de la vieja Facultad de la Carrera de San Bernardo, en el centro de la capital. Los disturbios estudiantiles del invierno anterior habían decidido al gobierno a suspender el curso universitario (todos lamentamos que no nos hubiera tocado a nosotros: habría sido Jauja), a aprobar a todo el mundo en junio (más Jauja) y a edificar la nueva facultad en cuatro meses.

—¡Vaya panda de caguetas! —había exclamado mi padre—. Disturbios les iba yo a dar. Lo que tienen que hacer los estudiantes es estudiar y dejar de torturarse el alma con la inmortalidad del cangrejo. Vaya pamplinas. Y vaya un gobierno que se tambalea porque cuatro gatos salen a la calle a chillar.

—No sé, papá —dije yo en aquella ocasión—. La gente se queja de que la universidad tiene demasiados estudiantes, de que los profesores no van a clase, de que no hay libertad...

—Probablemente es cierto. No. Es más. Seguro que es cierto. Así funcionan las dictaduras, hijo. Pero os toca a vosotros cambiarlo, y para eso tenéis que estudiar, sacar la carrera, convertiros en la clase dirigente... ¿No lo entiendes, Borja?... Pero mientras tanto, tú a estudiar.

También las Castañas vinieron a Madrid: Catalina iba para enfermera, dama enfermera de la Cruz Roja las llamaban (con graduación militar de alférez), Lucía empezaba Pedagogía y Elena se proponía estudiar la carrera de Filosofía y Letras. Las tres se alojaban en el Colegio Mayor Poveda. Las veíamos en el bar de Filosofía por las mañanas. Los sábados o los domingos por la tarde íbamos todos al cine y a merendar a la cafetería California. Más tarde, cuando estábamos en segundo o tercero de carrera, íbamos de vez en cuando a bailar a la boîte del campo de rugby de la Ciudad Universitaria u organizábamos un guateque en mi casa. Siempre todos juntos, todos en grupo.

También Javier acudía al bar de Filosofía a tomarse un café con nosotros alguna mañana. Estaba terminando la carrera de piano y en el Conservatorio ya se decía que era un prodigio.

En los primeros años, Sonia, mi hermana, todavía iba al Colegio de la Asunción y no le hacíamos ni caso.

Cuando todos estuvimos instalados vino don Pedro a Madrid a hacernos una visita.

Mi madre celebró una de sus meriendas para que nuestro cura se refocilara en el contacto con su pandilla de ángeles. A todos nos abrazó don Pedro, nos acarició el pelo o nos sujetó por la barbilla o nos pasó la mano por encima del hombro de dos en dos, a derecha e izquierda suyas, mirándonos con intensidad y riendo con anécdotas y sucedidos. Luego se puso grave, se sentó y, abrazado a mis dos hermanos más pequeños, Chusmo y Juanito, que andaban por los seis y siete años de edad, dijo:

—He venido a Madrid para veros y bendeciros. La mayor parte de vosotros empieza ahora una nueva vida, una vida de gente mayor, menos sometida a la disciplina del colegio, más libre. —Sonrió y sacudió a Chusmo cariñosamente—. No me estoy refiriendo a vosotros los peques, ¿eh? Me refiero a estos mayorzotes... Y vosotros —dirigiéndose a los mayores con una sonrisa—, no creáis que esto es Jauja; siempre tendréis la disciplina de vuestros padres para que no os descarriéis. Me faltan unos cuantos de nuestra pandilla: Marga, Jaume, Domingo, Carmen, Alicia... ¿me dejo alguno? No. Unos en Barcelona, otros en Mallorca... Pero de ellos ya me encargo yo. Es de vosotros de quienes tengo que hacer más caso: estaréis lejos, aunque en el caso de los Casariego —miró a mi madre—, estáis en casa. Aun así. Madrid es Madrid, una ciudad peligrosa para las almas y para los cuerpos, esos cuerpos vuestros tan jóvenes y tan inocentes. No abuséis de vuestra libertad. Os toca estudiar y labraros el porvenir. Ésa es vuestra principal obligación ahora: estudiar y prepararos para la vida. Tenéis la suerte de tener unos padres que pueden daros la mejor educación posible. Aprovechadlo. No digo que no debáis divertiros. ¡Claro que podéis divertiros! Pero libertad no es libertinaje. Todo con mesura. Y a ti te lo digo especialmente, Borja. Tú eres el mayor, eres en cierto modo responsable de todos, ¿eh?, de lo que hagan todos. Tenéis la suerte de estar juntos aquí, de poder apoyaros los unos a los otros. No dejéis de hacerlo nunca: en un momento u otro, cada uno de vosotros necesitará a los demás, qué sé yo, por una desilusión amorosa, por un cate en los estudios, por una inseguridad en el futuro, por haber caído en la tentación. Todos sois responsables, todos debéis estar ahí como una piña. Y luego siempre estaré yo, dispuesto a acudir si algo lo demanda, dispuesto a contestar vuestras cartas...

Más tarde, mientras los demás merendaban, don Pedro me llevó a un rincón para hablar con mayor confidencia.

—¿Qué tal estás, Borja?

Me encogí de hombros.

—Bien.

—¿Sólo bien?

—Bueno, bah, padre, ya sabe...

—Ya sé, ya. Es Marga, ¿no?

—La echo de menos, padre. Ya sabe, es en estos momentos cuando uno querría tener a la novia al lado...

—Ah, Borja. Es en estos momentos cuando la separación, precisamente, os viene de perlas. Es una prueba para vuestro amor. —Me puso una mano en la nuca y me atrajo con fuerza hacia él, hasta que nuestros rostros estuvieron muy cerca el uno del otro. Una incomodidad a la que quise resistirme, aunque sin forzar demasiado, no me lo fuera a notar. Le olía el aliento a café—. Primero comprobarás, estando lejos de ella, que la relación física no es tan necesaria, que se aguanta bien sin ella, que el imperio del cuerpo y de los sentidos puede y debe ser dominado con corazón y cabeza. Un poco, un mucho de espiritualidad te va a venir bien, Borja, hijo. Comulgar con frecuencia, rezar a Dios Jesús... Segundo, tienes mucho que estudiar y las distracciones no te convienen. A Marga le pasa igual: la carrera de Arquitectura es dificilísima y debe concentrarse en sus estudios tanto como tú en los de Derecho. Los años pasan rápido, con vacaciones de por medio, y cuando queráis daros cuenta estaréis vestidos de boda, ¿eh? —También a mí me sacudió con cariño por el cogote—. Debes dar ejemplo, Borja. Tu ejemplo nos es fundamental a todos.

Desde el centro de la habitación, mi madre nos miraba sonriendo.

En aquella primera etapa es cierto que Marga y yo nos escribimos con frecuencia, doliéndonos de la distancia y, por lo que a mí hacía, aprovechando tal vez sin querer, no, seguro que sin querer, la ausencia mutua para dar a nuestros sentimientos menos carnalidad, un tono más elevado de romanticismo algo novelero. Era cuestión de pudor. Todavía recuerdo la pedantería de aquellas cartas: «Marga adorada, la vida sin ti tiene poco sentido... pienso en nuestras tardes solitarias, en nuestros paseos, en las largas conversaciones sobre nuestro futuro... pienso en nuestra vida juntos y quiero apresurarme para terminar cuanto antes esta carrera. Estas larguísimas ausencias, meses sin verte ni abrazarte, me pesan más que nada en este mundo. No puedo más. Si pudiera, correría a Barcelona... Mi único consuelo es tener por mejor amigo aquí a tu hermano Juan y saber que tú tienes allí a mi mejor amigo, Jaume... Sé bien que el tiempo pasa y que pronto estaremos juntos de nuevo, pero la espera se me hace interminable.» Hacíamos grandes planes de viaje, pero ninguno teníamos los medios de fortuna para emprenderlos. Sólo más tarde pude ir a Barcelona una vez en Semana Santa.

Y Marga, tan turbadora: «Borja, mi cordero, mi amor, mi vida entera. Me duelen los huesos, los pechos y el vientre, el ombligo, de no tenerte cerca... Ya sé que no quieres que te diga estas cosas porque te dueles más de nuestra separación, pero es que no puedo callármelas. Te necesito, pero no en la cabeza como se necesita al ángel de la guarda. Te necesito para tenerte pegado a mí, para besarte, mi hombre, para que tú me beses como sabes... ¡Vaya! Ya se me ha escapado otra vez... ¿Te acuerdas de Heathcliff? Pues ni siquiera sabiéndome tú en mí me basto ya...»

¡Ah, esta paz tan falsa!

Habríamos seguido así, sin término, si no fuera porque algún tiempo después, en segundo o tercero de carrera, no lo recuerdo bien, empezamos a frecuentar a Tomás. Lo habíamos conocido aquel mismo verano en Deià, un chico madrileño independiente y algo chuleta, que se pagaba los gastos de la pensión con lo que ganaba en el bar de su padre en Madrid. Tocaba el piano como los ángeles. Lo cierto es que no le habríamos tratado en Madrid de no ser porque Catalina apareció con él un día en el bar de la facultad. La adhesión a la pandilla en verano era una cosa; la intimidad lejos de Mallorca, otra bien distinta, sobre todo cuando las diferencias sociales eran tan patentes.

Tomás nos sacudió.

Estábamos sentados en torno a una mesa del fondo (ahora Elena fumaba también, igual que Juan, Biel y Andresito, pero me parece que era para darse aires). Elena, que era delegada de curso, nos leía un proyecto de manifiesto universitario en pro de los derechos de los estudiantes o algo así, chiquilladas de poco alcance, cuando fue interrumpida por la voz de Tomás:

—Pero qué derechos ni derechos, coño, que no os enteráis de la misa la media.

—¡Pero hombre, Tomás! —exclamó Juan—. Si has venido a ver a los de provincias... ¿Y de qué cueva has sacado a este neandertal? —preguntó dirigiéndose a Catalina.

—Fijaos que me lo encontré ayer en la parada del autobús y... —se encogió de hombros.

—Claro, muchachos, que es que no os enteráis —dijo Tomás. Y estirándose el párpado hacia abajo con el índice de la mano derecha, añadió—: Hay que estar ojo avizor. Ésta, que quería entrar en contacto con el pueblo. ¿Y quiere? Pues se la pone. Ayer la llevé a conocer mi bar al lado del Rastro, bueno el bar de mi padre, y allí estuvimos, ¿verdad, tú? —le dijo a Catalina. Ella sonrió con su aire ausente de siempre—. No sé si después llegaste tarde al colegio mayor o no, pero nos reímos bastante, ¿verdad, tú? Oye, os invito cuando queráis, así conocéis el mundo lumpen y os dejáis de tanta finustiquería.

—Venga, Tomás, siéntate —dije—. ¿Quieres un café?

—Venga. —Volviéndose, de la mesa de al lado, ocupada por un grupo de estudiantes extranjeros, cogió una silla sin pedir permiso y se sentó—. ¡Pero si no me había fijado! ¡Estáis todos!

—Bueno, casi todos. Los mayores sólo, los que estamos en Madrid —dije mirando a los extranjeros. Pero como no protestaron dejé de preocuparme.

—Es verdad, que no veo a Jaume ni a Domingo ni, Dios mío —exclamó dirigiendo su mirada a mí con aire melodramático—, ni a Marga, ¿eh?

—No, ya ves. Marga y Jaume estudian en Barcelona.

—Ah pues yo voy a Barcelona de vez en cuando a hacerle recados a mi padre. Me tenéis que dar la dirección de los dos y los llamaré... aunque me parece que no soy santo de la devoción de Marga. —Rió.

—¿Vas a Barcelona? —pregunté extrañado.

—Sí, cosas del bar. Bueno, en realidad no son cosas del bar sino —bajó la voz— del sindicato, ya sabéis. Aquí estamos todos en esto de plantarle cara al dictador.

—Sí —dijo Juan—, pero tú ya sabes el chiste ese del que tiene el índice hinchado como una morcilla de tanto decir «Franco se va, de este año no pasa» y de aporrear la mesa con el dedo. —Y pegó varias veces sobre la mesa con la punta del dedo. Soltó una sonora carcajada de las suyas, bronca y malintencionada.

—No sé qué manía os ha dado con esta historia de Franco —dijo Biel. Le miramos con sorpresa porque Biel casi nunca hablaba—. Estamos bien, no tenemos problemas y, mientras no nos metamos con el régimen, nadie se meterá con nosotros. ¿Qué más queréis?

—Vamos, Biel —dijo Elena.

—¡Joder! —dijo Tomás.

—No, si lo digo en serio —dijo Biel.

—Pues por eso. Es lo que más me molesta.

—Da igual, no le hagáis ni caso —intervino Andresito—. Mi hermano es muy carca. Pero tiene una ventaja: cuando nos detengan por comunistas a los demás siempre habrá uno que nos pueda defender en los tribunales. —Rió con estrépito.

Fue mi primer contacto con la política y la primera vez que oía hablar de algo clandestino, por más que tal vez la clandestinidad residiera más en la palabra «sindicato» y en el tono con que había sido pronunciada que en el concepto mismo de la actividad.

—Sí, tú ríete —le dijo Tomás a Juan, sin hacer caso del exabrupto de Biel—, que así estáis todos, hechos unos señoritos, aquí en la universidad y haciendo toreo de salón. Mientras tanto, los demás nos jugamos la vida haciendo cosas contra Franco. —Se encogió de hombros—. No es mucho, pero por lo menos damos la lata. —Rió.

—Hombre, Tomás, la universidad armó un buen follón en febrero de este año y antes, en el 54... —dijo Elena.

—Sí, bah, para que os construyeran una facultad nueva, y mientras tanto nosotros escapando de la social y escondiéndonos para que no nos cazaran como a conejos... —Por un instante, la voz de Tomás se había vuelto intensa, violenta y sus ojos, bajo las cejas fruncidas, casi tenebrosos. Luego, de golpe, lanzó una sonora carcajada—. ¡Chorradas que uno hace!

—No, no, déjate —dije—. Venga, anda, cuenta.

Tomás echó una prudente mirada a su alrededor.

—Aquí no es el sitio para hablar de estas cosas.

—¿Y por qué no? —preguntó Elena—. Al revés, es justo aquí donde hay que hablar de todo esto...

—¿Aquí? —Tomás rió de buena gana—. Si sois todos una pandilla de diletantes, mujer. Venga ya.

También fue la primera vez que oí la palabra «diletante» y recuerdo cuánto me impresionó.

—¿Qué es diletante? —preguntó Juan.

—Principiante con un toque de frivolidad —dijo Biel, que con esta frase y las anteriores había hablado más que en un par de días. No parecía haberle importunado el rechazo colectivo de sus opiniones políticas.

—Ya has oído a don Sentencias —dijo su hermano Andresito—. Así que somos todos unos diletantes... estudiantes diletantes. —Rió.

—Mi padre siempre dice que los estudiantes a estudiar —dije.

—Ya —dijo Lucía—, si pudiéramos...

—Tiene razón Lucía —dijo Andresito—. Aquí no hay quien estudie...

—Justo —dijo Tomás—... en la cafetería de la Facultad de Filosofía, con todo este follón, la gente fumando y bebiendo y poniéndose muy seria para discutir de chorradas. Estáis en babia, chicos. Yo, a este bar, vengo a ligar con las extranjeras que estudian español. —Estiró la cabeza para mirar a los que estaban sentados en otras mesas—. Sobre todo francesas... —Nuevamente rió—. Las digo que soy torero. *Togueador*, me llaman...

—Es «les digo» —dijo Biel en voz baja.

—Venga, Tomás, déjate de tonterías, que me interesa.

—¿Te interesa, Borja? —Se puso muy serio—. ¿Te interesa lo que hace el partido comunista, por ejemplo?

Me latió más de prisa el corazón. ¡El partido comunista,

Dios mío! De pronto hablábamos de cosas extremadamente graves. A la gente la mandaban a la cárcel por esto, la ejecutaban. Lo sabíamos bien, se lo había oído a mi padre muchas veces, incluso los estudiantes franceses que estaban en la Facultad de Filosofía nos contaban que fuera se sabía de persecuciones, encarcelamientos, torturas de las que no se hablaba en España. (Hasta hubo una chica de París que había hecho el viaje hasta Madrid en tren y que venía tan condicionada por las cosas que se decían de España que me explicó horrorizada cómo desde la ventanilla de su compartimiento iba viendo los campos de concentración en cada ciudad por la que pasaban; «¿campos de concentración?», pregunté; «sí, sí —contestó ella con gran seriedad—, campos de *deportés*».)

—¡Claro que me interesa, Tomás!

Me miró sonriendo. Luego asintió varias veces.

—Muy bien, vale. Pregúntale a tu padre por la política de reconciliación nacional, ya verás lo que te dice... Y luego hablamos. —Volvió a sonreír—. Pero, en fin, bueno, oye, ¿por qué no os venís mañana que es sábado al bar y hablamos y tomamos unos vinos? Y como estaréis tronados, os invitaré yo, ¿no?

Hasta el concepto de «tomar unos vinos» nos era extraño. Así estabamos de escondidos en el mundo bien protegido de la alta burguesía. No se hablaba de «tomar vinos» o de «osas», que era como llamaban a las chicas los jóvenes a los que Tomás describía como *lumpen*. Las «osas». No. No se hablaba de nada tangible y verdadero entre la gente de nuestro entorno. La universidad era una pecera perfectamente aislada de la vida real. Nuestro contacto con ésta consistía en refugiarnos, todo lo más, en el recuerdo del mundo onírico de las tardes de pereza y sol de Deià, nunca en este universo bien concreto de la universidad, el futuro, la dictadura, la miseria (¡ah, el Pozo del Tío Raimundo, ese barrio marginal y mísero de Madrid en el que los jesuitas volcaban con gente bien intencionada su afán de sacrificio!), el cine, *Siete novias para siete hermanos.*

Incluso yo era con toda probabilidad el único que había dejado de ser virgen, seguro que un caso raro entre los miles de jóvenes que nos movíamos por el campus de la Complutense. Y es curioso que al final fueran estos hijos de la alta burguesía los que, con su oposición y sus críticas a la ineficacia y a la corrupción del sistema, hicieron más daño al franquismo. «No hay peor cuña que la de la propia madera», solía decir mi padre.

—Papá —le pregunté aquella noche durante la cena—, ¿qué es la política de reconciliación nacional?

Mi padre, que había empezado a comer la sopa (sopa de fideos, acelgas con patatas, merluza rebozada, natillas y fruta), se quedó de pronto con la cuchara a medio viaje entre el plato y la boca. Muy despacio la volvió a bajar y, sin soltarla, apoyó la mano en el mantel. Por fin me miró.

—¿De dónde sacas tú eso? —preguntó.

Me encogí de hombros.

—No sé... de la facultad.

—¿De eso habláis en la facultad en vez de dedicaros a estudiar y a intercambiar apuntes?

—Pues...

—¡Bueno! —exclamó tirando la servilleta sobre la mesa—. Lo que me faltaba por oír.

Y de pronto habló Javier:

—Será que si no consiguen que estudiemos y que lo que hacemos es hablar de lo que pasa, el gobierno debería comprender que estas cosas no se hacen obedeciendo órdenes sino facilitando a la gente que estudie. Y eso se hace resolviendo los problemas, no mandando a la gente a porrazos a estudiar.

Había dicho todo esto sin dejar de mirar al plato. Y entonces levantó la mirada y la dirigió directamente a su padre.

—¿Cómo?

No pude evitar sonreír.

—Caramba, Javierín... mira el que nunca dice nada.

—No te burles, Borja, que estas cosas son muy serias.

—Si no me burlo, papá. Es que me sorprende que Javierín dé señales de vida.

Javier bajó la vista a su plato.

—Déjate de tonterías y dime ahora mismo de dónde sacas esta historia de la reconciliación nacional.

—Contesta a tu padre, hijo.

Miré a mi madre y me parece que me debió de notar la impertinencia.

—Sí, mamá —dije con voz seca y resignada. De haber estado solos, mi madre me habría regañado por mi tono de voz. Pero ahora la cosa se le antojaba demasiado seria y no intervino más—. No sé, papá, son cosas que se dicen por ahí...

—Pero ¿quién?

—Cualquiera, qué más da. Se comentan... las comentan otros estudiantes en el bar...

—¡Ya estamos! ¡En el bar!

—Pues sí, papá, en el bar. También descansamos de vez en cuando. Entre clase y clase... Se charla... ¡Pero si estamos todo el santo día redactando manifiestos que no sirven para nada y que nunca se mandan a ningún sitio y celebrando asambleas en las que todos vociferan y nadie oye nada! Y alguien, mientras discutíamos de lo que fuera, habrá dicho eso de la política de reconciliación nacional, qué sé yo...

Mi padre suspiró profundamente.

—Este asunto de la mal llamada reconciliación nacional es un tema que se han sacado los comunistas de la manga. Es muy peligroso hablar de ello con nadie... Por eso me extraña que en tu facultad ande la cosa de boca en boca. Debes tener cuidado, hijo: hay mucho policía secreta circulando por ahí, mucho confidente...

—Pero ¿qué es?

—Pues que, después de los disturbios en la universidad de febrero del 56 y de las huelgas de otoño, los comunistas, sobre todo los de Cataluña, vinieron a decir: bueno, está bien —mi padre se puso a gesticular como si él estuviera discurriendo el argumento—, de acuerdo, durante la guerra civil y en los años peores del franquismo todos estuvimos peleados los unos contra los otros. Si ahora nos olvidamos de nuestras rencillas por un tiempo y nos unimos todos contra Franco, podremos vencer, etcétera, etcétera... Pero, Borja, todo esto es muy peligroso. Tú que estás estudiando Leyes deberías saberlo mejor que nadie. Los delitos contra el régimen son juzgados por tribunales militares, los acusados son defendidos por abogados militares nombrados de oficio, en fin, poca o más bien ninguna justicia se hace... No quiero que te arriesgues a acabar en la cárcel ni metido en líos. —Me miró sin estridencia, casi con súplica.

—No estoy metido en líos, papá.

—Me alegro de oírtelo decir. Porque no te lo podría perdonar y tendría que prohibirte salir de casa o te tendría que mandar a Deusto... No sé, algo así —añadió con severidad—. Cualquier cosa antes que verte desperdiciar tu futuro o jugarte la carrera...

—Pero, papá, ¿tú estás de acuerdo con esta gente?

—No, claro que no. Me parece que una dictadura no es buena. La gente sufre, se la encarcela por sus ideas... Pero, hijo, la situación no es muy buena en el mundo. Cuando hay un régimen como el soviético amenazándonos a todos no está bien poner en peligro nuestro sistema de vida. Porque, lo mires como lo mires, nuestro sistema de vida es mejor que el suyo. Hay que hacer un sacrificio en beneficio de la humanidad, hay que aguantar... —Suspiró—. Además, a este pueblo nuestro no hay quien lo controle y le viene bien de vez en cuando un poco de mano dura, ¿eh?

—Hombre...

—Poca mano dura, ¿eh?, pero de vez en cuando... —Titubeó.

Al día siguiente, al caer la tarde fuimos todos al bar del padre de Tomás. Estaba en la calle de Mesón de Paredes y era una taberna con una fachada de azulejos y madera pintada de verde. Había grandes letras doradas que anunciaban «vinos y comidas» y «vermú de grifo, licores, cigarros habanos, gaseosa». Una pizarra negra colgada cerca de la entrada explicaba en letras dibujadas a tiza los platos y tapas del día. Por lo borroso de los renglones sospeché que los platos del día eran siempre los mismos.

Dentro, el bar Lavapiés se dividía en dos: una primera estancia grande, con los suelos de madera, tenía a todo lo largo de su pared de la derecha una barra primorosamente mantenida. La encimera era de latón siempre limpio y brillante gracias al esmero de la madre de Tomás, que se pasaba horas frotándolo con un trapo blanco y secándole las marcas de agua y vino. Del lado de Cosme o de su hijo Tomás, cuando se ocupaba de servir desde detrás de la barra, la superficie era en su mayor parte de aluminio y sobre ella se amontonaban vasos de vidrio espeso que lanzaban destellos azules y verdes, frascas de vino y grandes frascos de cristal llenos de aceitunas, de pepinillos, de boquerones en vinagre. La familia de Tomás era muy cuidadosa y nunca guardaba las aceitunas y los pepinillos en sus latas de origen. Había grifos para tirar cerveza y uno muy pintoresco, estrecho estrecho, de hierro, por el que se servía el vermut casero. Siempre me ha gustado el vermut (servido en vaso alto, con unas gotas de ginebra, a veces de angostura, una rodaja de limón y hielo). En un extremo de la barra había un armarito redondo de paredes de cristal en cuyos varios anaqueles se colocaban croquetas caseras (unos días eran de jamón y otros, como aseguraba la madre de Tomás, le salían de «según», una bechamel algo espesa e insípida), empanadillas, platitos con ensaladilla rusa y huevos duros rellenos de atún con tomate. Eran la especialidad de la casa.

Un gran espejo recorría el bar de parte a parte detrás de la barra. Tenía los bordes pintados con una ancha raya de color verde ribeteado de amarillo. En una esquina había una vieja máquina de hacer café, siempre impecable («italiana, de las que primero llegaron a España»). La luz artificial la suministraban unos grandes faroles que colgaban del techo sobre los extremos de la barra y algún aplique de latón. Escondida por un largo tubo de latón, una bombilla alargada iluminaba la parte central de la barra. En la familia de Tomás nunca creyeron en las virtudes de la iluminación por tubos de neón.

La segunda estancia del bar, que fue en la que rápidamente establecimos nuestro lugar de reuniones (cuando íbamos por allí, que era con no excesiva frecuencia, desde luego), era una habitación cuadrada, decorada de la misma forma que el bar, con las mismas planchas de madera en el suelo y los mismos motivos verdes en tres espejos, uno para cada pared. Había seis mesas y cuatro sillas de enea por mesa, y, contra una pared, un piano vertical. Una puerta de muelle daba a la cocina, y de allí se pasaba a la vivienda de la familia de Tomás. La vivienda, que era interior y sólo recibía luz del patio, tenía salida por el portal contiguo al bar, y esa circunstancia fue la que en una ocasión nos permitió a Tomás y a mí escabullirnos de los policías de la social que nos venían siguiendo desde el Rastro (bueno, venían siguiendo a Tomás; a mí no me conocía nadie). Pasé mucho miedo, una sensación nueva de peligro y de riesgo, y durante días me quedé escondido en casa sin ir a la universidad. «¿Qué haces, hijo?», me preguntaba mi madre. «Nada, que tengo mucho que estudiar para los parciales.» «Así me gusta.»

El bar estaba siempre muy concurrido y los clientes habituales nos miraban con curiosidad: un grupo de jóvenes bien vestidos y risueños que pasaban horas en la habitación de atrás charlando y cantando y riendo. Cuando a Tomás le tocaba quedarse detrás de la barra nos decía «hoy no vengáis, que me toca barra», o se asomaba para ver qué tal nos iba y para que le contáramos el motivo de tanta risa.

Aquel primer sábado, sin embargo, fue la ocasión en que Javierín nos regaló la música.

Cuando llevábamos un rato sentados hablando de esto y aquello, Catalina le pidió a Tomás que tocara algo en el piano, igual que hacía en la fonda de Deià en las noches de verano. Tomás se sentó frente al piano y empezó a tocar unos boleros con gran ritmo, muy llenos de escalas y florituras, que nos sonaban a gloria. Al cabo de un rato, cuando se cansó y se levantó para ponerse una cerveza, Javier, sin que nos diéramos cuenta, se sentó en la banqueta y tocó tres tímidas notas, yo creo que por curiosidad. Pero el sonido que extrajo del piano con aquellos solitarios acordes fue de tal calidez que pareció que estaba tocando un instrumento distinto. Tomás se quedó inmóvil con un vaso en una mano y el botellín en la otra a medio escanciar la cerveza. Desde la cocina asomó la cabeza de la madre de Tomás con cara de sorpresa («ya me parecía que no era Tomás») y desde el bar nos llegó de pronto el silencio.

Nunca había pensado en la música de Javier como un sonido hechizante. Estaba harto de oírle en casa y sus ejercicios siempre me habían sabido a un sonido impuesto en rigurosas escalas, en esotéricas sonatas. No sé si fue el contraste de la divertida y rítmica musicalidad de Tomás con la luminosidad y fuerza del recorrido de los dedos de Javier por el teclado o si el ambiente popular de una tasca del viejo Madrid hizo que este nuevo sonido nos resultara totalmente real. De pronto había dejado de ser el sonido académico de los ejercicios y escalas de Javier en casa o en el conservatorio para convertirse en un instante de música completamente vivo que nos alcanzó de lleno.

Javier debió de percibir aquel silencio inusual porque se interrumpió con las manos en alto y se volvió a mirarnos. Levantó las cejas. «Sigue», dije.

Sonrió y, sin que se rompiera el ritmo armónico de cualquiera de sus movimientos, volvió a poner las manos en el teclado y de aquel viejo piano brotó una aterradora sonata de Chopin. Nos llegó romántica, a oleadas irresistibles.

Cuando hubo terminado quedó un momento recogido, encogido, con las manos juntas, exhausto de sentimiento (y yo que hasta entonces había creído que aquello que hacían los pianistas era una *pose*). Luego levantó la cabeza y con la mano derecha se empujó la onda de pelo hacia atrás.

La madre de Tomás salió de la cocina y, dejando que batiera la puerta, se acercó a Javier y le dio un sonoro beso en cada mejilla. Tomás, que había dejado botella y vaso sobre la mesa, empezó a aplaudir. Le seguimos todos y desde el bar también nos imitaron.

Elena lloraba en silencio.

Miré a mi hermano y me sentí orgulloso. Javierín, dije casi sin voz.

—Cojones —dijo Tomás, y ninguna de las chicas se escandalizó.

Javier sonrió.

—Ven, Tomás, siéntate conmigo —dijo.

Y ambos al piano rompieron a tocar las melodías que se reconocían uno a otro y que tarareábamos los demás. *Blue moon* y *Chattanoga choo choo* y *La mer* y *Walkin'my baby back home* y *When the saints go marchin'in,* que cantamos todos sin desafinar demasiado. Se quitaban la palabra, la nota, el acorde, y lo recuperaban y lo cedían y reían, y Javier y Tomás se hicieron aquella tarde amigos para toda la vida.

—Oye, chaval —dijo Cosme, el padre de Tomás—. Tú vienes aquí a tocar esta carraca cuando te dé la gana, ¿me oyes?, y si alguien se queja, como a veces se quejan del aporreo de éste —señaló a su hijo con la barbilla—, yo mismo me encargo de cortarle los huevos. —Miró a las chicas con gran seriedad—. Ya sabéis, chicas, le corto los huevos con perdón, no os vayáis a ofender, que este chaval es un fenómeno.

Tomás y Javier, con orgullo el uno y en secreto el otro porque se hubiera dicho que el arte se ofendía (y porque mi padre sí que le habría cortado los huevos como había dicho Cosme), empezaron a tocar por ahí, en fiestas y bares, cobrando, claro. Nadaban en oro y se lo gastaban todo, pero en el caso de Javier era porque no se le ocurría qué otra cosa hacer con el dinero. Me prestó una cantidad grande para irme a Barcelona una Semana Santa. Se vino conmigo y con Tomás, y Marga les dio un beso a los dos. Javierín se puso muy colorado.

Y cuando poco tiempo después mi hermano tocó en la final del Mozarteum en Salzburgo y ganó y luego dio el concierto del vencedor, además de toda su familia estaba Tomás llorando a moco tendido. A mi madre no le había parecido bien que viniera («este chico no me gusta, ya lo sabéis»), pero Javier no se amilanó y exigió la presencia de su amigo.

Fue extraña esta amistad que se estableció entre Javier y Tomás. Se querían y se respetaban con puntillosidad, pero tenían muy poco en común. Ni el ambiente familiar respectivo ni la sensibilidad ni la delicadeza de uno cuando se la comparaba con el desgarro chulesco del otro facilitaban la relación, la complicidad y el entendimiento mutuo. Por eso acabé siendo yo el nexo de unión entre ambos. Me consultaban los dos sobre cómo debían hablarse, las cosas que les gustaban, la interpretación de lo que uno y otro decían. Y al final fue el propio Tomás el que aprendió a distinguir lo que podía y lo que no podía hacer en relación con Javier. Y lo que sobraba lo dejó para mí.

Así fue como salimos con unas osas extranjeras que había conocido Tomás en el bar de Filosofía y Letras. Y debo decir que mi primera cita a ciegas no fue un éxito sin paliativos. La de Tomás era una francesa, aquella que había llegado a Madrid impresionada por la abundancia de campos de deportes a lo largo y ancho de la geografía española, y la que me correspondía era una inglesa, Barbara, de carnes abundantes y ojos de cerdito relleno. Una chica simpática pero poco tentadora como posible aventura. Aclararé que nada estaba más lejos de mi ánimo en aquel momento que embarcarme en un episodio carnal. Si alguna utilidad podía tener todo aquello era la de establecer una relación amistosa con alguien a quien acudir en Londres cuando me mandaran mis padres a aprender inglés durante el siguiente verano. Pero para Tomás las cosas eran bien diferentes: tenía un solo objetivo y si no salía a solas con su amiga francesa era para no alarmarla innecesariamente al principio y que se pusiera a la defensiva antes de haber intentado él, qué sé yo, darle un beso («con lengua, ¿eh?») o tocarle los pechos.

A mí, por el contrario, me atrajo mucho más la idea (más limpia, menos comprometida) de ir a un guateque de gente bien, una familia amiga de mi madre con dos hijas que dieron una fiesta prenavideña. Mi madre hizo que Juan fuera invitado y allá nos fuimos los dos vestidos con nuestras mejores galas.

No tuvimos mucho éxito en aquel primer guateque. Juan se aburrió de solemnidad y yo me topé con la resistencia de casi todas las chicas a bailar conmigo. Se debía, claro, a que nadie nos conocía aún. Sólo las niñas de casa accedieron. Era evidente que lo hacían obedeciendo órdenes estrictas de su madre. Las demás me despacharon con un «estoy cansada» o un «acabo de bailar» o un misterioso «no puedo, guardo ausencias». Pregunté a una de las dos anfitrionas qué significaba aquello de guardar ausencias y me fue explicado que se debía a que tenían un novio que estaba ausente y que, por consiguiente, respetaban la circunstancia no bailando con nadie. A Juan le pareció una idiotez («pues si se van a poner tan estrechas, que no vengan a la fiesta, ¿no, tú?»), pero a mí se me antojó una muestra sublime de fidelidad y lealtad. Pensé en Marga y creí que, respetando la nueva teoría, yo tampoco debía bailar con nadie; me iba a costar un poco, pero lo haría.

Sin embargo no era la ausencia en sí lo que me atraía en verdad, sino el juego de la pureza algo coqueta que encerraba. Se trataba de un sacrificio activo, de los que pedía don Pedro, una actitud virginal a la que yo a lo mejor no era ya acreedor pero que me resultaba de instinto más atractiva que la negrura apasionada de lo que me ofrecía Marga. Y de ese modo fui separando pasión de elegancia, fuerza de limpieza, amor de blandura, y me refugié en las tres virtudes teologales, elegancia, limpieza y blandura, acentuando así mi alejamiento del mundo real.

Escribí a Marga explicándole el asunto de las ausencias. Creo que se me adivinaba entre líneas un toque de admiración, de añoranza por tan poco arriesgada actitud vital, y Marga, como siempre, lo adivinó al instante: «Ay, mi amor. ¡Y pensar que hay gente a quien atraen estas cosas! Pues vaya una tontería, ¿no? Guardar ausencias porque el novio no está equivale a confesar que el amor con ese novio es completamente superficial, que no ha calado más adentro que la epidermis. Yo puedo bailar con quien me da la gana porque, mientras bailo, el rescoldo que llevo dentro es tuyo, mi entraña es tuya, *sólo* ha sido tuya. Vaya niñas ésas con las que vas a bailar. Qué montón de sinsorgas. Si no te conociera el sexo y cómo se te pone cuando estamos juntos, hasta creería que te gustan...»

Esta doble o triple vida que llevaba me tenía algo esquizofrénico y, en el fondo, añorante de una existencia sin complicaciones que me permitiera dedicarme a labrar el famoso futuro que recomendaban mi padre y don Pedro.

La escapatoria estuvo en las cosas de la política, porque me pareció que los riesgos que empecé a tomar en aquella dirección (mínimos, todo hay que decirlo) justificaban toda mi vida y me permitían trampear y jugar a ignorar que todo quedaba en la superficie de las cosas, de los amores, de las pasiones, de los sentimientos. Cuando se pasa miedo, cuando la adrenalina se descarga, no se suele analizar la verdadera justificación moral de los actos.

Esa época coincidió más o menos con el comienzo de los verdaderos problemas de Tomás con la policía.

A Tomás lo venían siguiendo desde algún tiempo atrás. Como era joven, chaparro, descarado y con pinta de inocente golfillo, Cosme y la demás gente de su célula comunista lo utilizaban como correo. Nada era impuesto: él se ofrecía gustoso y se reía del peligro.

Y en un viaje a Barcelona lo detuvieron. Tuvo suerte porque, habiéndose dado cuenta de la vigilancia, se metió en el váter del vagón y tiró los papeles que llevaba por la taza. «Así, si los descubrían en la vía, tendrían que leerlos limpiándoles la mierda con las manos», me dijo meses después. Reía un poco de lado porque le había quedado una cicatriz en la barbilla a consecuencia de las palizas recibidas en los calabozos de la Puerta del Sol. Le pegaron menos que a Julián Grimau cuando había sido detenido unos meses antes porque era menos importante, no porque se apiadaran de él o de su juventud, y porque comprendieron que sabía pocas cosas. Luego me contó que lo único en lo que pensaba era en exculpar a su padre, como si no supiera nada.

Menos de un día después, sin saber lo que había pasado y sin que a Cosme le hubiera dado tiempo a avisarnos, fuimos todos a la tasca de Tomás en Lavapiés. Cosme nos recibió con aire abatido.

—¿Está Tomás? —pregunté.

Rehaciéndose, Cosme señaló con los ojos a dos policías de paisano que bebían un vaso de vino acodados a la barra. Iban sucios, con sendas gabardinas llenas de lamparones, y uno de los dos llevaba días sin afeitarse.

—Han detenido a mi hijo y lo van a juzgar.

—¡Dios mío! ¿Cuándo? —Los dos policías giraron la cabeza para mirarnos.

—Ayer, cuando volvía en tren desde Barcelona.

—Pero, hombre. ¿Y por qué? —pregunté asustado. Detrás de mí, Juan y las Castañas y Biel y Andresito se movieron como queriendo hacerse más pequeños, apelotonarse para que no se los viera.

Cosme se encogió de hombros.

—Por nada. El chico no ha hecho nada. Yo qué sé por qué... No sé lo que va a pasar...

En ese momento, uno de los dos policías nos interpeló:

—A ver, identifíquense.

—¿Y por qué? —Me latía el corazón muy de prisa—. No hemos hecho nada.

—¡No me discuta! ¡Enséñeme su documentación o me los llevo a todos a la Dirección General!

—¿Y qué hacen unos niños tan monos y tan bien vestiditos en este antro? —preguntó el otro policía—. ¿Vamos a tener que llamar a papá? ¿Para que les dé tas tas en el culito? ¿O vamos a tener que darles de hostias nosotros?

Detrás de mí, mis amigos se encogieron aún más y a Lucía se le escapó un gemido. Tragué saliva.

—No hemos hecho nada —repetí. Le entregué mi DNI—. Y no tiene usted por qué insultar de esa manera.

—Insulto lo que me sale de los cojones —dijo girando varias veces la cabeza como si le estuviera estrecho el cuello de la camisa. Dio un paso hacia mí—. ¿Habráse visto el niñato este?

—Espera, Pepe, tranquilo —dijo su compañero, y dirigiéndose a mí, preguntó—: ¿Es usted algo de don Javier Casariego?

—Soy su hijo.

En esos días, después de la ejecución de Julián Grimau y el escándalo que se había armado en el extranjero, se hablaba de que el Generalísimo iba a hacer nueva crisis de gobierno y que mi padre iba a ser nombrado ministro de Justicia. «¿Yo, un hombre de Marañón y de Ortega y Gasset? —había exclamado cuando le habían llamado sus amigos para contárselo—. ¿Yo colaborar con la dictadura? Están locos. ¡Nunca seré ministro de Franco! Por muy hombre de orden que sea.»

—Bueno, hombre —dijo el policía más tranquilo—, usted, el hijo de un hombre público y respetado, metido en estos líos, aquí en este antro...

Miré a Cosme con el rabillo del ojo; estaba apoyado sobre la barra con las dos manos separadas y los brazos rígidos y miraba negro negro a los dos policías de la social. Si las miradas hubieran matado, ambos policías habrían caído al suelo fulminados.

—No hemos hecho nada... Conozco a Tomás y... y...

—Bueno, bueno... Mejor será que se vayan a casa, ¿eh? Y ya hablaremos con su padre.

—Venga, largaos ya, niñatos —dijo el que se llamaba Pepe.

—Lo siento, Cosme. Ya le diré a mi padre lo que ha pasado.

—Déjalo, Borja. No te metas en líos. Nosotros ya saldremos de ésta y como Tomás no ha hecho nada... pues eso...

—Tú a callar —dijo el policía tranquilo.

—Bueno, bueno —dijo Cosme—, es mi hijo, ¿no?

—Venga... —dijo Pepe con impaciencia.

Estábamos en primavera de 1963, si no recuerdo mal. Yo había terminado la carrera casi dos años antes, igual que

Biel, Juan y Andresito. Mi padre nos había metido en el despacho como pasantes a Biel y a mí una vez que hubimos terminado los meses de prácticas de las milicias universitarias que nos quedaban por hacer a todos como traca de fin de carrera. A mí me había tocado en Valencia. Marga estaba en tercero de Arquitectura pero se las compuso para pasar un mes en la ciudad, se supone (eso había contado a sus padres) que en casa de una compañera de facultad, pero en realidad en una pensión que no recuerdo como sórdida. Fue el momento más feliz de nuestra vida juntos: totalmente despreocupados, en manos del destino, vivíamos como marido y mujer, como si fuera un período estanco, separado de todo, sin antecedentes ni consecuentes.

Durante los dos veranos en que hacíamos las milicias en La Granja, Marga había venido a visitarnos. Una de las dos veces yo estaba arrestado y no pude verla. Pero luego, durante los permisos, íbamos a Mallorca, viajando en tren toda la noche y en barco todo el día, y al regreso igual, para aprovechar en el mar los cinco días que nos daban.

Y mientras nosotros empezábamos a trabajar en el despacho de mi padre, Juan se había quedado en el colegio mayor a estudiar la oposición de notaría y Andresito hacía lo propio para intentar entrar en la judicatura.

Juan y Sonia ya eran novios formales.

Javier y Elena eran novios formales y serían los primeros en casarse, claro.

Marga y yo éramos novios formales, los más formales y los menos formales de todos.

España andaba muy revuelta. Meses antes de la detención de Grimau (y de la de Tomás, que era la que nos afectaba e importaba de verdad), mucha gente de la oposición había viajado a Munich para reunirse con gente del exilio, socialistas y nacionalistas vascos y catalanes. Estos de la oposición interior eran sobre todo católicos, demócrata-cristianos. Uno de los pasantes de mi padre había acudido; con su consentimiento, claro. A mí no me había dejado ir.

Para lo que podrían haber sido, las represalias fueron mínimas. Al pasante de nuestro despacho le cayó un extrañamiento a Canarias y, cuando el ministro de la Gobernación le preguntó a mi padre cómo había podido tolerar esta deslealtad de su empleado, mi padre se limitó a encogerse de hombros y decir: «Bueno, estamos en un país libre, ¿no? Lo ha dicho el otro día el Generalísimo. Y yo no puedo controlar lo que piensan quienes trabajan para mí.» Es revelador de la influencia de mi padre y del respeto que inspiraba que no le hicieran nada.

—Papá, tienes que ayudar a Tomás... —le dije aquella noche, cuando hubimos vuelto de la tasca de la calle Lavapiés y una vez que le hubimos explicado con detalle todo cuanto había ocurrido.

A punto estuvo mi padre de llamar por teléfono al ministro de la Gobernación para quejarse del trato que me habían dado, pero luego lo pensó mejor y decidió no complicar más las cosas.

—¿Ayudar a Tomás? No te entiendo. ¿Cómo podría ayudarlo?

—Defendiéndolo, sacándolo de la cárcel... eso, ayudándole.

Cerró los ojos y con las manos unidas se masajeó la nariz.

—Ni aunque quisiera, podría. ¿Defenderle?

—Sí, claro que sí. Eres un abogado de prestigio, te respetan... Si hablas con el ministro de la Gobernación —levantó una mano para recordarme que había decidido no hacerlo—, bueno, no ahora mismo, tal vez, pero ¡si hablas con él a diario! Papá, que te han ofrecido ser ministro de Justicia... Seguro que si tú lo pides, le dejan en libertad.

—¡Pero si es comunista! Tú mismo lo has reconocido. Aquí las cosas se han puesto mal. Ya has visto cómo dieron garrote a Grimau. Ni con la petición de clemencia del papa se ablandó Franco. Los comunistas, Dios mío, los masones —sacudió la cabeza con incredulidad— son el enemigo público número uno en esta mierda de país. Hay cosas a las que mi influencia no alcanza, Borja, y la principal es ésta de liberar a comunistas... Además —apretó los labios—, contra la jurisdicción militar no podemos hacer nada.

—Espera, espera, papá, llevamos semanas hablando del Tribunal de Orden Público que van a crear para acabar con la jurisdicción militar sobre crímenes políticos...

—Ya, ya lo sé, Borja. Pero, si lo crean, no te fíes ni por un momento de que vaya a ser más indulgente...

—Sólo te pido una cosa, papá. Una sola cosa. —Apoyé las dos manos sobre la mesa de despacho de mi padre, con los brazos estirados, como los había tenido Cosme aquella tarde—. Inténtalo, por Dios te lo suplico, inténtalo.

Suspiró.

—Está bien —añadió en voz baja—, está bien. Lo intentaré.

Lo intentó, ya lo creo que lo intentó. Consiguió que el caso de Tomás no pasara a la jurisdicción militar. Consiguió que fuera retrasado hasta la creación del Tribunal de Orden Público. Consiguió que el juicio de Tomás no coincidiera con el de dos anarquistas, Francisco Granados y Joaquín Delgado, a los que acabaron dando garrote vil. Se trajo a don Pedro desde Mallorca para que declarara como testigo de carácter. Y defendió a Tomás.

Como era de esperar, la presencia inmediata de don Pedro respondía no sólo a la llamada de mi padre sino a una misión espiritual difícil. Por un lado, se trataba de proteger a uno de los suyos, por más que Tomás fuera un miembro tardío del grupo y además el menos inclinado a seguir las enseñanzas evangélicas; era más bien la manzana podrida, pero... a don Pedro le obligaba la solidaridad de todos nosotros con el último llegado a la pandilla. Por otro lado, nuestro buen cura quería aminorar los efectos catastróficos no sólo del contagio político con lo incorrecto sino de lo que creía que acabaría siendo la degradación social de todos nosotros. Sospecho que respiró con alivio cuando comprobó que Tomás tardaría algún tiempo en salir de la cárcel.

Para cuando mi padre consiguió que sólo le impusieran una pena de un año (y, por consiguiente, con una sentencia suspendida), Tomás llevaba ocho meses en la prisión de Carabanchel.

Fui a buscarlo a la puerta con Cosme.

La noche siguiente hicimos una gran fiesta, sin excesivas alharacas por aquello de la vigilancia policial, pero grande entre nosotros. Y fuimos todos. Hasta mis padres. Hasta Marga vino de Barcelona, y Jaume y Domingo y Alicia, de Mallorca.

¿Cómo es posible que ese mismo grupo que lo festejó con lágrimas en los ojos como si fuera un héroe lo rechazara de su seno pocos años después sólo porque había roto con Catalina y porque, en palabras de Carmen, «bah, de todos modos no pintaba nada aquí»? ¿«Es un zafio»? Sólo se me ocurre que fuera una reacción tribal de rechazo a un cuerpo extraño, tal vez traidor, que nunca se había incorporado realmente, nunca había aceptado las reglas del juego.

A mi padre, esa noche, lo miré a los ojos y le dije «gracias». Sonrió.

—Era lo menos que podía hacer. Tomás es buen chico y yo, que soy un hombre de Marañón, no acepto las tonterías de la tiranía. Pero los comunistas no me gustan nada, ¿eh?

XIII

—Estos manteles son de mi abuela, de cuando se casó —dijo Marga—. Y serán míos cuando me case yo.

Se dio la vuelta para mirarme y apoyó un codo sobre la mesa. Era la primera vez que la veía con el pelo recogido. Se había hecho un moño muy tirante, tanto que le achinaba los ojos.

—No te está bien el moño, ¿sabes?

Me salió la crítica con sabor a despropósito, pero fue sin intención verdadera de censurar.

Marga rió sin que le importara gran cosa.

—Pues desházmelo. Me lo pongo así para que se me note que soy una mujer seria y comprometida.

—Mentira. Llevas moño para que se te note que eres arquitecto y se sepa que eres una ejecutiva que va al despacho con traje-pantalón.

—Machista... Eres un machista. ¿Y sabes qué?

—Qué.

—Que no me importa. No, es más: que me gusta.

Estábamos en el comedor de la vieja casa de sus padres en Selva, ¿cuántos años hace de esto? ¿Ocho? Sí, ocho; no, siete, porque estábamos al principio del verano y era la misma noche del día en que se habían casado en Deià Sonia y Juan.

Los dos solos en el casón de la plaça Maior hacíamos planes. Los novios eternos hacían planes. Habíamos pasado toda aquella tarde en la boda de mi hermana contestando preguntas sobre ellos. «¿Qué, y vosotros cuándo?» «Bueno, ¡quién iba a decir que Sonia se casaría antes con Juan que Borja con Marga!» «Ahora sí que ya no tenéis excusa, ¿eh?»

¿Cómo era posible que hubiera pasado el tiempo sin que llegáramos a casarnos? Sí, bueno, yo había tenido las milicias y luego había pasado veranos en Londres para aprender inglés y luego había sido preciso empezar a ganarme la vida de forma independiente. Excusas. Excusas.

Pero ¿y ella? A veces me preguntaba si la personalidad de Marga era tan fuerte que en realidad prefería tenerme a distancia para no aburrirse conmigo en el trato diario de un matrimonio. Pero no, no era eso. Creo que Marga esperaba a que yo diera el paso, o puede que estuviera tan segura que, teniéndome, quería ver cómo me comprometía. No sé. Habían pasado diez o doce años desde nuestro principio, cinco o seis en realidad desde que nuestra relación fuera reconocida con mayor o menor oficialidad por nuestros padres y bendecida por don Pedro. ¿Cómo se me había volado este tiempo rutinario?

Así había pasado, en un suspiro, y yo sin enterarme. Y durante todo este tiempo había ido observando a Marga.

La había visto crecer, esponjarse su belleza, la había visto un poco más gorda y mucho más delgada, siempre con sus increíbles pechos atenazándome. Un día se había cortado el pelo («si no fuera por las tetas, ¿a que me tomarías por un chico?») y después lo había dejado crecer mucho más que nunca. La había escudriñado desnuda y vestida de ciudad, calzada con unos zapatos de tacones inverosímiles que la hacían más alta que yo. La había sentido ácida y crítica hacia mis cosas, comprensiva con mis dudas, intolerante con mis cobardías que ella siempre adivinaba pese a la perfección de mi arte en el disimulo, tierna con mis enfermedades, risueña con nuestras risas, dolorida con las injusticias, apasionada con su carrera. Me había entretenido y aburrido. Tal abanico de sentimientos, tal acumulación de rasgos de carácter, me tenía anonadado. Me parecía un espectáculo excesivo para un hombre que sólo deseaba mesura y paz en su vida íntima para, pensaba yo, poder dar alas a la desmesura y a las exigencias de una vida pública que pretendía fulgurante. Porque Marga me habría de tener en continuo sobresalto. No sería yo capaz de aguantar tal maratón de sensaciones. Había sufrido demasiado con la ponzoña de los sentimientos y de los sentidos y, casi en el umbral de los treinta años, añoraba ya una vida ordenada y pacífica, no la que me ofrecía aquella mujer de proporciones bíblicas. Vaya pedantería.

Pero Marga me comprendía bien. Sabía de estos sarampiones, claro que sí, y simplemente esperaba a que yo madurara. Sabía que, de haberme casado antes, ella me habría devorado en un segundo, me habría destruido. Marga no quería los trozos rotos; quería el rompecabezas entero, sin darse cuenta de que la imagen completa era mucho menos hermosa y sólida de lo que ella intuía.

¡Ah, pero yo aquella noche ya había dejado de querer! Creo que hacía años que no quería casarme ya con Marga, que me asustaban las décadas venideras de vida en común. Se me hacía insoportable considerar lo que la rutina acabaría haciendo con tanta pasión como la que Marga inyectaría en nuestro matrimonio. Me parece que lo que yo deseaba era arrancar ya con rutina, no ser asaltado por ella de forma inesperada. Hacía tiempo que en el fondo último de mi último recoveco había decidido que el compromiso sería excesivo, que no me apetecía tal intensidad en mi vida íntima diaria. No lo sabía de cierto pero quería huir.

Iba a huir.

Suspiré.

Marga sacudió la cabeza.

—Eres un picha fría —dijo.

Oh, sí que me conocía bien. Ah, Marga, Marga.

—¿Qué?

—Ya me has oído.

—¿Por qué dices eso?

Pero no contestó. Se limitó a mirarme.

—¿Quieres más champaña? —pregunté.

Asintió.

—Está bueno este champaña —dije—. Bueno, está buena toda la cena. Qué bárbara, Marga, he comido como un rey.

Sonrió. Alargué la mano para acariciar el mantel. Era de lino antiguo bordado en un convento de Palma y la tela tenía grandes manojos de mimosas haciéndole aguas. El uso le había dejado una textura tan suave como la seda. Marga se había esforzado en poner la mesa con delicadeza extrema, como para un banquete de bodas.

Con el paso de las horas y las corrientes de aire repentinas, los dos candelabros de plata habían ido dejando un reguero de estalactitas de cera fundida; las velas eran blancas y, en el silencio de la madrugada, sus llamas sólo se mecían cuando hablábamos y les llegaba nuestro hálito.

La vajilla era de Rosenthal, blanca, con suaves flores de color rosa, y los cubiertos, austeros, algo picudos, de plata mate, de un Queen Anne muy puro. Marga había comprado caviar para la ocasión y lo habíamos tomado después de una ensalada mezclada de mil yerbas y aromas. Al final había desaparecido un instante para volver llevando triunfalmente un plato de *crêpes* rellenas de una crema pastelera muy delicada.

Entre nuestros dos platos, sobre el mantel había quedado una gran mancha húmeda allí donde se había derramado una copa de champaña. Al lado de la mancha habían caído unos granos de caviar que Marga acabó aplastando sobre la tela con su dedo índice. Un poco más allá, cuadraditos de huevo duro y de cebolla también caídos sobre el mantel y los platos de postre con restos de crema pastelera haciendo dibujos gelatinosos sobre la porcelana. Un bodegón pintado con mucha exactitud para retratar un rectángulo de vida desordenado.

Olía a cera, a caviar y un poco, muy poco, a vino.

Marga acercó su cara a la mía.

—¿Sabes lo que te digo? —Hice que no con la cabeza—. Cuando nos casemos, ¿eh?, la noche de bodas la quiero pasar aquí, en esta casa. —Me miró como si esperara una respuesta, pero no dije nada—. Cenaremos como hoy, sobre este mantel. Y luego lo quitaré y lo pondré sobre nuestra cama, y allí encima haremos el amor hasta que no se sepa si eres tú o la crema pastelera. —Rió su risa bronca y excitada—. Y al día siguiente lo volveré a poner en la mesa para cenar, y así no sabrás si el olor es a caviar o a mí. Y comeremos sobre mis manchas de sudor. —No dije nada pero me latía el corazón como una máquina de vapor y todo mi cuerpo se había puesto en tensión—. Y al final, ¿sabes? —me puso las dos manos en el cuello—, al final daré un manotazo y tiraré los candelabros y las copas y los platos al suelo y nos envolveremos en el mantel y te comeré a trocitos. —Se puso de pie sin soltarme el cuello y se acercó a mí hasta apoyar su vientre contra mi frente—. Y me restregaré así, ¿me oyes?, así, contra ti, y te dejaré seco. —Gritó las últimas palabras con pasión incontenida, como el restallido de un látigo.

¡Ah sí que me contagié de su locura! Todo lo olvidé, toda mi frialdad, toda mi pasividad.

Me puse de pie. Y ella seguía con sus manos rodeándome el cuello. Llevé las mías a su nuca y a tientas le busqué las horquillas del pelo y le deshice el moño. Lo deshice con violencia, tirando fuerte, tanto que Marga tuvo que echar la cabeza hacia atrás varias veces cediendo a los tirones. Seguro que estaba haciéndole daño. Pero no le importaba. Reía y reía.

—¿Ah sí, eh? —grité en voz baja—, ¿ah sí?

De un golpe le arranqué la túnica de seda que llevaba puesta sobre la piel.

Y Marga reía.

—Pues aparta los candelabros —dije—, echa la mano atrás y aparta los candelabros.

—¡Ah no! —exclamó sin poder contener la carcajada.

Y mientras me quitaba la camisa, repetía «ah no, ah no». Se apartó de mí.

—Ah no, querido mío. Ni hablar. —Y luego con brutalidad perversa—: El polvo sobre el mantel se queda para la noche de bodas, ¿te enteras?, hasta que te pueda morder en el cuello, aquí arriba —me pasó un dedo por debajo de la oreja—, y hacerte sangre, y que nadie pueda preguntarte por esa herida sin conocer la respuesta de antemano. —Se secó las lágrimas de la hilaridad. Y bajó la voz. Y con ronquera violenta añadió—: Ahora me echas el polvo donde quieras, en otro sitio, ¿me oyes?, pero no en el mantel. —Rió de nuevo—. El mantel es mi resto de virginidad.

—¿Ah sí? ¿Y esto qué es?

—Eso es la caja de los plomos. —Movió los brazos hasta que se sujetó a mi cuello y de un salto me rodeó la cintura con las piernas—. Fúndemelos.

Y entonces me contagié de su risa y fue la noche más alegre, más profunda, más apasionada y más aterradora de mi vida. Cuando terminó no era capaz de reconocerme este enloquecimiento que yo no quería.

Marga estuvo largo rato apoyada sobre un codo mirándome mientras yo aparentaba dormir. Me pasaba un dedo muy ligero por el contorno de una ceja, me ponía una mano en el hombro y luego la deslizaba, apenas la caricia de una pluma, por mi pecho, mi vientre, mi sexo. Sin darse cuenta dejaba que su pelo me rozara el cuello. Se echaba hacia atrás y me volvía a mirar. Y cuando, casi sin sentir, me empezó a llegar el sueño, me cayó una lágrima sobre la mejilla. No recuerdo más.

Sólo que a la mañana siguiente me asusté. De mí, de Marga, de nosotros, de lo que ocurriría.

Y huí.

¿Cómo pude no comprender que una pasión así no se traiciona sin pagar el precio?

XIV

Poco hay que explicar de Rose, aquella mujer inglesa con la que me topé al poco de llegar a Londres: fue lo más fácil de la huida. Nada, una tontería, un momento de insensatez. Me volví loco, al menos pasablemente loco, una locura moral que consistía en huir hacia adelante sin medir las consecuencias de lo que dejaba atrás.

Quiero pasar, me gustaría tanto pasar como por sobre ascuas, de cuánto me quema este recuerdo, de cómo me humilla en exceso. Pero es un trago necesario.

Mi idea de la salvación fue construirme una jaula para nunca escapar de ella, cerrarme los horizontes para no tener que mirar más allá de ellos y no verme así obligado a jugar con la fantasía. Mi locura consistió en dejar de experimentar nada, en los dos sentidos: en el de hacer experimentos con mi vida y en el de sentir sus efectos sobre mis sentimientos.

Dos días después de la boda de Sonia y Juan salí corriendo de Mallorca, casi sin decirle nada a Marga. «Tengo que ir a Londres», le había mascullado. «¿Qué pasa, que vas a por tabaco?», me preguntó riendo alegremente. No lo sabía ella bien.

Tiempo atrás, mi padre había abierto una sucursal de su despacho en Londres. El volumen creciente de nuestros negocios jurídicos en el extranjero lo había hecho necesario. Se decidió por Inglaterra en vez de por Bruselas, capital de la futura Europa, porque no creía en la Europa unida («¿cómo diablos se van a poner de acuerdo Alemania y Francia?, bueno, ¿y Alemania y Holanda?, ¿todo el día en guerra, todo el día matando judíos, todo el santo día invadiendo? ¿Y ahora de pronto como hermanos? Vamos, hombre»). Había mucho que hacer fuera de España, pero el negocio verdadero estaba en Gran Bretaña, las finanzas, las grandes corporaciones que empezaban a invertir en nuestro país y, como era natural, el marco legal. En realidad, mi padre había esperado a que yo terminara la carrera e hiciera mi pasantía obligatoria en el depacho de la calle de Velázquez. Cuando consideró que estaba cumplida, me mandó a Londres a estudiar Derecho financiero europeo durante un par de años. Después me hizo buscar un local en la *City*, resolver los trámites de constitución de un despacho de abogados en Gran Bretaña, contratar a unos abogados ingleses y empezar a funcionar.

El desarrollo de Casariego & Partners fue fulgurante. Nos convertimos con gran rapidez en una de las firmas sin cuyo consejo y gestiones no resultaba sensato invertir en España.

En los primeros años vivía a caballo entre Madrid y Londres. Creo que debí de ser el primer pasajero y el más frecuente de un puente aéreo imaginario entre las dos ciudades. Iba y venía hasta cinco y seis veces al mes.

Sólo que, en esta ocasión, este viaje de Mallorca a Londres fue oscuro, desesperado y pesimista. No debería haberlo sido, puesto que estaba haciendo exactamente lo que quería, pero, pensándolo ahora, supongo que no podía impedir que me remordiera la conciencia. Imagino que me estaba purgando el veneno espeso y me dolían las tripas.

En Londres llovía sin parar. Y así llegué allá, desmoralizado, taciturno, sin alcanzar a comprender mi desasosiego: ¿cómo era posible que me sintiera mal si me estaba liberando? Era culpa de Marga, ¿no? Era ella con sus excesos y su desmesura la que me había forzado a marchar. Si Marga hubiera sido un poco más racional, me habría resultado fácil quedarme. Ah sí. Pero de este modo, en cambio, me forzaba a romper con la vida. Era todo culpa suya.

Todos los malos tragos pasan, empero, y el tiempo acaba curándolo casi todo. Día a día, sin pensar en otra cosa que en mi trabajo, que era mucho, mi ánimo fue apaciguándose y fui recuperando la firmeza de propósito, la determinación que me habían arrancado de Deià. Tenía una ventaja: sabía que no iba a ser necesario enfrentarme a Marga. Marga no me llamaría. Y así al cabo de unas semanas fui recobrando el aliento. Hasta las ganas de vivir. Tomás me hubiera dicho que se me iba pasando el susto.

Y un mes después de llegar a Inglaterra quise reiniciar la vida de normalidad e invité a mis compañeros ingleses de despacho a cenar a casa. Tenía, tengo, un pequeño piso lleno de luz y cretonas en Knightsbridge.

Mis colegas llegaron con sus mujeres y con Rose. Rose es

rubia, esbelta, de ojos intensamente azules y de piel tan clara y tan cubierta de invisible vello que se diría alimentada con melocotón. También es alcohólica, pendenciera cuando se emborracha, ignorante, llena de prejuicios, desconfiada, xenófoba y muy divertida para pasar una noche de juerga. Y esto no es una broma para indicar burdamente que se trata de una mujer ruda y simpática, poco sofisticada, dada a las bromas pesadas, pero provista de un corazón de oro. No. Era como la acabo de describir. No llevaba todo esto escrito en la cara, por supuesto. ¿O tal vez sí? El único que no lo comprendió fui yo. Mi padre lo adivinó en seguida y mis compañeros de despacho no habían pretendido nada más complicado que brindarme un solaz momentáneo. ¿Quién iba a pensar que me casaría con ella? Rose no planteaba problema alguno. Sólo el divertimiento. Ah, claro, y la huida: en ella estaba mi posibilidad definitiva de fuga.

Cuando decidí que nos casáramos me había hecho, como siempre, mi egoísta composición de lugar, había acallado los gritos de mi conciencia, no, de mi conciencia, no; de mi corazón, y me había convencido a mí mismo de que estaba frente a la salida más airosa y más conveniente. Una salida arriesgada, pensaba yo. Pero la vida es de quien arriesga.

Ignoro lo que, por su parte, Rose pensó que obtendría de mí. Aún hoy no lo entiendo muy bien. No se me alcanza qué podía querer. ¿El dinero y la seguridad que no le sacaría a un compatriota? Es lo que se me antoja como más probable. Imagino que mis socios le contaron que éramos gente de dinero. ¿Posición social? Cierto, en Inglaterra no le era dado conseguirla: reconocían demasiado bien a una aventurera —a la buscona, debería decir—. Un extranjero era la única persona que podría cargar con ella si conseguía engatusarlo. Sí, me parece que todos estos elementos juntos casaban bien con su carácter y sus ambiciones en la vida. ¿Pero qué creía ella que podía esperar de España si lo único que conocía era un trozo de Marbella en verano y eso probablemente a través de una neblina alcohólica? Algún día me obligaré a consignar su curiosa y milagrera trayectoria. Ella también huía, sólo que de acreedores mucho más inmediatos y tangibles que los míos. Algún día lo contaré, sí. Pero hoy no.

¿Y yo? Cuando intento analizarme, volver a aquellos momentos y comprenderme, no sé cómo explicarlo ni cuáles fueron los mecanismos que me impulsaron a cometer tanta torpeza. Hoy llego a la conclusión de que, de pronto, me quedé sin baremos morales, de que perdí el norte, de que la dignidad dejó de importarme. Me justifiqué ante mí mismo con el engaño de que nada de mi vida personal tenía importancia puesto que lo único trascendental era mi futuro político, como si el nervio que una cosa exigía pudiera convivir con la degradación en la que la otra me sumergía.

El día en que llevé a Rose a Madrid para que la conocieran mis padres y mis hermanos no estaban ni Juan ni Sonia y Javier se encontraba en París dando un concierto mientras que Elena se había quedado en Mallorca cuidando de sus dos pequeños. Mis otros cuatro hermanos andaban cada uno por su lado estudiando o viajando o poco interesados por lo que yo pudiera contarles.

Fue un almuerzo espantoso, lleno de tensión y apesadumbrados silencios. No había avisado a nadie de la bomba que pensaba depositar en el regazo colectivo de la familia. Nadie se lo esperaba. Como, además, mis padres no hablaban bien inglés, tuve que ejercer de intérprete y transmitir, embelleciéndola, la falsedad de las palabras para así disfrazar la muy verdadera intensidad de la antipatía. Mi madre me miraba sin comprender y jamás había visto en mi padre una expresión tan apesadumbrada como la que tenía.

¿Qué más da lo que se dijera en la mesa? Una sarta de incoherencias que no soy capaz de recordar. Al terminar, mientras nos despedíamos, mi padre me dijo en tono tranquilo «me gustaría hablar contigo antes de que vuelvas a Londres. ¿Mañana por la mañana en el despacho?». Asentí.

—¿Qué vais a hacer esta noche, hijo? —preguntó mi madre sonriendo tímidamente a Rose.

—Nada, mamá, nos quedaremos en el hotel. Como os ha dicho, Rose tiene que volver mañana temprano a Londres. *You have to go back to London early tomorrow morning*—le dije a Rose a modo de explicación. Ella sonrió con amabilidad un poco ausente.

—Os diría que os quedarais en casa, Borja, pero... pero... ya sabes... es algo difícil...

—No tiene importancia —dijo mi padre con tono cortante—. Seguro que están más cómodos en el hotel. Hasta mañana, hijo. —Y cerró la puerta de casa dejándonos solos en el descansillo mientras acudía el ascensor. Mi casa. La que hasta hoy había sido mi casa.

—*Wow* —dijo Rose—, caramba, tus padres son un poco intensos.

Respondí con un gruñido.

Al día siguiente llevé a Rose al aeropuerto. Y es que durante la comida en casa de mis padres, cuando se hablaba de nuestros planes inmediatos, había recordado que tenía una cita con su ginecólogo de Londres y prefería acudir a ella antes que llamar por teléfono para anularla. Cosas de ingleses, recuerdo haber pensado. Y, como era natural, ni se me ocurrió que a lo que iba era a que le retiraran el aparato anticonceptivo intrauterino. Lo que Rose tenía muy desarrollado era el instinto de autodefensa, y el almuerzo que acababa de padecer en casa de mis padres le había encendido las señales de peligro: iba a tener enfrente a formidables adversarios que intentarían por todos los medios impedir su matrimonio conmigo. Por tanto le urgía quedar embarazada. ¡Qué mujer más idiota! No sabía ella cuán indiferente me era el hecho de la paternidad y la escasa influencia que un hijo inoportuno habría tenido en mis decisiones. Es más: si Rose se hubiera quedado embarazada a traición, es probable que no nos hubiéramos casado siquiera.

—Bueno —dijo mi padre. Suspiró y se recostó en la butaca—. ¿Quieres un café?

—No, gracias.

¡Conocía tan bien este despacho! Yo mismo había dirigido pocos años antes su redecoración. Había hecho sustituir los pesados muebles castellanos, las oscuras librerías de cristales emplomados, los candelabros de cobre, los ceniceros de columna de latón, las sillas y los sillones isabelinos por luces halógenas, cómodas butacas de cuero, mesas de cristal y burós de trabajo ingleses con tapas de cuero verde o rojo oscuro. Había hecho pintar las paredes en suaves tonos grises y había alfombrado el parqué de viejo roble en moqueta clara. Cuando digo que lo había hecho yo, en realidad me refiero a que lo había hecho yo con el asesoramiento de Marga, sobre todo de Marga.

—Tú sabes que soy un liberal.

Asentí. Poco faltó para que sonriera porque por primera vez, que yo supiera, mi padre no se había declarado *liberal de Marañón*.

—Eres mayor de edad, tienes tu profesión y tu trabajo. Cuando me retire heredarás este despacho y te harás rico.

Asentí de nuevo.

—Tus escritos y tus artículos en los periódicos y en *Cuadernos para el Diálogo* son respetados y leídos... De hecho —añadió arrellanándose mejor—, de hecho —se metió la mano en el bolsillo interior de la chaqueta, sacó un paquete de cigarrillos negros, extrajo uno, se lo puso en la boca y lo encendió con un mechero de oro que yo le había regalado con mi primer sueldo. No se guardó el encendedor sino que lo mantuvo en la mano, y así estuvo, jugueteando con él, durante el resto de nuestra conversación—... De hecho no me parece descabellado pensar que tienes por delante una carrera política de primer orden. A Franco no le queda mucho tiempo, ¿verdad? —Hice que no con la cabeza—. Dime una cosa, entonces. —De pronto el tono de su voz se hizo más firme, menos paternal—. ¿Cómo es posible que te quieras casar con esa chica? ¿No comprendes que echas todo por la borda?

No dije nada.

—¿Y Marga?

—¿Qué, Marga?

—No entiendo nada. ¿No ibais a casaros? ¿Qué ha pasado?

—Nada, papá, no ha pasado nada. Sólo que no nos casamos.

—Pero, vamos a ver. Lleváis, yo qué sé, diez, doce años de novios. Doce años acostándoos —me miró directamente a los ojos—. Sí, hombre, no te sorprendas. ¿Qué crees, que no lo sabía?

—No. Pensé que tú, precisamente tú, no te habías dado cuenta.

Rió.

—¡Pero, hombre, Borja! ¡Si volvías a casa con las piernas temblando y la espalda llena de arañazos, hombre!

Me encogí de hombros.

Levantó la tapa del encendedor y prendió fuego. Lo miró durante unos segundos y volvió a bajar la tapa con un chasquido.

—No hace ni seis meses, en la boda de Sonia, estabais como dos tortolitos Marga y tú. ¿Y ahora me vienes con que de lo dicho nada? No te creo. Os habéis peleado —afirmó con determinación.

—No, papá. No nos hemos peleado. Es sólo que no me quiero casar con Marga... no sé... que no la quiero lo suficiente como para casarme con ella...

—¿Y a esta chica la quieres lo suficiente?

—Claro que sí.

—Ya, la quieres lo suficiente —repitió arrastrando las dos últimas palabras—. Y a Marga ¿se lo has dicho?

Hice que no con la cabeza.

—No es necesario.

—¡Y una mierda no es necesario! —exclamó de pronto con violencia—. ¿Me quieres decir que plantas a tu novia y no te parece conveniente contárselo?

—Hace seis meses que ni nos hablamos.

—¡Paparruchas! Hace seis meses porque Marga es una pachorra isleña que no se altera por nada y está acostumbrada a esperar.

Ya, pensé para mis adentros.

—No, papá. No nos hemos vuelto a ver y, qué quieres que te diga, mi relación con Marga se acabó. ¿No lo ves? —No pude impedir el tono de desesperación—. Me voy a casar con Rose...

Se empujó hacia atrás, cerró los ojos y respiró profundamente. Después, muy despacio, dijo:

—¿Cómo es posible que puedas llegar a pensar en casarte con una mujer así?

—¡Papá! Te tengo mucho respeto, pero te prohíbo que hables así de Rose.

—¿Prohibirme? ¿Tú? No digas tonterías. Tengo el sacrosanto derecho de decirte lo que quiera. Eres mi hijo... Pero no te preocupes, no te voy a matar —sonrió—. Si después de esta conversación sigues pensando igual y queriéndote casar, no seré yo quien te lo impida. No, hijo, no. Yo no te respeto. Yo te quiero, ¿me entiendes?, te quiero más que a nada. Eres, eres mi hijo primogénito. Eres mi preferido —bajando la voz—. Mi preferido. ¿Y quieres que me calle cuando estás a punto de cometer una tontería mayúscula? Ni lo sueñes.

Nunca me lo había dicho, nunca había contado sus preferencias y sus amores a nadie de su entorno. Yo no se lo había oído nunca. Oh, Dios, no se lo había oído nunca. Ni a mí, ni a Javier, ni a Sonia, ni a los demás. Ni a Sonia sobre todo, por la que era evidente que, aunque con gran disimulo, sentía ternura y debilidad.

—¿Qué crees? ¿Que voy a estropear mi futuro político

por casarme con Rose? Por Dios, papá. Esas cosas no influyen para nada.

Levantó las cejas.

—Sí que influyen, Borja. Pero... —Sacudió la cabeza—. No, hombre, no. Lo que creo que te vas a estropear seriamente es tu vida personal, hombre de Dios. Tú quieres a esa mujer tanto como yo a una rana...

Me enderecé en mi asiento.

—¡No digas eso!

Levantó una mano en señal de paz.

—Vale, bien, bien. No digo eso. Perdona, perdona. No quiero ofenderte, nada está más lejos de mi intención que ofenderte cuando te estoy declarando mi amor, hijo. —Bajó la cabeza y, con un susurro, repitió como si no comprendiera—: Te estoy declarando mi amor, ¿para qué querría ofenderte?

Se me hizo un nudo en la garganta. Hoy, tenía que ser precisamente hoy el día escogido por mi padre para decirme por primera vez en mi vida que me quería. Hoy, Dios mío.

Por fin pude tragar saliva.

—Sé bien que no quieres ofenderme, papá... Pero tampoco puedes despreciar mi decisión de esa manera.

Cerró exageradamente los ojos.

—No sé lo que ocurrirá entre tú y yo cuando terminemos esta conversación. Ruego al cielo que nada, pero mi obligación como padre es decirte lo que te voy a decir: si te casas con esa mujer, te arruinarás la vida. —Levantó una mano para que no le interrumpiera; la mano en la que tenía el encendedor. Debería haber comprendido el tremendo esfuerzo de moderación, de autocontrol, de tensión propia que estaba realizando mi padre. Pero no: sólo pensaba en defenderme—. Espera, déjame terminar. Esa mujer que trajiste a casa ayer...

—Espera, espera, no puedo permitir... esa mujer se llama Rose...

—Rose, puesto que quieres. Rose, a la que trajiste a casa ayer, ya sé, ya sé, es inglesa y no sabe español y por eso no puede comprendernos todavía. ¿Cuándo va a aprender español? ¿O crees que aquí, como mujer de un ministro o de un diputado o de lo que sea que haya después de Franco, podrá pasar por la vida hablando inglés?

(Yo ya se lo había dicho a Rose y ella había empezado, decía, a estudiar español por el método Assimil. Un esfuerzo bastante poco entusiasta, la verdad sea dicha, pero yo no lo quise ver. Estaba dispuesto a no ver nada. Rose, como muchos ingleses, era singularmente inepta a la hora de aprender idiomas; es más, le parecía que tenía poca importancia no hablar otras lenguas. Bastaba con el inglés para circular por el mundo. En eso era insular como muchos de sus compatriotas, pueblerina en exceso.)

—No, no. Está aprendiendo...

—¿Desde cuándo? Porque ayer no dijo ni una palabra, ni adiós ni gracias en español. Y eso se aprende hasta en las películas de Hollywood... De modo que... Pero es lo de menos. Hay más. Yo la miraba ayer en la mesa. Y te juro, hijo, que nunca he visto a nadie más lejos de nosotros, de lo que pensamos, de cómo reaccionamos...

—¡Pero si no la entendías!

—Ni falta que hace. Tengo ojos en la cara, Borja... ¿Cómo te lo diría?... Rose no es de los nuestros. No nos entiende, no, qué va, no quiere entendernos, le parecemos gente de segunda clase, ya sabes, los españoles en Londres somos criadas y enfermeros. ¡Pero, hijo, por Dios! ¿No le veías la mirada de desprecio hacia todos nosotros cuando no comprendía nada de lo que estaba pasando?

—Pero ¿qué dices?

—Yo la miraba, oh sí, la miraba... ¿qué crees, que no soy capaz de entender lo que hay en las miradas de la gente?, la miraba y no había cariño hacia ti, no había, cómo decírtelo, «no entiendo nada pero esto lo hago por ti». No no. ¡Había desprecio! —Él también dijo esto último con desprecio y con rabia.

—¡No es verdad!

—¿No es verdad? Ay, hijo mío, Borja, qué ciego estás. Dime una cosa: ¿de qué libros habláis cuando habláis de libros, de qué teatros, de qué poesía?.

¡Ah, qué dardo tan certero! Me levanté de la butaca y puse las manos sobre la mesa de despacho de mi padre. Me incliné hacia adelante.

—¡No estoy ciego! ¿Me oyes? Y tú no puedes, no te permito que malinterpretes a Rose de esa manera tan zafia.

Fue como si le hubiera dado una bofetada. Cerró los ojos, estuvo un momento callado, y por fin dijo con entonación muy tranquila:

—Haz lo que quieras, Borja. Eres mayorcito. Haz lo que quieras. Ya pagarás el precio. Y cuando lo pagues, aquí estaré para recoger los pedazos. —Le temblaban los hombros y a punto estuvo su voz de quebrarse—. Pero mientras tanto, te ruego que no nos impongas a Rose. No tenemos nada que ver con ella, no queremos tener nada que ver con ella. Es tu vida.

Tú serás siempre bienvenido en mi casa, que es la tuya, pero...

—Ah no, papá. O los dos o ninguno. Ya somos mayores para jugar a que no veo las cosas...

—Eso mismo te he estado diciendo...

—... Para jugar a que no veo las cosas. Rose y yo somos una sola... estructura y o los dos o nada. Adiós.

Me enderecé, giré sobre mí mismo y fui hacia la puerta.

Entonces mi padre gimió. Volví la cabeza sorprendido. Estaba muy pálido.

—¿No lo entiendes, hijo mío? Te estoy diciendo... no, te estoy implorando que no hagas lo mismo que yo hice. ¿Qué quieres? ¿Una compañera igual a la que yo he tenido durante treinta años? ¿El mismo desierto? ¿La misma soledad? No lo hagas, por Dios santo te lo suplico... Te morirás mil veces por dentro y al final no te quedará nada. ¿Qué me queda a mí si te vas?

Pero ya no quise escuchar. Apreté los labios, me giré hacia la puerta, la abrí y salí del despacho.

Josefina, la secretaria de mi padre, levantó la cabeza de lo que estuviere haciendo y dijo:

—Te ha llamado Tomás, que no dejes de llamarle.

Estaba demudada.

Me fui sin decir nada, bajé a la calle y recorrí andando el buen trecho que hay entre la calle de Velázquez y la de Mesón de Paredes. Entré en el bar Lavapiés.

—A la paz de Dios —dije.

Tomás estaba solo detrás de la barra. No había nadie en el local a esa hora intermedia de la mañana.

Me miró, pasó el trapo una vez por la encimera, como habría hecho su madre para sacarle brillo, y dijo:

—Joder, Borja, si le tienes miedo a Marga, sal corriendo, pero no hagas esta gilipollez. ¿Quieres un vino? Tienes cara de que te hace falta un vino.

Negué con la cabeza y, sin detenerme, hice ademán de darme la vuelta e irme.

—Espera, hombre, espera. No te lo tomes así. Vale. No digo más. Si quieres hacer el gilipollas, es tu problema, venga.

—No voy a hacer el gilipollas, Tomás.

—Ah no, majo. Haces lo que te da la gana, no quieres que te diga nada, que para eso están los amigos, no te digo nada y te ofrezco un vaso de vino. Pero a mí no intentes convencerme además... De modo que no hablemos más del asunto. Cuando quieras, aquí estaré si estos hijos de puta no me dan garrote vil antes. Y cuando la cagues seguiré estando aquí para recogerte los trocitos. —Soltó una carcajada—. Los trocitos que te deje la inglesa. Con los demás hará Marga carne picada como te llegue a poner la mano encima.

—Eso mismo me ha dicho mi padre.

—¿Que como Marga te pille...?

—No. Que estará aquí para recoger los trozos.

—Claro.

Me encogí de hombros. Tomás me sirvió un vaso de vino.

Pocos días después, de regreso en Londres, me llamó don Pedro desde Mallorca.

—Ya te imaginas, ¿no?

—Sí —dije.

—¿Por qué, Borja?

—A usted se lo puedo decir, padre. A lo mejor me entenderá mejor: es más pacífico, más tranquilo. No creo que la vida de un hombre tenga que ir jalonada de sobresaltos...

—El reposo del guerrero, ¿eh?

—Pues sí. Tengo muchas cosas que hacer en la vida y Marga no me dejaría. Marga exige demasiado de mí.

Hubo un silencio al otro lado de la línea. Luego, un gruñido.

—Bueno. No estoy muy seguro de esto, Borja. Me preocupa, me preocupa mucho. ¿Por qué no nos vamos tú y yo solos a algún lugar remoto —rió—, ya sabes, a unos ejercicios espirituales o así, y analizamos la situación? No sé... Sabes que te apoyo siempre y que me fío de tu juicio, sabes que desconfío un poco de las pasiones carnales como la tuya con Marga, o más bien la de Marga contigo... pero, no sé, me gustaría convencerme de que estás verdaderamente seguro de lo que vas a hacer, ¿eh?

Sonreí.

—Bueno, *páter*, el problema es que esto ya no tiene remedio. Nos casamos mañana.

—Ya... Bueno, qué le vamos a hacer. Si estás seguro... ¿Te puedo dar un consejo cínico y nada sacerdotal? No te cases por la Iglesia. —Le oí sonreír—. Dicho lo cual, Borja, de todos modos, esto no puede seguir así. No puedes romper así con tu familia, ¿estás de acuerdo? Tienes que volver a hablar con tu padre, Borja, y con tu madre.

—Si hablo con él, padre. Con mucha frecuencia, además... Y mi madre...

Las conversaciones telefónicas con mi padre estaban siendo rápidas, duras, sin concesiones al sentimiento, puramente profesionales. Ni una sola vez habíamos aludido a nuestra discusión en su despacho.

—Ya, asuntos del despacho, claro. No es eso lo que digo. Digo hablar con él, Borja, en serio...

—Buf, bueno, ya llegará. Hay que darle tiempo al tiempo, ¿no? Ya llegará. Todo esto ha sido muy duro.

—Pero no ha sido culpa de ellos.

—Ya. Qué se le va a hacer.

También me llamaron los demás. Biel, Andresito, las Castañas, Domingo, Javier. Uno detrás de otro quisieron saber la razón de mis actos y yo se lo expliqué con infinita paciencia. No se me ocurrió colgar el teléfono a ninguno de ellos. Eran mi gente, tenían derecho a una explicación. Javier, además, venía a Londres con frecuencia a dar conciertos. Fue el único que estableció una relación amistosa con Rose. Se veían, no se estorbaban, a ella le gustaba el *glamour* de la relación con un concertista famoso al que invitaba a cenar y podía exhibir con orgullo. Y él, con su blandura habitual, no se metía en camisa de once varas, no se enfrentaba a nada.

Juan fue el primero en llamar. Me preguntó lo que había pasado.

—Nada, Juan, no sé cómo decírtelo, qué quieres que te diga, tu hermana y yo no encajábamos, ¿eh?

—Pero tú y yo seguimos siendo amigos, ¿no?

—Claro, hombre, estaría bueno.

Jaume, en cambio, no llamó. Al principio me dolió.

Ahora sé bien por qué no lo hizo: él sabe que cada cual tiene derecho a sus equivocaciones. Y las mías eran exclusivamente mías. Para él, las equivocaciones no forman parte del proceso del aprendizaje de la vida. Son lo que constituye estar vivo. Un acervo vital que es indispensable respetar. De haber sido yo un niño, Jaume se habría entretenido con paciencia en explicarme lo que es una equivocación, por qué la estaba cometiendo y por qué debía evitar cometerla si no quería sufrir. Siendo yo una persona mayor, sin embargo, consideraba que se habría injerido en mi espíritu al darme un consejo no solicitado. Respetaba demasiado la opinión del prójimo y yo no le había requerido la suya. Una lástima porque era la única opinión desapasionada a la que habría prestado oído atento.

Marga no dio señales de vida.

El día que Javier llamó para decir que nuestro padre había muerto de un ataque al corazón, Rose estaba embarazada de siete meses y llevábamos casados cinco.

Papá fumaba demasiado, dijo Javier, la presión del despacho era grande, tenía la tensión arterial por la nubes, fue visto y no visto. Nunca me dijo «lo mató el disgusto». Y yo nunca me lo planteé siquiera. No hubiera podido seguir viviendo.

Rose no me acompañó al funeral. Hicimos el paripé de que su avanzado estado de gestación lo hacía poco aconsejable. El niño ante todo. El niño ante todo... Válgame.

Para qué explicar lo que fue el funeral. Vinieron todos, todos, hasta varios ministros del gobierno. Todos me saludaron, unos con respeto, otros con condolencia, otros con curiosidad (¿no era yo la estrella emergente, el nuevo político no rupturista, una de las posibilidades para después de la muerte de Franco?). ¡Cuánta vanidad!

Los míos, mi pandilla, estaban entristecidos e impresionados, sobre todo impresionados: mi padre había sido una roca para todos, el punto de referencia, el hombre severo al que todos habían temido, el hombre respetado del que todos habían buscado la aprobación y, en ocasiones, el consejo. Su muerte equivalía casi a la pérdida de sus propios padres y, por consiguiente, estaban ahí menos para manifestarnos tristeza por nuestro dolor que para estar tristes ellos mismos. Nos abrazamos todos. Incluso Marga vino hasta mí y sin decir nada, mirándome a los ojos sin pestañear como cuando se daba la vuelta después de comulgar, me puso una mano en la mejilla. Luego se apartó y desapareció.

Don Pedro también estuvo presente desde el primer momento. Me abrazó fuerte fuerte y estuvo así durante un buen rato, sin decir nada, sin murmurar una palabra de consuelo, simplemente abrazado a mí. Luego extendió su brazo derecho e incluyó a Javier en el abrazo. Después se separó de nosotros y fue a refugiar a mi madre en sus brazos, y también permaneció así, en silencio, por largo tiempo. El muy farsante.

Lloré. Naturalmente que lloré. ¿Quién iba a poder aguantar tanta tensión emotiva? Pero fueron unos días solamente. Pronto comprendí que no podía vivirse sometido a la constante presión de la tristeza. Perdí en seguida la añoranza de los momentos en los que mi padre se encontraba más cerca de mí, y después, de inmediato, empecé a olvidar todo de él. Así son las cosas de la vida.

El hecho es que me quedé en Madrid para poner orden en las cosas de la familia y del despacho. Era lo que se esperaba de mí y me dispuse a cumplir con mi obligación con toda naturalidad. Ello requeriría mi presencia casi continua en España y no perdí un segundo en lamentar no poder estar en Londres acompañando a Rose cuando naciera nuestro hijo. O a lo mejor sí podría estar; daba igual. Esto era precisamente lo que había pretendido al casarme con ella y no con Marga: poder hacer las cosas de mi vida profesional, política y pública sin tener que soportar urgencias y exigencias de mi esfera más personal. Con Rose, mi intimidad pasaba al último lugar; con Marga no podía más que estar en primera línea.

De hecho estuve en Londres cuando nació Daniel. Fue una casualidad profesional, pero allí estuve.

Dios mío. Da la sensación de que aquel matrimonio de conveniencia fue rígido, frío, antipático y, sobre todo, poco cordial. No es así. Rose era divertida y hubo meses, muchos meses que pasé en Londres durante los tres años siguientes, en que nuestra relación fue de cordialidad, incluso apacible. Daniel crecía en la nueva casa de campo que yo había comprado para nosotros en el condado de Berkshire y pasábamos el tiempo sin sobresaltos.

Rose bebía, claro, pero se controlaba bastante bien y su alcoholismo sólo se le notaba en la belicosidad del atardecer, *the evening's belligerency*, como llamábamos a las tensas peleas que por una mezcla de suspicacia y whisky estallaban entre nosotros con regular frecuencia. Los motivos eran siempre una idiotez, y me parece que lo que más enfurecía a Rose era detectar, gracias a una especie de sexto sentido alcohólico, el desprecio que sentía por ella, por su ignorancia supina, por sus respuestas a todo tan reaccionarias e inspiradas siempre en los editoriales más racistas y xenófobos de cuantos había leído en la prensa amarilla de la mañana. Con frecuencia tenía ganas de abofetearla, pero se me pasaban una vez que, regresados a casa, ya no había testigos de la humillación que provocaba en mí tener a una mujer borracha a mi lado.

Una vida sencilla, en realidad, sin sobresaltos, sin demandas sentimentales. Poco a poco iba ganando aquella batalla de equiparar el nervio que me exigía la vida pública a la degradación de mi vida íntima. Se podía hacer y el precio era mínimo. ¿Y qué me importaba cuál fuese? Todo esto era una obra de teatro y yo su único verdadero actor, porque yo solo era el único que actuaba sin comprometer el corazón en la comedia.

Incluso la vez en que acudí a Palma de Mallorca a visitar a don Pedro para obtener de él el beneplácito para la anulación del matrimonio de Javier y Elena, incluso en esa ocasión fue como una partida de ajedrez sin alma. Acorralé a don Pedro y lo llevé hasta el borde de la aniquilación. Luego no tuve más que esperar de él que, aprovechados todos los recursos que me daba el largo conocimiento del adversario, vencido el enemigo por la lógica, pidiera una salida honorable.

Discutimos durante largo rato sobre la anulación canónica y las posibilidades de que Javier se beneficiara de ella. Don Pedro, que no es ningún tonto, no quería salirse del campo de la religión, que era donde estaba seguro del dogma y de donde, de no dejarse un flanco descubierto, yo no podría sacarle jamás hacia mi terreno de las necesidades humanas. Ah, pero nuestro buen cura era un sentimental.

—¿De qué me estás hablando? Me parece, Borja, que te estás inventando una obligación que nunca contraje...

—¿Que nunca contrajo? ¿Que nunca contrajo? ¡Venga, hombre, don Pedro! ¿Quiere que le recuerde sus palabras? Sois mis chicos, dijo, y nunca os fallaré, aquí estaré siempre, seré vuestro consuelo, vuestro amparo... Acudid a mí, dijo, acudid a mí, que yo os ayudaré si me necesitáis. ¿No nos dijo eso? Siempre me pareció que usted nos prometía ayuda, que éramos como sus hijos y que iniciaba con nosotros una especie de cruzada del bien. ¡A ninguna de las ovejas se le permitiría descarriar!

—No te burles de mis sentimientos, no te rías de mis compromisos, ¿me oyes?... No tienes derecho a hacerlo y no te lo voy a permitir... No tienes derecho a ser tan frívolo. Te voy a decir lo que me pasa con la nulidad del matrimonio de tu hermano. Es verdad, ¿eh?, es verdad que por encima de todo empeñé mi palabra por vosotros. Que me juré que os ayudaría. ¡Claro que sí! Pero ¿anular el matrimonio de Javier? ¿Es lo que le hace falta? ¿De verdad? ¡Convénceme! ¡Venga!

Acababa de ganarle la partida.

—Estamos hablando de su salud mental y de la de Elena. Estamos hablando de la felicidad y bienestar de mis dos sobrinos. Estamos hablando de un mundo como es el de Javier, lejos del concepto religioso de la vida. ¿Salvación? ¿Y qué le importa a Javier la salvación? ¿No es mejor que Javier bendiga una religión misericordiosa antes que maldecir al

Dios que le niega otra oportunidad? Lo digo con total seriedad, *páter*, somos sus chicos, esos a los que prometió amparar. Pues ahí tiene usted un chico al que amparar antes de que se vaya, abandone su Iglesia, viva para siempre en pecado y acabe condenándose. Una pequeña mentira sola arreglaría eso. ¿No merece la pena?

Don Pedro soltó una sonora carcajada.

—¿Una pequeña mentira? ¿Eso es lo que tú llamas una pequeña mentira?

—Bueno, una pequeña mentira jesuítica. En este caso, el fin justifica los medios. Nadie lo sabrá nunca...

—Excepto Dios...

—Sí, pero él se lo va a perdonar porque la causa es buena.

Apoyó el codo en el reposabrazos y apretó el pulgar y el índice de su mano derecha contra los ojos. Seguro que estaba haciendo elenco de todos los argumentos de que disponía para destrozar los míos. Pero no los invocó.

—Te diré lo que vamos a hacer, Borja —concluyó por fin—. Javier se va a venir conmigo de ejercicios espirituales... Pero unos largos ejercicios espirituales. Nos vamos a ir lejos, al monte Athos, en Grecia, una isla en la que sólo se permite la entrada de hombres, incluso si no son monjes —sonrió—, hasta las ovejas están prohibidas, y allí vamos a pasar quince días meditando y rezando. Y allí me va a tener que convencer Javier de que es justo que obtenga la nulidad de su matrimonio.

Me faltó poco para reclinarme en mi asiento y que se me escapara una sonrisa triunfal. Lo habría estropeado todo. No lo hice.

Fue a mi regreso de Mallorca un día antes de lo previsto cuando sorprendí a Rose en la cama con uno de mis compañeros de despacho.

Una historia anodina en realidad.

XV

Hay un olivo al pie de mi casa en Lluc Alcari que en la luz del atardecer se asemeja a un atleta lanzado hacia adelante y por siempre inmóvil. Corre para llevar la llama olímpica al estadio y una de sus ramas, desnuda y fuerte, estirada al frente, con los siglos se ha convertido en un brazo cuyo extremo sostiene una antorcha de hojas y aceitunas. La enciende el sol cuando está punto de hundirse en el mar. Los dos troncos que lo sujetan al suelo son piernas poderosas, doblada una, recta la otra, con las raíces casi al aire para prestarle la levedad del viento.

Lo contemplo durante horas desde la terraza.

Se dice que Gustavo Doré estuvo aquí el siglo pasado buscando inspiración para sus grabados sobre el «Infierno» del Dante. No es descabellado pensarlo porque el olivar de Ca'n Simó ha crecido de tantas maneras que en las noches de luna llena se diría que lo pueblan mil fantasmagorías. Sin embargo, lejos de resultar siniestra, su hojarasca ondula suavemente en la noche y se superpone a las olas del mar en vivos juegos de plata. Como gran símbolo de paz, se mece con la fuerza de la tierra que le da vida. Éste es un refugio para druidas que se movieran silenciosamente por entre las encinas en busca de plantas mágicas, es un jardín de enamorados, a veces un terrible campo de batalla de los vientos, a veces un huerto para banquetes de bodas campestres en los que la novia, vestida de tul, se pasea girando como una peonza con el pelo sembrado de margaritas y amapolas, a veces paseo para uso de melancólicos, poetas y pintores...

También paso muchas horas leyendo en esta terraza, sentado en esta butaca de mimbre frente al mar.

Aprovechando el torreón medio derruido de nuestros juegos y amores, hice construir sobre él la pared maestra que sostiene la casa. Digo a los visitantes que la casa se remonta a tres o cuatro siglos de antigüedad porque las escasas piedras que le dieron origen tienen, en el mejor de los supuestos, unos cien años. Son viejas viejas y sirven de alimento para cualquier fantasía. Lo digo en tono de broma pero los visitantes forasteros siempre me creen. Y cuando las piedras se hayan dorado dentro de cuatro o cinco años nada permitirá distinguirlas de las de un viejo caserón. Las esconderán de la vista, además, las adelfas y jazmines y buganvillas que en ese tiempo habrán crecido.

Hubo que levantar un gran muro de piedra para situar sobre él la terraza que, casi terminada la construcción, decidí añadir, un rectángulo de tierra en el que colocar una palmera, un porche que protegiera de los rigores del sol de mediodía y media tarde y un pasillo ancho de yerba y plantas. También quería yo ponerle un ciprés y allí se plantó. Hoy empieza a crecer, pero no estoy seguro de que sea un acierto: estorba la vista y, si se ensancha más, lo mandaré cortar. La palmera estuvo cerrada durante un año para que se asentara y sólo en abril pasado le soltamos las cuerdas vegetales que la ataban; la limpió el jardinero y le cortó las palmas secas. Ahora, las palmas más altas y jóvenes se mecen jugosamente en la brisa.

A la izquierda de la terraza, mirando directamente hacia el oeste se divisa mi panorama preferido. En primer término, a unos ciento cincuenta o doscientos metros, el promontorio sobre el que se yergue la vieja casa del obispo, proyección del pueblo de Lluc Alcari que le está a la espalda. Cuando el sol se ha puesto en el mar y sólo queda alguna nube rosa en el horizonte, sobre el resplandor amarillento y violeta del cielo destaca la vieja casa como una sombra chinesca recortada en papel negro: brotan en ese paisaje de cartulina las siluetas de los edificios y las *logias* y las palmeras. Encima, muy arriba, luce solitaria y brillante Venus, la primera en aparecer.

Un poco más allá, detrás de Lluc Alcari, pero levemente más a la derecha para quien la mira desde mi terraza, punta Deià se cierra sobre la cala, dando nacimiento a toda la bahía que está delante. Entre mi terraza y el mar sólo hay bancales de olivar y, más abajo, el bosquecillo de grandes pinos que esconde la orilla y sus diminutas calas de las miradas indiscretas. ¡Cuántas veces, en los años de mi extrema juventud, los enormes árboles y el encinar que les está debajo, junto con lo escarpado de los bancales que se van desmochando hacia el mar, nos protegieron a Marga y a mí de ser descubiertos cuando nos amábamos al sol!

Cerré el libro que tenía entre las manos (recuerdo bien que estaba releyendo *Cien años de soledad*: en los momentos de tensión es como un bálsamo que me relaja y me llena de ensoñaciones) porque me resultaba cada vez más difícil distinguir los renglones en la oscuridad creciente. Sólo entonces levanté la vista buscando a mis viejas amigas: Júpiter aparecería pronto debajo de Venus, a la derecha resplandecería en seguida la estrella Polar y, muy debajo de ella, la Osa Mayor. Y después, a la izquierda, Arturo y Spica.

Mañana es la boda de Javier, pensé, por no pensar mañana es la boda de Marga. ¿Ha valido la pena desperdiciar tantas ocasiones, saber una y otra vez que era mía y no hacerla mía? Me encogí silenciosamente de hombros: en realidad ha sido mía durante los últimos veinte años, sólo que nunca he alargado la mano. O a partir de ahora estaré solo. O Daniel, que ahora duerme en su pequeña cama allá arriba, será mi única compañía profunda.

De pronto, alocadamente, me puse a buscar en el cielo del crepúsculo a quienes serían mis compañeros a partir de ahora. ¿Quedaría alguno? Mañana moriría para siempre nuestra pandilla. Habríamos crecido por fin hasta la madurez, todos juntos como un grupo de tiernos actores de teatro, tapándonos nuestros miedos, ayudándonos a escondernos nuestros defectos, y mañana volaríamos. ¿Quiénes serían los amigos míos después?

Mañana, pensé, tendremos que mirarnos y aceptar la soledad. Es ahora cuando toca pagar por nuestra adolescencia compartida con otros adolescentes. Y el precio será alto porque salimos desvalidos de esta etapa de treinta y cinco años que ahora concluye. No estamos preparados. ¡Ah, los grupos de la adolescencia! Todos juntos, unos muletas de otros hasta más allá de lo razonable, en realidad deberíamos habernos disuelto con los primeros calores. La prolongación de la adolescencia es malsana. La superación colectiva y solidaria de los males del crecimiento es imposible, entre otras cosas porque prolonga la adolescencia hasta la edad madura. ¡Oh no!, pensé: la juventud es una enfermedad que debe superarse a solas; y no es posible discurrir por la vida con el mismo lenguaje y los mismos interlocutores que en la infancia. ¿Qué es esto de progresar colectivamente? La vida es la vida, no una sociedad anónima.

Bah. Marga se casaba mañana. La fiesta sería grande y, al concluir, yo volvería aquí a seguir intentando descifrar a Daniel y a esperar.

—Qué silencioso está esto, ¿verdad? —dijo desde detrás de mí Marga en un susurro. Me sobresalté y después me quedé quieto, completamente paralizado de terror y de sorpresa.

—Te has pegado un susto de muerte —dijo Marga con malicia.

Tragué saliva.

—Bah. —Carraspeé.

—Qué silencio, ¿eh? —repitió.

Cerré los ojos.

—Sí, mucho.

—Era lo que tú querías, ¿verdad?

—Sí, era lo que quería. Para eso he vuelto. —Debí haber añadido «para eso he vuelto al mismo patio de siempre, el de las risas, los lloros y las derrotas que me angustia», pero no lo hice.

Me di la vuelta para mirarla. Traía puesta una camisola de algodón y unos viejos pantalones vaqueros. Se hubiera dicho que tenía dieciséis años y las mismas piernas largas largas de un potro recién parido.

Con lentitud subió sus manos hacia la nuca y se fue deshaciendo el moño, y toda la tirantez de sus facciones y de sus ojos se relajó de golpe y se le dulcificó la mirada.

—¿Sólo por eso? Creí que habías venido para meditar antes de que te llame Adolfo Suárez porque te va a hacer ministro de Justicia. —Lo dijo con levedad, para reírse suavemente de mí.

—Sí, creo que me hace ministro de Justicia.

—¿Seguro? —Sonrió.

—Bueno, casi seguro. Sabes lo que me apetece. Siempre quise ser político porque siempre estuve convencido de que podía prestarle un servicio al país, ¿no? Me animaste a ello muchas veces.

—Sí, claro. Y como para ser político hay que ser frío como un pez...

—Marga...

—No me hagas caso. —Se metió las manos en la mata de pelo negro y se lo peinó hacia arriba con los dedos, mezclando la parte izquierda de la melena por debajo de la derecha, como en el comienzo de una trenza—. Sólo digo tonterías. Has venido en busca de paz. ¿Sólo por eso?

—Oh sí, Marga. Sólo por eso. Bastantes desastres he provocado en mi vida como para pretender otra cosa.

—Es verdad —dijo asintiendo con la cabeza. Se acercó hasta donde yo estaba y puso una mano en el respaldo del sillón de mimbre. Miró hacia el horizonte—. Es verdad, claro. Los desastres te son achacables porque partían de ti y volvían a ti y nos envolvían a todos. En el fondo, tú has sido el punto de referencia de todos nosotros durante —resopló despacio— ¿veinte años?.

—No, Marga. Fuiste tú. Tú fuiste el punto de referencia...

—Yo fui la más fuerte, Borja... Ay, Borja. Pero tú, tus sueños, tus idas, tus venidas, tus amores y sus consecuencias, tú fuiste el centro alrededor del que girábamos los demás.

—Ah, bah, qué más da —dije con cansancio.

Marga fue a sentarse en el muro que cierra la terraza, justo delante de mí, de espaldas al mar. Movió la cabeza para liberar su pelo y hacer que cayera hasta casi su cintura.

—Te he echado de menos, Borja. —Rió su risa ronca que tanto me angustiaba—. ¿Cuántas veces te he dicho que te he echado de menos en estos años? ¿Mil? Y ahora ya no sirve de nada.

Me miró en silencio y, un momento después, por la mejilla le rodó una lágrima, una sola. No la apartó con rabia como otras veces; la dejó rodar hasta la barbilla y que le asomara como un punto de luz por la mandíbula tan firme, tan limpia, y que acabara cayendo sobre la camisola. Allí quedó un segundo redonda como una perla hasta que se disolvió en el tejido.

—Sí sirve, si quieres, Marga. Aún estamos a tiempo. —Lo dije así, de un golpe, sin respirar—. Yo... —Y me callé, sorprendido.

Marga me miraba sin decir nada, ¿con qué pregunta o con qué furia en los ojos?, no sé... Luego se inclinó hacia adelante y puso una mano en cada reposabrazos de mi sillón de mimbre.

—Aún estamos a tiempo ¿de qué? —susurró—. ¿De qué, Borja? ¿De destruir la vida de tu hermano, de romper nuestras familias en dos? Oh, Borja, Borja. He esperado veinte años a que me dijeras una cosa así y, cuando por fin la dices, nada tiene ya remedio. —Adelantó su cabeza y me miró desde abajo. La melena le colgaba a cada lado de la cara. No había rencor en su mirada ni malevolencia, ni siquiera pasión. Sólo dolor—. ¿Entiendes que ya no hay remedio? Dime, ¿lo entiendes?

La cogí de las manos y, desprendiéndoselas de los reposabrazos, las traje hacia el frente. Sólo tuve que tirar con ligereza hacia mí y Marga entró en mis brazos de un solo movimiento fluido.

Todo lo reconocí al instante: sus labios como una uva sin piel, sus cejas tan crueles y tan suaves, la punta de su nariz resoplándome olores de fresa, sus pechos suaves y fuertes bajo la camisola, su cintura, tan quebradiza y ondulante...

Los siete años transcurridos desde la última vez se derritieron como un pedazo de hielo al sol.

Me puso las manos en los hombros y, apoyándose en ellos, se apartó de mí. También me estaba mirando igual que veinte años atrás, recuperada toda la virginidad, dispuesta a entregarla de nuevo como si nada se interpusiera entre nosotros. Tampoco nada se interponía entre nosotros veinte años atrás. Sólo mis miedos.

—¿Sabes que sé que esta terraza era para mí?

Asentí sin decir nada.

—Claro que lo sabes. Al principio no iba a haber. Los planos, la distribución de los cuartos, las ventanas, las vistas al mar, el hogar donde se hace el fuego... todo eso lo decidí yo para los dos. ¿Te acuerdas? Pero no iba a haber terraza. Sólo los bancales. ¿Eh? Y la has hecho para mí.

Asentí de nuevo.

—Recuerdo que en los planos te hice cambiar la orientación de la casa cuatro grados para que desde el ventanal del salón pudiera divisarse Lluc Alcari en las tardes de invierno. ¿Te acuerdas?

—Tú eras el arquitecto, Marga.

—Ya. Pues a partir de ahora te prohíbo que vivas con nadie en esta casa... «Sa Casa des Vent.» Te hubiera prohibido hasta que le cambiaras el nombre. Pero no lo ibas a hacer, ¿eh? ¿Sabes que si hubieras venido aquí a vivir con la inglesa la habría matado?

Reí silenciosamente.

—Sí que me lo imagino. Habrías venido en una noche de luna llena con un gran cuchillo de cocina y la habrías apuñalado treinta veces, tantas como años tiene... Y luego le habrías arrancado el corazón y te lo habrías comido.

Se le escapó una carcajada confiada.

—Mira, eso no se me había ocurrido, pero le habría dado un buen toque ritual a la ceremonia del rencor, ¿no? Los periódicos habrían dicho después que —su tono de voz se hizo truculento—, tras celebrar una orgía de sangre y vísceras, habíamos bajado al mar a lavarnos con las algas y el barro de la orilla. —Se enderezó de pronto y se quitó la camisola—. ¿Te atreves? ¿A que no te atreves a besarme?

—¿Que no?

Volvimos a andar cada uno de los pasos nuestros con infinita paciencia, con infinita sensualidad, con violencia a veces y ternura otras. Momentos después, no recuerdo bien cuándo, subimos a mi habitación y allí, en la gran cama con dosel que había mandado hacer para colocarla donde ella quería que fuera colocada, Marga tomó posesión de mí para siempre.

Y así quedamos, exhaustos, yo tendido en la cama y ella tendida cuan larga era sobre mí, respirando con suavidad.

—Me rindo —dije.

—No te dejo. —Hablaba con la cabeza metida en la almohada por encima de mi hombro.

—¿Por qué?

—Esto no es un principio. —Lo dijo en voz tan baja que me pareció no haberla oído.

—¿Qué?

—Que esto no es un principio.

—¿No? ¿Y qué es entonces? —Lo pregunté así, sin sospechar nada.

—Es el final, Borja.

Me dio un vuelco el corazón, pero me pareció no haber comprendido bien, quiero decir que creo que esperé no haber comprendido bien. Quise enderezarme zafándome de su cuerpo, pero al principio no pude.

—Espera, espera. ¿Qué me estás diciendo?

La agarré por debajo de los brazos y la hice rodar hacia un lado. Así quedó, desnuda en el resplandor de la noche, empapada en sudor, con el pelo revuelto y los ojos cerrados. Sonrió.

—Que esto es el fin, Borja, que se acabó. He esperado tu cuerpo y tu alma durante veinte años y ya no los puedo tener.

—¡Cómo que no los puedes tener! ¡Los tienes ahora para siempre! ¿De qué estás hablando?

—De que me caso mañana con tu hermano, ¿o es que no te acuerdas? —Ni siquiera había sarcasmo en su voz. Era más bien una sentencia definitiva pronunciada así, sin apelación posible.

—Pero... espera, espera —me senté en la cama—, ¿a qué ha venido entonces todo esto? ¿A qué juegas?

—Baja la voz, que vas a despertar a tu hijo.

Ella también se incorporó en la cama hasta sentarse frente a mí: dos personas que empezaban a matarse y estábamos desnudos, abiertos. Recuerdo que hasta en aquel momento me pareció una obscenidad. Desnudos para que cada piel, habiendo amado, supiera por dónde le llegaba la muerte. Pero resistí la tentación melodramática de taparme con una sábana.

—A qué viene todo esto —dijo, imitándome el tono de voz—. ¿No lo entiendes? Dime, ¿no lo entiendes? Mañana me caso con tu hermano...

—No. No te dejaré... ¿No lo comprendes? Estamos a tiempo, podemos detener esta locura...

Pero Marga negaba repetidamente con la cabeza.

—¡Que sí! Ya lo creo que podemos... Mira: lo haré yo. Ahora. Ahora mismo. Me visto y voy a casa de Javier y se lo cuento y le digo...

—¿Qué le vas a contar, Borja? ¡Si lo sabe todo! ¿O crees que me iba a casar con él siéndole desleal? Sí, no me mires así. Lo sabe todo...

—No. Un momento. Tú y yo, como estamos, ahora... nos vamos... ahora —dije con la respiración entrecortada—. Nos vamos. Dentro de unas horas, a las ocho, sale el ferry a Valencia. Podemos estar en él y luego ya se lo explicaré todo... a Javier... a todos... Pero tú no cometerás el mayor error de tu vida, Marga.

Rió.

—¿El mayor error de mi vida? El mayor error de mi vida lo cometí enamorándome de ti. —Se puso de rodillas en la cama y alargó un brazo hasta pasarme la mano por detrás del cuello—. Pero no lo voy a cometer más veces, ¿me oyes?, por muy enamorada que esté de ti.

Sonreí. Me temblaba la barbilla.

—¡Ah! ¡Es eso! Me tienes que castigar y... y —empecé a reírme—, ¡claro!, un castigo por malo y... y... —Le puse la mano en el brazo y tiré de ella. Marga se pegó a mí. Allí estábamos los dos, frente a frente, los cuerpos pegados, con los sudores mezclados, con el olor a sexo bien reciente, y comprendí que había sido una broma de mal gusto, sólo una broma de mal gusto. Le di una palmada en la nalga—. Eres perversa —dije, y ella me empujó hacia atrás y caímos los dos nuevamente sobre la cama.

Dejó que se le escapara una carcajada casi alegre de puro dolor, y cuando se serenó me miró nuevamente a los ojos.

—Javier lo sabe todo. Todo, ¿me oyes? Y no le voy a traicionar ahora por un amor que me traicionó hace ya veinte años. Sientes mis pechos sobre tu cuerpo, ¿eh? ¿Eh? Saboréalos porque es la última vez.

—¡No! ¿Por qué me haces esto? —Yo mismo notaba cuánta desesperación había en mi voz—. ¿Te vas a ir con Javier queriéndome a mí?

—Ah —dijo Marga—, oíd al traidor de su propio hermano. Escuchad al soberbio.

—Me quieres a mí —dije con firmeza.

—Oh, sí, claro que te quiero a ti. Se me está disolviendo la entraña de pensar en lo que estoy haciendo. Me quiero morir. En realidad —cerró los ojos— me gustaría morirme ahora mismo. Pero... —añadió con tono ligero y haciendo una mueca exagerada con los labios— ya que no me muero, te dejo por tu hermano.

—¿Por qué? Por Dios, ¿por qué?

—Porque...

—Sí, ya sé, vale, ya sé... te traicioné, vale...

—No, no. Eso, Borja, es por la vida pasada. Irme con tu hermano es por la vida futura... Sí, claro que te quiero a ti. Te lo juré hace muchos años, te juré que te querría siempre. Él lo sabe. Se lo dije. Oh sí. Le dije que nunca más te vería, que nunca más estaría en tus brazos. —Empezó a llorar, sin aspavientos, como si se le hubiera desbordado un río de amargura y no lo pudiera contener—. Y hoy le he traicionado por última vez. Así te veía por última vez, así me quedará para siempre tu sabor en el fondo de la garganta, así cuando te mire los labios se me desmayarán en sueños por encima, así recordaré tus piernas abriéndome las mías y tu cuerpo entero entrándome hasta el alma.

—Pero ¿por qué, Marga? ¿Por qué? —repetí gritando—. ¡Si soy yo! ¡Es a mí al que quieres! ¿Y escoges a Javier?

Hizo un lento movimiento de afirmación con la cabeza.

—Porque donde tú eres frío, él es cálido; donde tú eres indiferente, él se compromete; donde tú guardas silencio, él balbucea, al menos balbucea; donde tú careces de alma, él carece de miedo a la pasión; donde tú eres como el pedernal —las lágrimas le cayeron con más fuerza; le resbalaban por la cara, pero en seguida se despegaban y me caían sobre el cuello y hasta los hombros—, él es blando; donde tú rechazas la rutina, él la acepta con resignación sabiendo que es inevitable. Y porque si yo quisiera, él se dejaría hundir en el mar conmigo. Tiene todo lo que tú no tienes, Borja, mi amor. Eres tú como me hubiera gustado que fueras y —se le escapó un sollozo desgarrador— sin nada de lo que eres. Es todo un poquito más o un poquito menos que tú... es como un Borja en pequeño y en más humano... Pero sin ser Borja.

La agarré por los hombros y la sacudí dos o tres veces.

—¡Marga, Marga! Es a mí a quien quieres. Me estás hablando a mí, ¿me reconoces?

—Oh, sí que te reconozco. Tú eres ese al que adoro desde la niñez... Y cuando haga el amor con Javier estaré pensando en ti, mordiéndome la lengua para no gritar «Borja, mi vida», y compararé y me amargaré. —Se incorporó de nuevo y luego giró sobre sí misma y se puso de pie sobre la alfombra, dándome la espalda. Volvió la cabeza—. Pero me amargaré menos de lo que me he amargado desde siempre por tu culpa. Esto serán almendras amargas; aquello fue hiel.

—Pero ¿no dices que siempre me has querido tener y que no has podido? Ahora me tienes...

—Ya, claro, ahora te tengo sólo porque te he amenazado, porque te he arrinconado. Así no te quiero tener... Además, en el fondo de tu corazón sabes que todo esto es una comedia para ti, que en el fondo fondo es un alivio que yo desaparezca de tu vida. —Quise protestar pero levantó una mano y no me dejó—. Calla. No digas nada. Nunca fuiste muy digno, ¿sabes?, nunca jugaste limpio, y ahora estás recolectando lo que sembraste. ¿Me oyes?

Tanto odio me derrotó y me dejó mudo. Y no había oído nada aún.

—Ese hijo tuyo, ¿Daniel? ¿Con qué derecho lo engendraste en una entraña que no era ésta? —Se pegó un golpe en el vientre y sonó como un violento cachete—. Ese hijo era mío, era mío por derecho, ¡lo había estado esperando durante quince años! ¿Tú sabes lo que es esperar año tras año a engendrar un hijo que no te va a nacer porque el amor de tu vida no lo quiere? Fíjate, creo que te habría perdonado incluso si me hubieras hecho un hijo y luego hubieras salido huyendo. Al menos tendría algo tuyo mío para siempre. Ahora nunca tendré un hijo tuyo. —Dijo esto último casi con desvarío, con una rabia tan fuerte que no se la reconocía—. ¿Te das cuenta de a lo que me condenas?

Intenté argüir con sensatez.

—Pero, Marga, todo eso se arregla si nos vamos ahora...

—No te atrevas a perdonarme la vida, pacificarme como si estuviera loca —dijo con violencia—. Y encima vas y le haces un hijo a una furcia inglesa...

—Pero, Marga...

—¿Qué? ¿Qué? ¿Qué? —Se le escapó una risa estridente de puro amarga—. ¿Y sabes qué? El día que me enteré de que tenías un hijo con la inglesa fui a ver a mi ginecólogo y me ligué las trompas. Ni para ti ni para nadie...

Se sentó en el borde de la cama, agotada, con la cabeza gacha. Después de un momento levantó la cara y se le escapó un largo sollozo, como una rendición del alma.

Yo estaba petrificado.

Finalmente, Marga se inclinó hacia el suelo, recogió la camisola y se la puso. Después cogió los pantalones vaqueros de la silla sobre la que los había lanzado y se los puso estirándoselos muy despacio, alisándose los pliegues de la tela para que se amoldaran mejor a sus piernas. Luego se pasó una mano y otra por las mejillas para secar las lágrimas.

—Te prohíbo que nunca nadie más, nunca ninguna otra mujer ocupe esta cama. ¿Me oyes? Te lo prohíbo.

—Sí.

—¿Y sabes qué? No me voy a lavar. Mañana me pondré el traje de novia sobre tu sudor... —Apoyó una mano en el quicio de la puerta y, ya sin mirarme, dijo—: Adiós.

XVI

Amaneció como solía, sin una nube, con el mar tan liso y calmo que parecía hecho de aceite.

Había estado esperando el día quieto en la terraza, olfateando el verano, este último verano que empezaba hoy y se acababa esta tarde. Hacía frío, no, yo sentía frío en el relente de la madrugada.

Durante muchas horas había estado planeando cómo impedir la boda de Marga con Javier. No me importaba traicionarle, no me importaba que todo se disolviera, que nuestras familias saltaran por el aire hechas pedazos, que todos los rencores del mundo me cayeran encima.

Había imaginado escenas de película en las que yo avanzaba por el pasillo central de la iglesia gritando y Marga se volvía y caía en mis brazos y salíamos en una carrera alocada ante la mirada de espanto de los invitados. Había pensado ir esta mañana a hablar con Javier, a razonar con él, a robarle la novia con su consentimiento. Había discurrido un plan para entrar por la ventana del dormitorio de Marga y raptarla por la fuerza. Incluso en un momento de locura febril me había visto encarándome con don Pedro y ordenándole que detuviera este disparate y se negara a participar en esta ceremonia de la falsedad.

¿Pero qué decía? Todos lo sabían todo: Javier de Marga, yo de ambos, don Pedro del grupo entero y el grupo entero de sus propias interioridades colectivas. ¿A quién iba yo a despertar a esta realidad de amores traicionados si justo yo era el último llegado a ella? Esta boda se celebraba por una cesión deliberada a la hipocresía. Una más de las muchas de nuestra pandilla en los últimos veinte años, con la única diferencia de que ésta, concretamente ésta, que era la que más me afectaba, no la había querido ver venir.

Y de ese modo, siguiendo mi inveterada costumbre, me había quedado inmóvil, derrotado por fin, vencido por la venganza de Marga; mirando al mar, tentado de pensar bueno, bah, ya se arreglará todo, el tiempo lo arreglará todo, hagamos recuento, como dicen los ingleses, de nuestras cosas afortunadas.

Como siempre inmóvil.

Me volví hacia el ventanal de entrada al salón y allí estaba Daniel, quieto, mirándome en silencio con su aire de concentración inquisitiva, con el entrecejo fruncido y un oso de peluche debajo del brazo. Una pernera del pantalón del pijama se le había quedado enganchada a la altura de la rodilla y los pulgares de los pies se le levantaban, arriba abajo, arriba abajo, con el ritmo de un impulso regular dictado por alguna de sus misteriosas impaciencias.

—Hola, Daniel —dije—. ¿Llevas mucho tiempo ahí?

—Anoche te oí llorar. ¿Por qué llorabas?

—Por cosas mías que me ponen triste. No te preocupes.

—¿Llorabas por mi mamá, que está lejos?

—Eso también.

—¿Va a venir Domingo?

—Sí, va a venir Domingo.

—¿Y Elena?

—También, sí.

—¿Me das un vaso de leche?

—Claro. ¿Con galletas?

—Si son Madía, sí.

—Muy bien. Anda, ven, vamos a la cocina.

—¿Un vaso de leche y galletas Madía son un café?

—Parecido.

Me quedaba él, ¿no?

Daniel no iba a venir de boda. Se quedaría en la posesión de Domingo con la madre de éste, que estaba anciana y con muy pocas ganas de ir de fiesta. Prefería la simplicidad de los juegos infantiles y la conversación distraída con Daniel, mientras ella bordaba algo o remendaba algún calcetín o pelaba judías verdes. Luego, después de comer, se les unirían Elena y el propio Domingo e irían de paseo, a descubrir plantas e insectos.

Llamé a mi madre. Pese a lo temprano de la hora estaba despierta. Es madrugadora y aquel día, por supuesto, más.

—¿Ya estás de pie?

—Huy, sí, hijo. En un día como éste, ya sabes... hay tantas cosas que hacer...

—Bueno, sobre todo ponerte guapa, ¿no?, para llevar al niño del brazo.

—¡Cómo le habría gustado a tu padre estar aquí!

A mi padre le habría dado igual. Ella, sin embargo, tenía que cubrir las apariencias con tanta buena voluntad que al final, a fuerza de que nosotros, por cansancio o bondad, no se las discutiéramos, parecía que se habían hecho realidades. Nunca he sabido si era por consolarse de que las cosas no salieran como ella quería o porque su pusilanimidad la forzaba a declarar que todo está siempre bien (líbrenos el Señor de las tensiones) o porque creía que haciendo estas manifestaciones generales de buen ánimo la situación se amoldaría a sus deseos. Mi madre tenía una formidable capacidad para el disimulo y el autoengaño. Esta virtud suya (sí, era una virtud para y hacia la familia: la verdadera hipocresía hacia el bien mantiene a la familia unida, al menos tanto como el rosario) era su mejor rasgo de carácter. Bueno, considerando la similar capacidad de autoengaño de su primogénito, no era yo quién para criticar nada.

—Sí, mamá.

—Todos los hermanos juntos, hace tanto tiempo que no os tengo a todos juntos..., todos celebrando la felicidad de Javierín, después de tantos sinsabores.

—Sí, mamá, me alegro mucho por ti.

Titubeó un segundo.

—A lo mejor hace unos años el novio habrías sido tú, ¿eh, Borja?

—A lo mejor, pero... ya sabes.

—Sí, sí, hijo… Así lo ha querido Dios, y seguramente que será para bien … Yo te veo bien, ¿verdad, Borja? Tú eres tan fuerte de carácter, tan sólido, que no necesitas a nadie, ¿verdad? Y habiéndote separado de aquella…

—… ¿horrible mujer? —Sonreí.

—… Sí, bueno, sí, de aquella horrible mujer. Te veo feliz con Daniel aquí, por fin contigo… ¿no?

—Sí, mamá, por fin. —Dudé un segundo—. Ya sabes, a lo mejor tengo que volver precipitadamente a Madrid y no tengo más remedio que dejarte a Daniel...

—Sí, claro, eso no es problema. —Y añadió con regusto satisfecho—: Mi hijo mayor, ministro de Justicia.

—Ya veremos.

—¿Sabes ya algo más?

—Bueno, ayer hablé con el jefe de gabinete de Suárez y me dijo que sería para dentro de unos días, muy pronto...

—¡Qué bien, hijo! Mi felicidad es completa, imagínate, ¡dos hijos tan importantes!

—¿Está Javier levantado, mamá?

—Duerme todavía. Pero vendrás ahora, ¿no?

—Sí, sí, vendré ahora, que tengo que hablar con él.

Colgué.

—¿Quiere usted un café, don Borja? —preguntó Aurora desde la cocina.

—Quiero un café, sí, gracias.

—Ya vestiré yo a Daniel y lo dejo en casa de Domingo cuando luego me vaya para Sóller.

—Ah, muy bien. Gracias, Aurora.

Cada uno de los momentos de aquel día podría haber sido filmado y luego proyectado a cámara lenta. Los tengo guardados con gran precisión, uno detrás de otro, y desfilan por mi memoria en perfecto orden de horror.

Ahora toca la conversación con Javier.

Cuando llegué a la vieja casa de Son Beltran se acababa de levantar. Estaba sentado en la cocina con un tazón de café con leche en las manos. Miraba al frente abstraído.

—¿Dónde está mamá?

Levantó la vista para mirarme y durante unos segundos pareció que no me reconocía.

—Ha ido a misa a Deià —dijo por fin.

—Jesús, ¿cuántas veces va a ir hoy?

Javier sonrió tenuemente.

—Es que se le amontona el trabajo… con tanto disparate como ocurre a su alrededor… No da abasto para impetrar el perdón divino… ¿o es la bendición? —Se pasó la mano por el pelo y se alisó la onda que le caía sobre la frente.

—La bendición. Ella de los pecados nuestros no se entera, Javierín.

—Más le vale.

—Bah, tampoco es para ponerse así. Tenemos nuestros problemas, como en cualquier familia.

—Ya, como en cualquier familia. No me fastidies, Borja. ¿O me quieres decir que lo tuyo y lo mío con Marga es normal?

—¿Qué quieres decir? —Por ganar tiempo.

—Sabes bien lo que quiero decir.

—No.

—Mira, Borja, Marga no se estaría casando hoy conmigo si tú te hubieras decidido hace diez años. —No había violencia o enfado en la voz de Javier, apenas la constatación de un hecho que debía estar claro para ambos.

—No sé. Ya te dije hace meses que fue ella la que te escogió finalmente a ti, no yo que la mandara a esparragar. No me jodas, Javierín.

—No me jodas tú, Borja —dijo mirándome de hito en hito—. Ella te tenía escogido a ti hace veinte años —se puso de pie y dejó el tazón sobre la mesa—, y te sigue teniendo escogido. No estáis casados porque tú nunca quisiste. Yo vengo de suplente. ¿O es que crees que soy idiota?

—No, no creo nada de eso...

—Pues entonces no te hagas el tonto y encima no pienses que lo soy yo. —Se cruzó de brazos, un gesto que yo había aprendido a reconocer en mi hermano como su manera de defenderse—. ¿O todavía no te has enterado de que a quien quiere Marga es a ti? ¡Mierda, Borja! ¡Mierda!

—Y entonces ¿por qué te casas con ella?

Muy despacio, el tono de la conversación iba creciendo en virulencia y en rencor y poco a poco nos íbamos tensando físicamente, uno frente a otro, como dos machos en celo. Creo que nos dábamos cuenta de ello y sin embargo no éramos ya capaces de impedirlo.

—¿Que por qué me caso con ella? Mierda, Borja. Porque ella así lo quiere, porque es verdad que me ha escogido. Sus razones tendrá... pero ciertamente no porque me quiera a mí.

—¿Así? ¿Lo dices así y te quedas tan fresco? —exclamé—. ¿Sus razones tendrá? Pues vaya una forma de vivir. ¡Sus razones tendrá! ¿Y tú no tienes voz en esto? Hale, me lo manda Marga y yo como un corderito. De verdad, Javierín, ése ha sido tu problema siempre: eres un pasivo, siempre dispuesto a tragarte todo lo que te mandan. Así se jodió tu matrimonio con Elena...

—Mi matrimonio con Elena se jodió porque ella me puso los cuernos con Domingo... ¿O crees que me chupo el dedo? Y no me digas que soy un pasivo, un blando quieres decir, porque lo único que soy es buena persona y os tengo que aguantar a todos todas las machadas que me hacéis...

—Hombre, sí, mira, eso también es verdad, eres buena persona. ¿Y adónde te lleva eso? A hacerte la víctima conmigo y a hacer el idiota casándote con Marga. Eso sí que es una machada, hombre.

—Hombre, Borja, de toda esta historia lo único que hago porque quiero es casarme con Marga. ¿Sabes desde cuándo la quiero? ¿Te lo imaginas siquiera? De pequeño no soñaba con otra cosa.

—¡Pero si ella no te quiere a ti! ¡Me quiere a mí!

—¡Sí, pero contigo no se quiere casar! Es conmigo, a ver si te enteras. A ti no te quiere ver ni en pintura.

—No te entiendo, Javierín.

—¿No?

—¡Coño! ¡Estás aceptando deliberadamente convertirte en un cornudo!

—¡Ah no, querido! Marga y yo sabemos exactamente en dónde nos metemos y ella a mí nunca me hará cornudo. ¡Y menos contigo! ¿Me oyes?

Por un momento pensé que me iba a pegar y di un paso hacia atrás. Luego sacudí la cabeza.

—Javierín, no seas imbécil. Marga y yo terminamos hace tiempo y no será conmigo con quien te ponga los cuernos. Pero casarte con una que no te quiere...

—Ya sé que no me pondrá los cuernos contigo. Y con eso me basta además. ¿Qué más te dijo anoche?

Di un respingo.

—¿Anoche?

—Claro. Anoche. Sé que ella te fue a ver, a explicártelo todo, para que lo entendieras bien. Me lo ha dicho esta mañana... —Rió una carcajada casi alegre, como si se hubiera quitado un gran peso de encima.

—¿Qué te ha dicho esta mañana?

—Todo me ha dicho, ¿te enteras?, me lo ha dicho todo.

—¿Sí? ¿Ah sí? ¿Te ha dicho que nos acostamos? ¿Te ha dicho eso?

Javier cerró los ojos y bajó la cabeza.

—Sí —contestó en voz baja—. Sí que me lo ha dicho, sí... la última vez —añadió en un susurro inaudible—. Fue su última traición y vino derecha aquí a contármela.

—De veras que no te entiendo. ¿Y aceptas todo eso y vas tranquilamente a casarte, hale, como quien se come un dulce?

—Perdóname el sarcasmo, pero sí que me voy a comer un dulce. Y el que se queda sin él eres tú.

Me encogí de hombros.

—Y a mí qué más me da. Nunca lo quise. Y cuando lo quise, lo tuve.

—No seas mierda, Borja, eso es una bajeza...

—Pero es la más pura verdad, Javierín.

—Sí, bien pensado eso es lo que me parece a mí también. Todos estos años, Borja, todos estos años perdonándome la vida —asintió varias veces—, y ahora me llega el turno, ya ves. Me llega el turno de tomarme la revancha, de devolveros a todos los perdonavidas los favores, los desprecios, las burlas...

—Dios mío, Javierín, vaya trabajo que te tomas para vengarte. Te jodes la vida, chico. Y las venganzas son platos fríos, ¿eh?

—¡No! Las venganzas se toman bien calientes, Borja...

Tienen que joder a todos o no son venganzas de verdad. Además estás hablando del pasado y aquí de lo que se trata es del futuro. Porque esta vez sí que has querido a Marga y ésta es la vez en que te has quedado sin ella.

—Bah, no lo creas, en el fondo no me importa nada. —Y le tendí una trampa para hacer la mayor vileza de toda mi vida—: ¿Y cuántos hijos pensáis tener?

Se encogió de hombros.

—No sé. ¿A qué viene eso? ¿Qué quieres, que a uno le pongamos Borja?

—No. —Reí para protegerme en vano del sabor amargo que me quedaría en la boca para el resto de mis días—. No, no. No tendréis ninguno. Porque, ¿sabes?, Marga se ligó las trompas cuando nació Daniel.

Javier no lo sabía. Era evidente que Marga no se lo había dicho. Y fue como si le hubiera dado un gran golpe en la cara: se arrugó, palideció y cayó hacia atrás. De no haber estado la silla se habría desplomado en el suelo de la cocina. No me miró ya más. Sólo dijo:

—No quiero que me hables nunca más en tu vida, no quiero saludarte, sonreírte, verte, oírte. Si no fuera por toda la gente que viene a la boda, si no fuera por mamá, te prohibiría que fueras.

No pude pronunciar palabra. Me di la vuelta y salí de la casa.

XVII

Justo antes de empezar a hablar, don Pedro, vuelto hacia toda la iglesia, permaneció un largo rato en silencio. Acababa de casar a Marga y a Javier, había escuchado solemnemente los compromisos intercambiados por ambos sobre el amor, el respeto mutuo, la fidelidad y la prole, había presidido la ceremonia de los anillos y de las arras y acababa de bendecir a los contrayentes.

—Marga, Javier, doy testimonio de vosotros, os declaro marido y mujer.

Juntó las manos frente a su rostro como queriendo meditar largamente las palabras que iba a pronunciar. Por fin, levantó la mirada, suspiró y dijo:

—No os he dejado hablar a ninguno, ningún participante de esta asamblea sagrada ha podido intervenir para oponerse a la celebración de este matrimonio porque yo quería que pesara sobre todos vosotros la gravedad de este momento, la seriedad del compromiso que, plenamente conscientes de sus circunstancias, Marga y Javier han decidido adoptar. No es momento de alegrías. —Sonrió—. Dejo las alegrías para los contrayentes, para todos vosotros, los invitados. Dejo las alegrías para la fiesta que seguirá a esta ceremonia. Ahora es el momento de ponernos serios y de hablar de responsabilidades. Marga y Javier decidieron casarse ante Dios y los hombres para que todos supierais que querían hacer solemne entrega mutua de sus vidas. Lo han hecho. Y si alguien, ahora, sabe de alguna razón por la cual deba impedirse esta unión, que lo diga —me miró directamente a los ojos— y romperemos en dos esta pareja que acaba de unirse en una. Pero que sepa quien lo haga hasta dónde alcanzarán las consecuencias de su denuncia, hasta qué punto se ha de romper la vida de quienes estamos aquí.

»Nos hemos reunido aquí para culminar una larga historia de amor y desamor. —De nuevo don Pedro se interrumpió y me miró. Hizo una mueca casi cómica—. Me refiero, claro está, al hecho de que ésta no es la primera boda canónica de Javier. La anterior le fue anulada, pero no por ello desaparece en la nada ni debo dejar de referirme a ella. Forma parte de la vida de Javier, forma parte de la vida de todos nosotros, porque todos nosotros la seguimos de cerca, ante Dios y ante los hombres. Sí, hijos míos. Cuando Javier me anunció que quería casarse con Marga intenté disuadirle.

Abrí mucho los ojos y miré a Jaume. Él frunció el entrecejo y no dijo nada; «pero qué dice», murmuré y Jaume se encogió de hombros.

—No quería que corriera el riesgo de fallar nuevamente. —Sonrió una vez más—. Pero no penséis que olvido quién soy y cuáles son mis deberes religiosos. No, no. Sé que el matrimonio anterior de Javier nunca existió a los ojos de Dios; por eso fue declarado nulo. Pero ésa no es la cuestión. La cuestión para mí es: ¿está preparado Javier para una nueva singladura? —Respiró con profundidad—. Hoy estamos aquí porque estoy convencido de que sí. No temáis. No presidiría esta ceremonia si no estuviera absolutamente convencido de que Marga y Javier se merecen por completo, están hechos el uno para el otro hasta que la muerte los separe. ¿No es éste un motivo de alegría?

»Claro que sí. —Y sonrió—. No es bueno que el hombre esté solo, se dijo Dios cuando hubo creado a Adán. Pero cuando Dios le arrancó la costilla porque no era bueno que el hombre estuviera solo y debía tener compañía, no la miró y exclamó te doy mujer, no, dijo varón, te doy varona, porque ése era el verdadero amor, la verdadera compañía que quería darle. No penséis que la compañía que os vais a dar el uno al otro puede ser diferente. Oh no, vosotros lo habéis querido así y así se os ha dado. Y si esperáis la felicidad el uno del otro, también os equivocáis... —Se le notaron bien los interminables puntos suspensivos y me pareció que Marga y Javier se enderezaban en el taburete aterciopelado que les servía de incómodo asiento frente al altar mayor—. La felicidad consiste en dar, no en esperar recibir.

¡Cuánta maldad, santo cielo!, pensé para mis muy adentros, ¡qué día de infiernos!

Jaume me sonrió con complicidad. Pero no. Esta vez no. Esta vez no nos permitiríamos salir de ésta riendo. ¿Cómo podíamos tomar a broma la destrucción total de nuestras vidas, la de Marga, la de Javier, la mía? ¿Cómo podíamos reírnos del cúmulo de vilezas en que se había convertido este día luminoso?

—¡La felicidad no existe! —gritó de pronto don Pedro—. Ninguno de vosotros sabe, ni siquiera vosotros.

—Bajó la mirada hacia Marga y Javier y los apuntó con la mano derecha. Ellos seguían inmóviles, como si manteniendo la quietud pudieran escapar a las increpaciones de quien estaba ahí para casarlos, por más que, oyéndole, se hubiera dicho que estaba para maldecirlos—. Ni siquiera vosotros sabéis lo que es la verdadera felicidad, de qué pasta está hecha. Y, puesto que no lo sabéis, para vosotros no existe...

—Fíjate bien en lo que está diciendo —murmuró Jaume en mi oído—, fíjate bien y luego busca las explicaciones en lo que sabes, en todo lo que has vivido en estos años, y comprenderás... —Se echó hacia atrás, mirándome de hito en hito, triunfante; medio sonreía y en sus ojos muy negros había un brillo, tal vez travieso, tal vez perverso o de revancha, no sé—. ¿No lo ves?

Moví la cabeza de derecha a izquierda muy despacio. Luego fijé la vista en don Pedro que gesticulaba frente al altar mayor. Y luego volví a mirar a Jaume. Levantó las cejas al tiempo que asentía.

—¿Lo ves? —Sonrió.

Hice que no con la cabeza.

Entonces Jaume dejó de sonreír, como si se arrepintiera de alguna maldad que no se me alcanzaba. ¿Más maldades? Me parecía que hoy habíamos sobrepasado el cupo con creces.

—Déjalo, da igual —dijo.

Pero detrás de mí se oyó la voz de Tomás, que me decía, casi un murmullo:

—Ésta sí que es buena, ¿eh, Borja? Tú lo sabes, ¿no?

Jaume se volvió hacia él.

—No —dijo—, no lo sabe, pero sospecho que se lo vas a decir tú. —Titubeó—. Bien pensado, Tomás... Me parece que no deberías…

—¿De qué estás hablando? —pregunté volviendo la cabeza.

—De don Pedro y de Javier —dijo Tomás—. ¿No lo sabes o qué?

—¿Qué? ¡Vamos!

—Déjalo —dijo Jaume.

—¿No ves el cabreo que lleva don Pedro? Ay, Borja. Don Pedro te quiso a ti —dijo Tomás—, pero no te consiguió… Tanta iglesia y tanta santidad —añadió con verdadero enfado—. ¿Cómo crees que Javier obtuvo la anulación de Elena? ¿Con dos hijos? ¡Venga ya! En el monasterio del monte Athos, en Grecia, ahí es donde la consiguió.

—¿Qué quieres decir? ¿Eh, Tomás?

—Dejadlo ya —dijo Jaume—. No deberíamos haber empezado esto. Venga, Tomás.

—No, venga, no, Jaime. Que esto no es un jardín de infancia. —Y mirándome de nuevo, Tomás añadió—: Don Pedro te quería a ti. Ah, pero se tuvo que conformar con Javierín… Y ahora os destruye a todos. Ya, sus ángeles.

Oh, sí que lo comprendí. Ahora sí. Lo vi claro, sólo que no entendí, nunca entenderé los motivos.

En esta mañana de apacible comienzo del verano mallorquín, en este día que se presumía de sol, de luces, de olores, de joyas y alegría, de sonrisas abiertas, de exuberancia, se cerraba en efecto todo un ciclo vital aquí, en la iglesia parroquial de Santa Maria del Camí, en la boda de mi hermano predilecto con la mujer que había llenado nuestras vidas.

Sólo que el ciclo acababa de estancarse en un ramal inesperado: resultaba que la conclusión de todos estos años no era la dicha sino la venganza. ¿Cómo podría yo haber previsto que las cosas no se redondearían con felicidad? No era posible saberlo, igual que no era posible adivinar las intenciones, los rencores celosamente guardados, las frustraciones de unos y otros. ¿Pero qué tenía yo que ver con todo esto? ¿Por qué me castigaban a mí?

Dejé de mirar a Jaume y volví la cabeza hacia Tomás.

—Pero ¿de qué me estás hablando, Tomás?

—De que te acaban de meter una cuchilla por el tercer espacio intercostal y tú sin enterarte —contestó.

—¿Sus ángeles? ¿De qué hablas?

—Hombre, el cura este era el que decía que os iba a proteger para siempre porque os quería y os iba a salvar de las asechanzas de los malos. —Todo esto cuchicheado para que nadie nos oyera y todos pudieran suponer que comentábamos con encanto las incidencias de este enlace del horror y la amargura.

—¿Y? —pregunté.

—Nada, Borja, que en realidad os está jodiendo, pero bien.

—Pero ¿para qué haría una cosa así? Si hemos hecho siempre lo que él quería...

—... Ya, lo que él quería. Lo que él quería, Borja, joder, que no te enteras, era meterse contigo en la cama... Lo único que le pasa a don Pedro es que es un cura maricón.

—Ésas son las cosas necias y nimias de que están hechas las grandes tragedias —murmuró Jaume—. Vaya un sermón de farsa...

Bajé la cabeza.

A nuestro alrededor los invitados habían empezado a colocarse en el pasillo central para acudir a comulgar. Y como si se tratara de imágenes que hubieran impresionado mi retina pero no mis entendederas, tomé de pronto conciencia de que momentos antes Marga y Javier habían recibido la comunión de manos de don Pedro.

Levanté la mirada para fijarla en la espalda de Marga; era la misma espalda de siempre, espigada, firme, tensa de tanta reafirmación propia; la misma espalda que yo había contemplado durante años en la misa de los domingos de Deià. No había variación en los movimientos o en el cimbreo del talle. Sólo en el aura. Años antes, la tensión de aquella espalda maravillosa transmitía seguridad en sí misma, violencia sensual y hasta mística. Hoy sólo irradiaba venganza.

¿Por qué? Dios mío, don Pedro no nos destruía a todos; me destruía a mí. Qué ángeles ni ángeles... Era de mí de quien querían vengarse los tres, Marga y Javier y don Pedro. Estaba confuso.

Era bien cierto que mi despecho había herido a Javier aquella misma mañana de una forma que ahora me avergonzaba. Le pediría perdón, haría lo que fuera por reconciliarme con él. Le explicaría mi ruindad. ¿Sería posible con ello borrar lo imborrable? ¿Suavizarme el paladar, endulzar la hiel que me quedaba como esos sabores a sangre espesa que salen de una muela podrida y que permanecen en la boca hasta mucho después de que la hayan arrancado?

Sí, Javier tenía motivos para vengarse. Claro que sí.

Pero ¿don Pedro? ¡Si lo único que había hecho yo era rechazarlo sin ser siquiera consciente de lo que pretendía de mí! Que se hubiera obsesionado conmigo cuando yo apenas contaba doce años era cosa suya, no mía. ¿Qué culpa tenía yo? Que se vengara de Javier que era el que lo traicionaba, ¿no? Lo había casado con Elena, había anulado el matrimonio, se habían hecho amantes, ahora lo casaba con Marga. Yo no era responsable de esa cadena de miserias. A mí que me dejara en paz.

¿Y Marga? Ah, Marga, Marga. La *mantis religiosa.* Ella hubiera querido de mí compromisos totales que excluyeran, que hicieran inútil el resto de las cosas de mi vida. ¿Cómo podía yo darle eso? Ella debería haberlo adivinado. Porque ciertamente no era tiempo lo que le había faltado para analizar mis huidas y comprender lo que escondían. ¿Y si yo era tan débil de carácter, a qué se fijaba en mí?... El resto de las cosas de mi vida... Confieso que me tentó invocarme mis responsabilidades públicas, mi carrera política incipiente para justificarme a mí mismo mis traiciones a Marga, pero me pareció hipócrita e innecesario. No. En el fondo yo sabía bien por qué Marga se consideraba traicionada, entendía que considerara justificada su venganza. Pero no tenía justificación. No cuando apenas unas horas antes yo le había implorado que volviera conmigo, le había ofrecido mi vida para no perderla, incluso arriesgando quemarme del todo. Pero me había rechazado, ¿no?

Por el rabillo del ojo vi cómo el oficial del juzgado se acercaba a los testigos para que firmáramos el acta del matrimonio. Por un instante me puse rígido. Suprema ironía: yo tenía que atestiguar esta miseria, ¡yo! Estampar mi nombre en la certificación de esta ceremonia tan llena de odio, ¡yo! Una ceremonia hecha a medida para crucificarme... No lo haría.

—No lo hagas —dijo Jaume.

—¿Qué?

—No hagas lo que estás pensando hacer, Borja. Todo ha acabado. Todo ha escapado de tu control. Esto ya no es nada tuyo... —Me puso la mano en el antebrazo—. No lo hagas.

—Si yo fuera tú —dijo Tomás desde detrás de nosotros—, pondría un cartucho de dinamita en esta iglesia de mierda.

Me llegó el turno de firmar y el oficial del juzgado alargó el libro del registro. Señaló un espacio al pie de la página. «Aquí», dijo.

Se habían acabado las bromas. Esto no era sangrar por la nariz como cuando Marga me la había roto en la buhardilla de su casa toda una vida antes. Esto era sangrar por todos los poros con todas las venas rotas. Aquél había sido un juego de niños. Éste era un juego de difuntos.

Saqué la pluma, le quité el capuchón y firmé.

Levanté la vista hacia el altar. Marga me estaba mirando. Sonreía.

Y allí mismo se me murió el alma.